버드캐칭

버드캐칭

제8회 수림문학상 수상작
ⓒ 김범정 2020

초판 1쇄 발행 | 2020년 11월 16일

지은이 | 김범정

발행인 | 조성부
편집인 | 김진형
주 간 | 송병승
기 획 | 권혁창·김민기

발행처 | 연합뉴스
주 소 | 03143 서울시 종로구 율곡로2길 25
        www.yonhapnews.co.kr/munhak

인 쇄 | 평화당인쇄(02-735-4009)

정 가 | 13,000원
구입문의 | 02-398-3591, 3593~4

ISBN 978-89-7433-134-4 03810

이 도서의 국립중앙도서관 출판예정도서목록(CIP)은 서지정보유통지원시스템 홈페이지
(http://seoji.nl.go.kr)와 국가자료종합목록 구축시스템(http://kolis-net.nl.go.kr)에서
이용하실 수 있습니다.(CIP제어번호 : CIP2020043356)

* 이 책은 수림문화재단의 지원으로 출간되었습니다.
* 광화문글방은 연합뉴스의 출판 전용 브랜드입니다.

제8회 수림문학상 수상작

버드캐칭

BIRD CATCHING

광화문글방

1

그 검은 새를 처음 봤을 때는 아직 내 꿈이 우주 비행사이던 시절이었다. 사진으로 본 것일 뿐인데도 그 모습이 15년이 지난 지금까지 기억에 남을 만큼 인상적이었다. 그 당시 나는 한국 나이로 열다섯 살이었고 플로리다에 있는 팜베이라는 도시에서 4년째 유학 중이었다. 휴양지 인근 고속도로에서 휴게소를 운영하시던 막내 이모 부부네 집에 신세를 지고 있었는데 두 분은 다소 귀찮을 수 있는 나를 성심성의껏 돌봐 주셨다.

막내 이모는 외가에서 소위 '내놓은 자식'으로 불리던 분이었다. 그저 고분고분 말 잘 듣고 공부 열심히 했던 언니 오빠들과는 달리 학창시절 온갖 말썽을 일으키고 다녔다. 물론 어디까지나 외할아버지와 외할머니 입장에서 말이다. 그저 수업을 좀 빠지거나 공부보다 여행에 관심을 더 가졌을 뿐이었다. 막내 이모는 두 분의 성화가 싫어 고등학교를 졸업한 뒤로는 가출을 밥 먹듯이 했다. 그리곤 스물두 살 무렵 훌쩍 한국을 떠났고 어느 곳을 가 봤는지 자신조차 일일이 나열하지 못할 만큼 전 세계를 속속들이 다 돌아다녔다. 내가 어떤 나라를 새롭게 알게 될 때마다 이모를 시험해 보면 이모는 어김없이 예전에 가 보았다거나 지나친 적 있다고 하며 어떤 곳이었는지 말해 주었다. 막내 이모는 서른 살 무렵 한국으로 돌아왔고 결혼할 사람이라며 이모부를 집에 소개시켰다. 자신처럼 가무잡잡하고 팔다리가 기다란 사람이었다. 두 사람은 한국에서 결혼식을 치르고 얼마 후에 다시 미국으로 떠났다.

　나는 미국에 유학을 갔을 때 막내 이모를 태어나서 처음 만났다. 이모는 어린 내가 보기에 좀 독특한 어른이었다. 내가 알던 그 어떤 어른과도 달랐다. 올랜도 국제공항으로 나를 마중 나왔던 날 첫인상부터 강렬했다. 재니스 조플린 같은 옷차림에 부스스한 머리는 보라색으로 물들였고 큼지막한 보잉 선글라스를 쓰고 있었다. 이모는 출구로 나오는 나를 단번에 알아보곤 '도형이!' 하고 날 불렀다. 그리곤 난생 처음 만난 이모의 인상이 세상 독특해서 어떻게 대해야 할 줄 몰라 쭈뼛거리는 내게 환하게 미소 지으며 악수를 건넸다. 그때 잡은 이모의 마른 나뭇가지 같은 손에 어쩐지 마음이 편해져서 긴장이 탁하고 풀려 버렸다. 악수를 하며 민소매 셔츠 바깥으로 까맣게 그을린 어깨에 새겨진 커다란 문신을 보았는데, 나중에 알았지만 그 문신은 탬파베이 레이스의 팀 로고였다.

　이모는 야구와 레이스를 사랑했다. 내가 이모네서 지내던 몇 년간 탬파베이 레이스가 야구계에 새 역사를 쓰고 있었기 때문에 이모는 항상 행복한 표정이었다. 이모는 휴게소 벽에 명예의 전당을 마련해 그 시즌에 좋은 활약을 보인 탬파베이 레이스 선수들의 사진을 붙여 놓기도 하고 휴게소에 오는 손님들과 몇 시간이고 탬파베이 레이스에 대해 이야기하기도 했다. 가끔 같이 야구장에 놀러 가면 레이스가 안타를 칠 때마다 '꾁!' 하고 우스꽝스러운 탄성을 지르던 모습도 눈에 선하다.

　기억하기에 이모는 자유분방한 사람이었지만 그와 동시에 늘 공평하게 행동하려고 노력하는 사람이기도 했다. 내가 아직 사리 분별을 못할 만큼 어렸는데도 항상 내 의견을 먼저 물어봤고 내가 간혹 앞뒤가 안 맞는 얘기를 할 때도 그저 조용히 들어 주었다. 이모는 모든 사람이 자유롭게 말할 권리가 있다고 했다. 그렇지만 늘 신신당부하길 말은 자유롭게 하되 자기가 한 말에는 반드시 책임을 져야 한다고 했다. 나는 말에 일일이 책임지는 게 힘들어 그냥 말을 함부로 하지 않는 쪽을 택했다.

　이모부는 과묵한 사람이었다. 비록 나와 대화를 많이 나누지는 않았지만 이모와 같이 휴게소를 운영하고 동시에 서핑보드 숍까지 운영하느라 늘 바쁜 와중에도 나와 함께 시간을 보내려고 노력했다. 불안정한 나이의 아이에게는 그저 옆에 있어 줄 사람이 필요하다는 걸 아는 사람이었다. 덕분에 나는 오랫동안 부모님과 떨어져 있었음에도 외롭다고 느낀 적이 없었다. 이모부는 주말마다 나를 해변에 데려가 캐치볼을 하며 놀아 주었다. 이모부와 아무 말 없이 가만히 공을 주고받다 보면 여러 가지 고민들이 해소되곤 했다. 내게 투수처럼 공을 던지는 법도 알려 주었는데, 힘껏 공을 던지고 나면 늘 기분이 좋아졌다. 덕분에 어른이 된 지금도 울적할 때면 혼자 공원에 나가 공을 던져 보곤 한다.

이모 부부의 보호 아래 나는 두려움 없이 온갖 새로운 문화와 규칙, 그리고 새로운 사람들에 푹 빠져들었다. 세상은 내게 호의적인 것으로 보였고 모든 불확실성은 매혹적으로 느껴졌다. 나는 그 시절의 모든 걸 상징하는 팜베이의 새파란 바다를 사랑했다. 팜베이 건너편에는 기다란 섬들이 일렬로 이어져 있었는데 그로 인해 내해가 거대한 호수처럼 평온했다. 평화로운 바닷가에 앉아 건너편 섬의 삶에 대해 제멋대로 상상하는 게 그 당시 내 하루의 중요한 일과 중 하나였다.

하루는 이모부와 바닷가에 나갔다가 기다랗게 이어진 섬 끝에 거대한 우주 기지가 있다는 이모부의 말을 듣고는 별 다른 일이 없다면 우주 비행사가 되어야겠다고 생각했다. 철없을 만큼 만용을 부리도록 허락한 조금 특별한 위탁 가정환경과 차로 한 시간 거리에 케네디 우주센터가 있다는 사실은 세상 물정 모르는 어린

아이가 우주 탐험에 대한 열망을 가지게 했다. 이제 세상 사람들 안에서는 슬슬 사라지기 시작했던 철 지난 열망이었지만 말이다. 그리고 7학년 때 케네디 우주센터로 떠난 견학에서 그 열망은 구체적인 목표의 형태로 자리 잡았다.

케네디 우주센터의 전시관은 단순히 우주를 향한 인류의 모험을 박제해 놓은 곳이 아니었다. 거대한 모험의 업적을 이룬 우주인과 우주왕복선의 명예의 전당이었다. 게다가 전시관에서 몇 킬로미터 떨어진 곳에서는 여전히 거대한 모험이 계속되고 있었다. 나는 산소조차 없는 공허의 공간을 유영했던 우주인들의 우주복과 실제로 달의 지면을 밟았던 아폴로 탐사선들을 바라보며 지금 이 순간이 내 인생에 중요한 이정표가 되리라 확신했다. 웬만한 것엔 놀라지 않아야 쿨해 보이는 문화가 사춘기의 미국 중학생들 사이에도 있었기에 반 친구들이 최대한 무심한 표정을 지으며 장엄한 모험의 흔적을 폄하할 때도 내 두근거림을 숨길 수가 없었다. 친구들에게 Nerd라고 놀림 받아도 개의치 않을 만한 커다란 확신이었다. 반드시 언젠가는 멀리 보이는 거대한 로켓과 함께 우주로 나아가리라 다짐했다.

다들 투어에 별로 큰 관심을 보이지 않는 가운데 나 혼자 열의를 보이자 투어는 자연스레 나와 가이드가 대화를 나누는 형식으로 바뀌었다. 가이드의 이름은 마크였고 꼭 영화 〈샤이닝〉에 나왔던 키가 큰 흑인 요리사를 닮았었다. 마크는 어린 동양인 꼬마의 열의에 감동했는지 우주 탐험 역사에 대한 자세한 설명은 물론 우주인과 우주선에 얽힌 비화들까지 이야기해 주었다. 마치 자신이 실제로 겪은 모험을 이야기하는 말투였다. 아니, 마크 또한 그 모험의 일원이라고 하는 게 마땅하겠다. 우주탐사는 그 시절 모든 인류를 대표한 모험이었으니 말이다.

투어를 마칠 즈음 마크는 챌린저호와 컬럼비아호를 포함해 우주를 향한 모험에 희생된 수많은 이들에 대해서도 이야기했다. 마크는 챌린저호와 컬럼비아호에서 죽은 모든 우주인들의 이름을 하나하나 기억하고 있었던 데다가 그들의 가족들이 어떻게 지내고 있는지에 대해서까지도 알고 있었다. 어떤 결함 때문에 사고가 생겼는지에 대해서까지 열심히 설명했는데 나는 사실 하나도 알아듣지 못했다.

마크는 마지막에 사람이 아닌 한 새에 대해서 이야기했다. 마크의 표정은 우주 탐험 과정에서 희생된 사람들을 이야기할 때보다 더 엄숙했다. 케네디 우주센터에서 센터 주변의 모기를 없애기 위해 한 새가 살던 습지를 물에 잠기게 했는데, 그로 인해 생태 환경이 변하면서 그 새가 멸종해 버렸다는 것이다. 참새의 일종이었고 딱 그 섬에 있는 습지에서만 살았다고 했다. 그리곤 자기 지갑에서 프린트 된 사진 한 장을 꺼내 마치 일찍 죽은 손자의 사진이라도 되는 듯한 표정으로 내게 내밀었다. 사진은 양면이었는데 한 면은 참새같이 생긴 검은 새가 가지에 앉아 있는 사진이었고 그 뒷면은 박제된 검은 새가 투명한 액체로 가득한 유리병에 들어 있는 사진이었다. 눈에 하얀 피막이 생겼고 털은 온통 삐죽 곤두선 채로 쪼그라들어 있었다. 죽음을 넘어 멸종을 떠올리게 하는 비참한 모습이었다. 마크는 모험에 수반되는 희생을 기억하라고 말했다. 그러나 그때 나는 그 새의 모습이 섬뜩하게만 느껴질 뿐이었다.

두 번째로 그 검은 새를 보았을 때는 살아 있는 걸 직접 보았다. 미국에 살았던 멸종한 새를 한국에서 본 것이기에 이 얘기를 하면 다들 내가 다른 새를 보고 착각한 거라고 말했다. 새는 대체로 비슷하게 생겼으니까. 그렇지만 나는 지금까지도 내가 본 게 분명 마크가 말한 검은 새라고 확신한다.

케네디 우주센터에 다녀온 때로부터 약 2년 뒤쯤 집안 사정이 급격히 어려워졌다. 아버지는 나를 한국으로 불러들이셨다. 이모와 이모부는 나 하나 부양할 여력은 된다며 아버지를 설득했지만 아버지는 한사코 나를 한국으로 데려오셨다. 나는 어린 나이였지만 아버지의 마지막 자존심을 이해할 정도는 되었기에 고분고분 아버지 말을 따랐다.

혹시 아버지가 스스로를 원망하실까 봐 나는 한국에서도 잘 지내는 모습을 보여 드리려고 노력했다. 친한 친구도 몇 명 만들어 집에 데려오기도 하고 학원에 다니지 않아도 성적이 뒤처지지 않도록 나름 공부도 열심히 했다. 사람들 앞에 나서는 걸 별로 좋아하지 않았지만 일부러 매 학년 반장을 도맡아서 했다. 그렇지만 이전에 쓰던 가구를 버리고 이사해야 할 만큼 좁아진 집과 늘 귀가가 늦어져 얼굴 뵙기가 어려워진 아버지, 15년 만에 다시 시작한 직장 생활이 힘드셨는지 저녁마다 부엌 식탁에 멍한 표정으로 앉아 계시는 어머니를 볼 때면 우리 집이 주저앉았다는 게 실감이 나 마음이 불안했다.

아버지는 그런 속내를 아시고 가여우셨는지 어느 주말에 나를 백화점에 데리고 가셨다. 운동화든 점퍼든 마음에 드는 걸로 하나 골라 보라고 하셨지만 나는 의류 매장을 빙빙 돌기만 했다. 그러자 아버지는 구두를 구경하던 세련된 옷차림의 청년을 불러 세우더니 대뜸 입고 있는 바지가 어디 것이냐고 물으셨다. 청년은 내 쪽을 슬쩍 보더니 무슨 상황인지 알 만하다는 표정을 짓고는 '리바이스'라고 대답해 줬다.

나를 리바이스 매장으로 데려가신 아버지는 점원에게 제일 잘 나가는 청바지를 내달라고 하셨다. 매장 입구 주변에 서서 세일하는 바지나 만지작거리고 있는 내게 점원은 팜베이의 새파란 바다처럼 영롱한 색깔의 청바지를 건넸다. 나는 탈의실에서 가격표를 보고 얼굴이 빨갛게 달아올랐다. 무려 17만 원이나 하는 청바지였다. 바지를 조심스럽게 갈아입는 동안 나는 어떻게 해야 아버지를 언짢게 하지 않으면서 이 매장을 그냥 나갈 수 있을까 고민했다. 그러나 다리를 꼭 옥죄어 살짝 굽은 내 다리가 어쩐지 일자가 된 것같이 느끼게 만드는 그 **빳빳한** 청바지를 막상 입고 나니 마음이 요동쳤다. 거울을 보니 나는 어딘가 근본적으로 다른 사람이 된 것 같아 보였다. 점원은 얄밉게도 그 기회를 놓치지 않고 연신 칭찬을 해 댔다. 아버지는 내 표정을 확인하시고는 점원에게 계산을 해 달라고 했다. 그 청바지를 입고 집으로 가는 동안 나는 고개를 푹 숙이고 아버지의 오래된 갈색 코듀로이 바지를 보지 않으려고 애썼다.

얼마 뒤 학교에서 태안으로 수련회를 갔다. 원래 수련회 장소는 제주도였지만 태안 앞바다에서 기름이 유출되자 전국의 학교들이 봉사활동 명목으로 학생들을 동원해서 기름을 닦기 시작했고, 명문으로 이름을 날리던 우리 학교가 그런 일에 빠지는 건 말도 안 된다고 생각한 교장이 한 달 전에 갑자기 수련회 목적지를 태안으로 바꾸었다. 학생들은 처음엔 투덜댔지만 여중이나 여고에서도 봉사활동을 나온다는 소문이 퍼지자 이내 잠잠해졌다. 나도 그 소식에 내심 가슴이 설렜다. 조금 걱정되었지만 설마 진짜 학생들을 강제로 기름더미에 몰아넣기야 하겠냐는 생각에 닳을세라 몇 번 입지도 않고 곱게 개어 놓았던 **빳빳한** 리바이스 청바지를 입고 수련회 버스에 올랐다.

태안 바닷가의 상황은 생각보다 더 심각했다. 버스에서 내린 우리는 독한 석유 냄새가 훅 끼치는 절망적인 풍경에 자신들도

13

모르게 욕설을 내뱉었다. 모두들 버스에서 내린 뒤에도 바다 끄트머리에 서서 타르처럼 질척이는 검은 갯벌과 불쾌한 기름이 둥둥 떠다니는 바다를 멀뚱히 보고만 있었다.

선생님들은 우리한테 너무 깊이 들어가지 말라는 말만 하고는 이내 저마다 할 일을 찾아 가 버렸다. 어떤 선생님은 앞장서서 방수복을 껴입은 뒤 헝겊 쪼가리로 검은 기름 덩어리가 덕지덕지 묻은 바닷가를 닦기 시작했고, 어떤 선생은 학생들을 관리하는 척 멀리서 뒷짐을 지고 담배만 뻐끔뻐끔 피워 댔다.

학생들도 저마다 무리를 지어 흩어졌다. 어떤 애들은 앞서 간 선생님을 따라 각자 가져온 옷가지로 검은 기름을 문질러 닦았다. 어떤 애들은 기름이 별로 묻지 않은 갯벌에서 옷에 온통 개흙을 묻혀 가며 조개껍데기를 줍거나 씨름을 하며 자기들끼리 뒹굴었다. 또 어떤 애들은 다른 학교에서 온 여학생들에게 말이라도 걸어 보려고 바지를 걷어붙이고 검은 바다를 거닐었다.

나는 친구 몇 명과 함께 방파제에 걸터앉아 그 풍경을 잠자코 보고만 있었다. 이윽고 친구들마저 일어나 방수포를 뒤집어쓰더니 돌이라도 몇 개 닦겠다며 찐득거리는 검은 갯벌로 묵묵히 걸어 들어가 버렸다. 나는 혼자가 되어 친구들이 돌아오길 가만히 기다렸다. 그런데 얼마 지나지 않아 아이들이 시끄러운 함성 소리를 내며 갯벌 한 곳으로 모이기 시작했다. 몇몇 애들이 서로 뻘을 동그랗게 뭉쳐서 던지고 받으며 놀고 있었는데 그게 재밌어 보였는지 너도나도 몰려들었다. 다른 학교에서 온 남학생과 여학생들도 섞여들었다. 화가 이응노의 그림이 떠오르는 풍경이었다. 거기엔 내 친구들도 보였다. 나는 그때에도 더 이상 존재하지 않는 바다처럼 새파란 청바지만 계속 만지작거리며 모두가 한데 뒤섞인 그 검은 진창을 멀거니 바라보고만 있었다.

그때 갑자기 웬 검은 새 한 마리가 날아와 검은 진창 언저리를 종종걸음으로 맴돌았다. 나는 그 새를 유심히 지켜보았다. 참새같이 생겼지만 털이 검었고 눈 주변에 노란 털이 나 있었다. 그 새는 케네디 우주센터에서 마크가 보여 줬던 검은 새였다. 검은 새는 오염된 보금자리를 마지막으로 돌아보며 발을 동동 구르는 것처럼 보이기도 했고 당장이라도 싸울 기세로 검은 갯벌을 향해 뛰어들 것처럼 보이기도 했다. 나는 검은 새를 눈으로 좇으며 그 작고 가녀린 생명체의 운명에 대해 곰곰이 생각했다.

*

갑자기 오래전 태안 앞바다에서 봤던 검은 새가 떠오른 건 검은 병에 담긴 위스키를 마셔 대다 거나하게 취한 표 부장이 회사의 역사를 줄줄 읊기 시작했기 때문이었다. 회사 소유의 예인선이 사고를 낸 이야기를 하는 통에 문득 지금 내가 인턴으로 일하고 있는 회사가 태안 기름 유출사고의 장본인이라는 사실을 깨달았다. 표 부장은 그때 자신이 말단 대리일 때라 뒷수습을 하느라고 얼마나 진땀을 뺐는지 아냐며 갖은 무용담을 늘어놓았다. 그러거나 말거나 새나 떠올리며 멍하니 있는 나를 회식 자리에 있던 직원들은 곁눈질로 흘깃흘깃 쳐다보기만 할 뿐, 아무도 주의를 주거나 뭐라 말을 걸지 않았다.

특별대우는 오늘 아침부터 시작되었다. 회사에 출근하니 같은 부서 직원들이 모두 나를 어색하게 대했다. 정작 나는 아무렇지 않았는데 자꾸 불쌍한 사람 취급을 하니 스스로가 정말 불쌍한 것 같은 기분이 들었다. 어제까지 온갖 잡일을 시켜 대던 사람들이 하루 종일 아무도 내게 일을 시키지 않았고 나는 할 일 없이 앉아 사람들이 일하는 모습이나 구경했다.

조용한 사무실에서는 마우스를 규칙적으로 딸깍거리는 소리와 키보드를 달려가듯 두드리는 소리가 맴돌았다. 이따금 전화가 울리고 고객사와 통화하는 소리가 추임새처럼 끼어들기도 했다. 일상을 끝없이 견뎌 내어 끝내 그 흐름에 자기를 녹여 낸 일상의 베테랑들이 만드는 사무실의 리듬이었다. 일이 잘 풀린다면 나도 그들처럼 그런 리듬 안에서 평생을 살게 될지도 모른다고 생각했다. 그렇게 된다면 복잡하게 많은 걸 생각하거나 쓸데없는 걸 기억할 필요도 없이 계속되는 일상의 리듬에 완벽히 묻힐 수 있을 것이다. 분명 얼마 안 가 내가 묻힌 리듬의 존재마저 인식하지 못하게 될 것이다.

그 리듬을 지휘하는 사람이 바로 표 부장이었다. 그가 등장하는 순간 연주는 시작되고 그의 움직임에 따라 키보드 소리는 멈추거나 계속되었다. 그리고 항상 그의 퇴장에 따라 하루의 연주가 끝났다. 다닥다닥 붙어 있는 책상의 행렬 끝에 표 부장의 자리가 있었다. 파티션 위로 검은 머리가 성성한 정수리가 빼꼼 보였다. 최근 머리를 심어 인상이 한층 젊어 보였다. 그러나 가까이 다가가면 나기 시작하는 정체불명의 체취를 어쩌지는 못했다. 처음에는 그 냄새가 씻지 않아서 나는 줄 알았다. 그가 자기를 가꾸는 데에 철저하다는 걸 알게 된 뒤로는 그게 경력의 냄새, 사람이 사회에 풍화되는 냄새라는 걸 깨달았다. 그는 수없이 오랜 풍화를 거친 버섯바위 같은 존재였다. 나도 운이 좋다면 꽤 오랜 풍화를 누리고 그와 같은 버섯바위가 될지도 모른다.

그는 사무실에서 내 이름을 제대로 기억하는 유일한 사람이었는데, 고작 인턴인 나를 눈에 띄게 마음에 들어 했다. 아마도 내가 자기처럼 스패로우즈라는 야구팀을 응원하고 있기 때문일 것이다. 나는 스무 살 때 친구들과 같이 산 스패로우즈의 응원 팔찌를 늘 차고 다녔는데 부장은 그걸 보고는 젊은 사람이 그 팀을 응원하는 게 인상적이라고 말했다. 내 나이 또래들은 2002월드컵을 보고 자란 세대라 대개 야구보다 축구를 좋아했다. 가끔 야구에 관심이 있더라도 대부분 베어스나 타이거즈를 좋아했다. 게다가 사실 나도 스패로우즈를 좋아했던 스무 살 때에 비하면 팬이라 할 만큼 애정이 남아 있지는 않다. 팔찌는 그저 오랫동안 차고 다니던 거라 습관적으로 차고 다니는 것뿐이었다. 스패로우즈의 골수 팬을 자처하는 표 부장은 정작 스패로우즈의 경기를 보지 않은 지 오래되었다고 했다. 바빠서 그런다지만 아마 스패로우즈의 성적이 몇 년째 바닥을 치고 있기 때문일 것이다. 그럼에도 그는 회식 때마다 술에 취하면 스패로우즈의 성적을 묻곤 했다. 나는 그때마다 여전하다고 대답했다.

몇 시간 전 표 부장은 내 근무 마지막 날이라고 친히 정시 퇴근을 시켜 주며 말했다.

"이제부터 정직원 심사가 있을 거야. 2주 뒤쯤에 회사에서 연락이 갈 거니까 자네는 마음 편히 먹고 푹 쉬어. 정직원으로 결정되어도 출근은 그것보다 일주일 더 뒤니까 해외여행이라도 다녀오든가. 그동안 열심히 했다면 분명 좋은 결과가 있겠지."

부서 직원들 한 명 한 명에게 인사를 하고 사무실을 나가려는데 표 부장이 나를 다시 불러 세우고는 직원들에게 회식을 제안했다. 부서 사람들은 머뭇거리며 서로 눈치만 보다 차장의 주도하에 다들 자리에서 일어났다. 나를 명분으로 회식에 끌려가는 직원들에게 미안해서 몸 둘 바를 몰랐다. 나 역시도 빨리 퇴근하고 싶었다. 그저 어서 세현이를 보고 싶을 뿐이었다. 직원들 모두 떨떠름한 표정이었지만 대놓고 뭐라고 하지는 않았다. 아침에 그랬던 것처럼 나를 보곤 큰 병에 걸린 환자를 보는 듯한 표정을 지을 뿐이었다.

　두 시간째 계속된 표 부장의 무용담은 여전히 끝날 기미가 안 보이고 직원들은 비둘기라도 되는 것처럼 묵묵히 고개를 숙인 채 안주만 쪼아 먹고 있었다. 나는 세현이에게 아주아주 늦게 집에 갈 것 같다고 살짝 문자를 보냈다. 보다 못한 김 대리가 총대를 메고 건배를 제의했다. 직원들은 차라리 취해 버리는 게 낫겠다고 생각했는지 너도나도 술을 진탕 마셔 대기 시작했고 나름대로 술자리에 흥이 오르기 시작했다. 그 틈을 타 몇몇 사람들은 몰래 빠져나갔다. 나중에는 남은 사람들끼리 야자게임을 하며 반말로 농담까지 한 것 같은데 정확한 내용은 기억나지 않는다. 4차로 노래방까지 간 다음 새벽 3시가 되어서야 회식이 마무리되었다. 나는 술에 취해 널브러진 부장, 차장, 과장, 대리, 사원을 차례로 택시에 태워 보냈다. 택시에 실려 가기 전 표 부장은 꼬부라진 혀로 내게 물었다.
　"요즘 그 팀 어때?"
　"여전합니다."
　표 부장은 고개를 끄덕이며 택시에 탔다. 그가 택시 안에서 창문을 내리고 말했다.
　"이봐, 김도형! 홈런 한 방 크게 칠 날이 올 거니까 아무 걱정하지 마!"

표 부장이 탄 택시는 홈런 볼처럼 까만 밤하늘 아래로 아득하
게 사라졌다.

홈런. 예전부터 나는 공을 쳐내는 데는 소질이 없었다. 공을 던
지는 거라면 자신이 있었는데……. 공을 잘 치는 친구는 따로 있
었다. 꽤 오래전에 알던 옛 친구였다.

아침에 일어나니 숙취로 속이 심하게 울렁거렸다. 화장실로 달
려가서 어제 새벽까지 먹은 것을 다 게워 내고 소파에 널브러졌
다. 휴대폰을 확인해 보았지만 세현이에게선 여전히 아무런 연락
도 와 있지 않았다. 세현이는 요즘 좀 우울해 보였다. 아마 혼자
있는 시간이 필요한 것 같았다. 나는 세현이를 닦달하지 않기로
했다.

술에 취해 그냥 잠이 들었더니 온몸에 뭔가가 덕지덕지 묻은
느낌이었다. 찜찜한 기분에 몸서리가 쳐졌다. 나는 욕실로 가서
차가운 물을 세차게 틀어 놓고 모든 걸 씻어 내렸다.

ㄹ

정신이 좀 들자 데우지도 않은 하얀 식빵을 우적우적 씹어 먹었다. 330ml짜리 컵에 뜨거운 물을 정확히 반만 채웠다. 나만 아는 아주 작은 얼룩이 물 붓는 선 역할을 해 주고 있다. 그 정도 물에 카누 커피 한 개 반을 넣으면 딱 적당했다. 커피까지 마시고 나니 좀 살 것 같았다.

세현이에게 전화를 해 보았지만 이번에도 받지 않았다. 아마 밤 늦게까지 뭔가에 빠져 있다가 아직까지 자고 있거나 양천 도서관에서 뭔가를 찾아보고 있을 거다. 가장 최근에는 달라이 라마에 푹 빠져 있었다. 그래도 분명 오후 5시 전까지는 연락을 줄 거다.

이번엔 무부석사에게 전화했다.

"어이, 무부석사! 잘 지내셨는가?"

"또 까분다. 윤무부 박사님 존함 가지고 놀리면 못써. 누나가 존경하는 분이라고 했잖니."

나는 키득키득 웃었다. 무부석사는 한숨을 쉬고는 내가 알아듣지 못하는 언어로 구시렁거렸다.

"그나저나 웬일로 평일 아침에 전화를 다 했어?"

"이제 인턴 기간 끝났어. 정직원 심사 있는 동안 3주나 쉬어."

"3주나? 대박인데? 어때, 잘될 것 같아?"

"잘 모르겠어. 어떻게든 되겠지. 오늘 시간 돼? 새나 보러 갈까?"

"보는 게 아니라 관찰! 세현이도 와?"

"연락이 안 되네. 또 뭐에 빠져 있는 것 같은데. 최근까지는 달라이 라마였어."

"갑자기 웬 달라이 라마? 걔는 도무지 무슨 생각을 하는지 모르겠다니까."

무부석사는 어이없다는 듯 웃으며 말했다.

"오래는 못 있어. 가까운 데로 가자."

무부석사는 조류학 박사를 준비 중이다. 모르는 새가 없고, 생김새로는 물론이고 울음소리만으로도 새를 구분할 수 있다. 윤무부 박사의 이름을 딴 무부석사는 그래서 붙여 준 별명이었다. 예전에 같이 대학 다닐 때는 석사과정 중이어서 무부학사라고 불렀었다.

대학교 때 국제학생지원센터에서 근로장학생으로 일하던 세현이는 거기서 무부석사를 만났다. 빠르게 친해진 둘은 얼마 뒤 한국 학생들과 외국인 유학생들의 교류를 위해 동아리를 만들기로 결심했다. 그리곤 무언가 함께 배우고 함께 여행도 하기엔 조류관찰이 제격이라고 생각해 무려 조류관찰동아리를 설립했다. 두 사람은 학교 본부에 동아리 설립 신청서를 제출하며 수많은 학생들이 몰리는 걸 감당할 수 있을지 걱정했다. 그러나 대조류관찰동아리에는 내가 졸업할 때까지 나와 그 두 사람을 포함해 단 다섯 명이 몰렸다.

　지하철을 타고 월드컵경기장역으로 향했다. 출근 시간 때와는 달리 객실이 한산했고 그 고즈넉함이 좋았다. 출근하던 버릇이 몸에 배어서 약속 시간보다 정확히 5분 먼저 도착했다. 무부석사는 늘 약속에 15분에서 30분 정도 늦는다. 언제나 감당할 수 없을 만큼 숱이 많은 검은 곱슬머리를 그냥 풀어헤친 채 세상에서 가장 편한 운동복 차림으로 나타나는데 왜 항상 늦는 건지 알 수가 없다.
　살 건 없지만 더위도 식힐 겸 역 주변에 있는 대형 마트로 들어가 갤러리라도 온 양 물건들 사이를 거닐었다. 색색깔의 과자 봉지와 네모반듯한 시리얼 상자, 똑같은 크기의 원통형 통조림, 실용적인 모양의 소스 병들이 각각 딱 알맞은 자리에 예쁘게 정돈

되어 있었다. 물건들이 제자리에 반듯하게 정리된 걸 보면 어쩐지 마음이 편안해진다. 마트에서는 모든 게 확실하고 당연했다. 제품의 카테고리, 가격, 모양, 용도, 브랜드, 색깔, 늘 비슷비슷한 광고 카피까지. 어떤 의심의 여지도 없었다. 어쩌면 내 삶도 그럴지도 모른다고, 정확히 분류될 수 있을지도 모른다고, 안심하라고 말하는 것 같았다. 내 주변의 모든 것들이 이렇게 반듯하게 제자리를 지키고 있었으면 좋겠다. 다시는 길을 잃은 채로 여기저기 휘날리고 싶지 않았다. 더 이상 불안감을 느끼고 싶지 않았다.

전화를 받고 마트의 야외 주차장으로 나가 보니 머리를 단정히 묶고 정장을 차려입은 무부석사가 자신이 졸업할 때 중고로 산 검정색 코란도 옆에 서 있었다. 무부석사는 청동상처럼 검고 매끈한 피부와 육상선수처럼 팽팽하게 단련된 팔다리 덕분에 강인해 보였지만 졸린 사자 같은 눈 때문에 어딘가 어수룩해 보이기도 했다.

"뭐야, 웬일로 멋지게 입고 왔네? 어디 가?"

"잠깐 있다가 요 앞으로 일하러 가야 돼."

"그래서 불광천에서 보자고 한 거야? 아무리 그래도 그렇지 명색이 대조류관찰동아리가 모양 빠지게 이게 뭐야."

"뭐가 대조류관찰동아리야. 그때도 너랑 나, 세현이, 유누스,

경진이까지 다섯 명뿐이었잖아. 학교 애들이 우릴 독수리 오형제라고 불렀다더라."

내 실없는 농에 졸린 눈으로 푸념을 해 대는 무부석사를 보자 나는 반가움에 싱글싱글 웃음이 나왔다. 우리는 불광천 양옆으로 나란히 뻗은 산책로로 내려가 늦여름의 햇볕을 쬐며 천천히 걸었다. 무부석사와 실없는 농담을 주고받고 거리낌 없이 깔깔거리며 걸으니 남아도는 시간을 주체 못해 대학 교정을 하루 종일 누비던 대학 시절로 돌아간 것 같았다.

대학생 때는 조류관찰동아리원들과 먼 바닷가까지 바닷새를 보러 가기도 하고 전국 각지에 숨어 있는 생태공원에 가기도 했다. 그때야 시간이 이래저래 남아서 기분만 나면 당장이라도 차를 타고 떠나 버리곤 할 수 있었다. 졸업한 지 얼마 안 되었을 때까지도 가끔 무부석사를 보채서 조류동아리원들과 함께 가까운 숲이나 강가에라도 탐조활동을 갔다. 그러나 그마저도 뜸해졌다. 동아리라고 해도 딸랑 다섯 명뿐이었는데 터키 유학생 유누스가 졸업 후 1년 뒤 터키로 돌아가면서 연락이 끊겼고 그 뒤에는 경진이가 지방에 취직하면서 연락이 끊겼다. 그나마 나와 세현이, 무부석사만이 가끔이라도 만나 새를 보러 다녔는데, 처음엔 세현이가 바빴다가 다음은 무부석사가, 요즘은 내가 제일 바빠져서 새를 보러 가는 일이 없어졌다. 나는 인턴 기간 동안 주말이면 늘 늦잠 자기 바빴다.

바쁘게 살다 보니 친구들과 멀어졌다는 사실이 서운하게 느껴질 틈도 없었다. 그냥 새까맣게 잊고 있었다. 그러다 갑자기 시간이 많이 생기니 그 시간만큼 가슴이 텅 비어 있는 느낌이 들었다. 일하느라 미뤄 놨던 것들을 하나도 남김없이 다 해서 빈 시간을 꽉꽉 채워야겠다고 생각했다. 가장 먼저 새를 구경하러 가고 싶어졌다. 친한 친구와 함께 한가한 시간을 보내며 느긋한 기분을 느끼고 싶었다.

불광천 산책로를 둘러싸고 펼쳐진 초지에 수많은 비둘기들이 웅크리고 앉아 회색 들판을 만들었고 까치들은 쓸데없이 그 사이를 부지런히 뛰어다녔다. 불광천 한가운데에서는 청둥오리들이 작은 물고기를 잡아먹느라 대가리를 물에 처박고 엉덩이만 물 밖으로 내놓은 채 버둥거렸다. 다리가 긴 왜가리 한 마리가 오리와 멀찍이 떨어진 냇가에서 짐짓 젠체하며 느릿느릿 걸었다.

"비둘기, 까치, 오리, 왜가리는 하나도 재미없어."

"쟤들도 새야. 잘 살펴보면 얼마나 멋진데. 흔하다고 그냥 지나치지 말고 관찰해 봐."

"비둘기를?"

"쟤네는 집비둘기란 애들인데 조금 지저분해 보이긴 하지. 그래도 나름 멋진 점들이 있다고. 쟤들이 의지가 없어서 그렇지 원래는 맘만 먹으면 시속 100킬로로 열 시간 동안 날아다닐 수도 있어."

"설마?"

"진짜야. 거기다 머리에 내비게이션까지 내장되어 있다고."

"나 잘 모른다고 막 지어내는 거지?"

"머리랑 눈에 자성 있는 물질이 있어서 북쪽을 향하는 곳은 색깔이 달라 보인대. 괜히 전서구로 썼겠어?"

비둘기가 햇볕에 바싹 마른 깃털을 열심히 가다듬는 걸 보았다. 그 모습이 조금은 멋있어 보이려던 찰나 그 비둘기가 몸을 한껏 부풀린 뒤 누군가 싸놓은 똥처럼 바닥에 아무렇게나 푹 퍼져버리자 그만 다시 정이 뚝 떨어져 버렸다.

"아무리 그래도 너무 많아."

"쟤들이 저렇게 많아진 것도 결국 사람 탓이야. 사실 토착종도 아니거든. 한국 토종 비둘기들은 경계심이 강해서 도시에 잘 안 살아. 88올림픽 개막식 때 외국에서 무분별하게 수입해 온 게 이렇게까지 퍼진 거야."

무부석사는 주머니에서 볍씨를 한 줌 꺼내 주변을 한번 슥 둘러보고는 바닥에 조금씩 조금씩 뿌렸다. 누나가 지나갈 때마다 수많은 비둘기가 몰려들었다.

조류는 알면 알수록 재미있었다. 다 비슷해 보이던 새들이 무부석사의 설명을 듣고 나면 전혀 다른 존재로 보였다. 생김새가 다르고, 습성이 다르고, 날아다니는 건 같아도 날갯짓하는 방식이 달랐다.

　우리 두 사람 곁을 지나가는 사람들이 무부석사를 흘깃흘깃 쳐
다보며 지나갔다. 아무래도 흑인인 누나가 한국말을 모국어처럼
유창하게 하는 게 영 신기했나 보다. 무부석사의 이름은 아다나
반자다. 누나는 콩고민주공화국 출신으로 10년 전에 한국으로
유학을 왔다. 콩고민주공화국에서 봉사를 하던 한국인 선교사로
부터 한국을 소개받았다고 했다. 원래는 미국으로 가는 발판으로
삼기 위해 한국의 대학에 입학했지만 어쩌다 보니 눌러앉게 되었
다. 콩고민주공화국에 있을 때부터 동물에 관심이 많았는데 한국
에 와서는 특히 조류에 푹 빠졌다고 했다.
　나는 아다나 누나를 처음 봤을 때 어쩐지 누나의 외모가 한국
인과 비슷하다고 생각했다. 한국어를 유창하게 해서거나 한국에
오래 살아 한국인과 생활방식이 별로 다르지 않아서이기 때문일
거라 생각했는데, 그런 느낌을 느끼는 게 차별인 건지 아닌지 잘
몰라 함부로 얘기하진 않았었다.
　"논문은 잘돼 가?"
　내 물음에 무부석사는 까무잡잡한 볼을 스스로 꼬집으며 씁쓸
하게 웃었다.
　"지도 교수님이 아무래도 포유류나 미생물로 주제를 바꾸는 게
좋을 것 같다네."

"새는 왜 안 돼?"

"누가 새 같은 거에 관심 있겠어. 이놈이나 저놈이나 날개랑 부리 달리고 다 비슷비슷하게 생겼잖아."

나는 비둘기 무리와 떨어진 곳에 옹기종기 모여 종종걸음 치는 참새 떼를 보았다.

"나도 원래 크게 관심 없었는데 지금은 이렇게 좋아하잖아. 누나가 제2의 윤무부 박사님이 돼서 사람들이 관심 가지게 하면 되지! 좀 비슷하게 생겼다고 참새나 멧새나 다 같은 새인 줄 아는 건 너무 안타깝잖아."

"난 어릴 때 참새가 자라서 비둘기 되는 줄 알았는데 그 정도야 뭘. 그리고 너도 예전엔 참새랑 멧새 구별 못했잖아."

"참새는 무리지어 살고 멧새는 주로 암수 한 쌍끼리만 살잖아. 그리고 생김새로도 충분히 구별할 수 있어!"

내가 발끈하자 무부석사가 웃으면서 말했다.

"처음 우리 동아리에 들어왔을 때는 멧새란 새가 있는지도 몰랐잖아. 그때 너 다짜고짜 동아리방으로 찾아와서 참새랑 똑같이 생겼는데 바다에 사는 검은 새 이름이 뭐냐고 물어봤었는데."

"맞아, 그랬지. 댁이 자기도 모르겠으니까 같이 한번 찾아보자고 구렁이 담 넘듯이 입부시켰잖아."

우리는 깔깔대며 웃었다.

"결국 못 찾았지. 자기가 어릴 때 태안 앞바다에서 봤던 검은 새가 검정바다멧참새라고 우겼잖아. 어디서 들었는지 그런 이상한 한국어 명칭으로 불렀지."

"아니야, 정말이라니까. 인터넷에서 찾은 사진을 한참 봤어! 명칭이야 어쨌든 분명 검정바다멧참새였어."

"검정바다멧참새라니, 외국 새니까 정식 명칭 같은 건 없지만 아무래도 좀 조잡한 이름이다. 여하튼 간에 네가 본 건 비슷한 새였겠지. 네가 검정바다멧참새라고 부르는 새는 플로리다 어느 섬에 있는 습지에서 제한적으로 서식했고 다른 지역으로 안 옮겨 가는 텃새였어. 그런 새가 어떻게 태평양을 건너왔겠냐고. 게다가 1990년에 멸종확인종으로 최종 분류됐어."

"알아. 나 그 섬에 있는 케네디 우주센터에 가 본 적도 있어. 안 그래도 거기서 가이드한테 들었어. 우주센터 주변의 모기 없앤답시고 그 새가 살던 습지를 물에 잠기게 했는데, 둥지가 다 파괴되고 옮겨갈 곳도 없어서 멸종해 버렸대. 그 새는 더 습하거나 더 건조한 곳에서는 못 살고 딱 그 습지 환경에서만 살 수 있었다나 봐."

오래전 그 얘기를 해 준 마크가 떠올랐다. 어쩐지 마크와 무부석사의 눈이 닮아 보였다.

"새는 섬세해. 특히나 텃새 중에는 주변 환경이 아주 살짝만 바뀌어도 사라져 버릴 정도로 연약한 종들도 있어. 예전엔 나도 인터넷으로 해외 조류 커뮤니티에 들락거렸었는데 어떤 놈이 댓

글로 그런 것도 자연도태의 일부라고 씨불이더라. 무식한 놈. 환경을 바꿔 버리는 좋은 사람밖에 없어. 지구 입장에선 크나큰 민폐지."

우리는 잠시 말없이 걸었다. 나는 그래도 정말 그 새를 봤다고 말하려다 무부석사의 굳은 표정을 보고는 그만두었다.

"사실 논문 주제 뺏긴 거야."

불광천이 갑자기 조용해진 것 같았다.

"누구한테?"

"석사 동기한테. 예전에 한번 말한 적 있을걸? 착하긴 한데 좀 변태 같다고 했던 남자애 있잖아. 다른 학교 출신."

"아, 기억나. 새 박제하는 거 좋아하는 그 음침한 놈?"

"걔 교수까지 만들어 줄 건가 봐. 조류 박사과정에 연구비 지원이 적어서 랩실에 자리 하나밖에 안 날 것 같은데 그놈 줘야 할 것 같대."

"그 덜떨어진 놈한테? 설마 누나가 외국인이라서?"

"모르지. 이유야 만들면 얼마든지 많고."

"씨발."

"그래, 씨발."

무부석사는 쿨한 척 웃음을 지었다. 외국 드라마에서나 보던 의례적인 웃음이었다. 마치 내가 잘못한 것처럼 창피했다. 무부석사는 교수도 안 시켜 줄 거면서 데려다가 실컷 부려먹지 않고 포기하라고 미리 말해 준 정도면 이 바닥에선 훌륭한 편이라고 말했다.

"그래서 말인데, 음…… 나 아마 미국으로 갈지도 몰라."

가슴이 덜컥 내려앉는 기분이 들었다.

"국제 조류보호단체에 지원해 봤는데 같이 일해 보자고 연락이 왔어. 9월까지는 확답을 달래. 전 세계를 돌아다니면서 조류보호 활동도 하고, 유명한 조류학 박사들이랑 같이 연구도 한대. 활동 하다가 다시 욕심이 생기면 미국에서 박사 학위를 준비해 보는 것도 괜찮을 것 같고……."

"갈 가능성이 몇 프로야? 확실히 말해."

나도 모르게 서운한 마음이 울컥 밀려왔다. 무부석사에게는 자기 삶이 있다. 무엇보다 자기가 나아갈 길을 찾은 거다. 친구라면 오히려 축하하고 응원해 줄 일이었다. 그렇지만, 나도 모르게 가슴이 무겁고 쓸쓸했다.

"80프로? 85프로."

무부석사가 미안한 표정을 지으며 내 눈치를 살폈다. 나는 억지로 웃으며 무부석사의 어깨를 토닥였다.

"멋진데? 잘되었으면 좋겠어."

무부석사는 이를 드러내며 씨익 웃었다.

"고마워."

무부석사는 내 손을 꽉 잡았다. 무엇이든 이겨낼 것 같은 힘이 느껴지는 손이었다.

"여기저기 돌아다니면서 지내는 건 괜찮아?"

"돌아다니는 건 상관없는데 떠나기는 좀 아쉽네. 여기서 10년 가까이 살았으니까. 친구들도 다 여기 있고."

무부석사는 불광천 주변을 한번 주욱 둘러보며 말했다.

"사실 나도 한국이 좋긴 하지. 그런데, 이곳은 너무 많은 게 미리 정해져 있어."

나는 고개를 끄덕였다.

"정말 그것 때문인 거지?"

나도 모르게 불쑥 이런 말을 했다. 무부석사는 나를 이상하다는 듯이 쳐다보았다.

"그럼 그것 말고 뭐가 있겠어?"

나는 그저 웃으며 고개를 끄덕일 뿐이었다. 언젠가 이렇게 되리란 걸 알고 있었다. 아쉬웠지만 놀랍진 않았다. 무부석사가 언젠가는 이곳을 떠날지도 모른다는 생각을 늘 마음 한구석에 하고 있었다. 나는 무부석사가 이곳에 뿌리를 내리겠다는 생각을 한번도 가진 적이 없다는 걸 안다.

나는 늘 무부석사가 이곳에 정을 두고 있지 못하다고 생각했다. 이곳에서의 다른 일들은 제쳐두고 가장 친한 친구인 나와의 관계에서까지도 끝끝내 일정한 거리를 뒀기 때문이다. 나는 두 가지 일로 무부석사가 나에게까지 그런 거리를 두고 있다는 확신을 얻었다. 첫째는 우리가 가까운 사이가 되기 시작했을 무렵 무부석사가 고백한 민감한 문제 때문이었다. 무부석사는 거기에 대해 내 입장에선 이해하지 못할 말들을 늘어놓았다. 자신의 마음을 허심탄회하게 드러낸 거라고 했지만, 나는 꽤 오랜 시간이 지난 지금까지도 끝끝내 무부석사의 진짜 속마음은 듣지 못했다고 생각하고 있다. 또 한 가지는 무부석사의 개인적인 사실을 내가 우연히 알게 되었는데 나는 무부석사가 왜 그걸 굳이 숨겨야 하는지 이해할 수 없었다. 나는 언젠가 우리가 더 가까워지면 무부석사가 내게 자연스레 알려주리라 생각했지만 5년이 지난 지금까지도 내게 자신의 속사정을 터놓지 않았다.

이런 우리 사이의 틈은 나로 하여금 무부석사가 끝끝내 이해할 수 없는 문화적 차이를 지닌 외국 사람이라고 생각하게 만들었다. 그렇지만 나는 이런 생각을 스스로 억누르기 위해 노력했다. 가뜩이나 이곳에서 이방인 취급을 받으며 10년 가까이 살아온 아다나 누나가 가장 친한 나에게까지 그런 취급을 받는다고 느낄까 봐 나는 늘 마음을 졸였다. 그러나 내 의지와는 상관없이 입장의 차이가 조금씩 우리 사이의 틈을 벌렸고 무부석사가 언젠가 분명 떠날 거라는 생각을 마음 한구석에 자리 잡게 만들었다. 그리고 보다시피 무부석사는 결국 내가 생각했던 대로 정말 떠난다.

분명 오로지 그 틈 때문만은 아니라는 걸 안다. 무부석사는 좋은 기회가 생겨서 떠나는 거다. 그러나 한편으로는 확신할 수가 없었다. 아주 예전에 오로지 이런 틈 때문에 날 떠난 친구가 있었기 때문이다. 누구보다 가까운 사이였는데도 말이다.

"어떻게 되든 앞으로는 오늘처럼 보고 싶을 때 갑자기 만나기는 힘들겠네."

"왜 힘들어? 직장생활 해도 다들 짬짬이 시간 내서 만나고 하더라. 자주 만나기 힘들면 일 년에 한두 번 정도라도 너랑 세현이랑 유누스, 경진이 다 같이 뭉쳐서 순천이나 제주도로 조류 관찰 겸해서 여행 다니면 되지. 아니면 이제는 스케일 크게 외국으로 새 구경 가도 되겠다. 김도형이 이제 돈 버니까 그 돈 팡팡 쓰면 되지."

무부석사는 내 등을 찰싹 쳤다. 손이 아주 매웠다.

"뭘 자꾸 그렇게 걱정해."

"어딘가에 매이는 게 서러워서 그러지."

나는 화끈거리는 날갯죽지 주변을 문지르며 말했다. 무부석사는 쓸쓸하게 웃었다.

"다들 그렇게 살아."

"새처럼 자유롭게 살고 싶다."

"모르는 소리 하지 마. 새들도 자유롭진 않아."

우리는 어느새 불광천이 홍제천과 만나는 막다른 지점까지 걸어왔다. 내가 어느 쪽으로 더 걸을까 망설이고 있을 때 무부석사의 전화가 울렸다. 무부석사가 통화를 마치고 말했다.

"여기서 헤어져야겠다. 지도 교수님이 오늘 난지 수변생태학습센터 관련 사업 세미나에 자문위원으로 참석하시거든. 옆에서 도와달라고 하셔서. 사실 그것 때문에 여기서 보자고 한 거야. 이제 이 길로 쭉 가 봐야 해."

"시켜 먹을 건 또 다 시켜 먹네. 돼지 같은 놈."

무부석사는 웃으며 내 머리를 헝클어뜨리듯 쓰다듬었다.

"세현이한테는 네가 미리 잘 말해 줘. 나한테 너무 서운해 할까 봐 걱정이야."

"왜 서운하겠어. 아쉬울 뿐이지. 누나 원하는 일 하러 가는 건데. 당연히 세현이도 응원하겠지."

"세현이는 요즘 괜찮아? 전화도 잘 안 받던데."

"괜찮아. 잘 지내. 혼자 생각할 게 많은가 봐."

"내가 많이 보고 싶어 한다고 말 좀 전해 줘."

"뭘 전해 줘. 조만간 다 같이 보면 되지."

무부석사는 씩 웃어 보이고는 다시 전화를 받으며 홍제천을 따라 한강을 향해 쭉 걸어가 버렸다. 정장을 입고 머리를 뒤로 단정하게 묶은 모습이 모르는 사람처럼 낯설게 느껴졌다. 나는 무부석사와 같이 걸어온 불광천으로 되돌아갔다.

이번 여름엔 비가 안 와서 불광천 수면이 많이 낮아져 있었다. 하천 언저리에 진흙 바닥이 드러나 있었다. 좁아진 하천 한가운데서 작은 물고기들은 가만히 숨죽이고 있었다. 힘겹게 흐르는 불광천을 내려다보다 끊임없이 물이 흐르고 있는 지형에 이름을 붙인다는 게 문득 이상하게 느껴졌다. 지금 이 찰나의 순간 내 앞을 지나가고 있거나 지금까지 이곳을 지나쳐 간 모든 물방울들에 불광천이라는 이름을 붙인 게 아니었다. 끊임없이 변하고 있는 상황, 흘러가 버리고 있는 현상 자체에 이름을 붙인 것이었다. 어쩐지 불광천이라는 이름이 물과 같이 떠내려가 버리는 것 같았다.

하천 주변에 물이 흐르지 못하고 고여 있는 물웅덩이가 보였다. 저런 것에는 이름을 붙여도 될 것 같았다. 언젠가 사라지더라도 저 모습을 그대로 기억할 수 있을 것 같았다. 나는 그 물웅덩이에 '불광천 웅덩이 B-486'이라 이름 붙여 줬다.

그런데 자세히 보니 그 물웅덩이 한가운데에 새카만 점액질 덩어리가 뭉쳐 있었다. 고여서 썩은 물이 진흙과 섞인 것이거나 어딘가에서 흘러온 타르 덩어리 같았다. 어쩐지 석유 냄새가 나는 것 같았다. 구청에 민원이라도 넣을까 하는 생각이 들었지만 물고기와 오리들이 그 주변에서 거리낌 없이 서성거리는 걸 보고 대수롭지 않게 지나쳐 가 버렸다.

3

아직 오후 3시였다. 무부석사가 가고 나니 달리 할 일이 없었다. 불광천 산책로에 있는 벤치에 앉아 참새 무리가 바닥을 쪼아대는 걸 구경했다. 참새들은 서로 뭐가 그리 정겨운지 바글바글 모여 쉴 새 없이 재잘거렸다. 그러던 것들이, 그렇게나 모여 즐거워하던 녀석들이 불현듯 약속이나 한 듯 한꺼번에 포르르 날아올라 어딘가로 날아가 버렸다.

세현이 얼굴이 떠올랐다. 예전에 세현이의 별명이 참새였다. 지금이야 긴 검정머리지만 재수학원 시절 처음 만났을 때는 짧은 머리를 갈색으로 염색하고 다녔다. 몸집이 작고 마른데다가 눈썹이 마치 참새의 얼굴 무늬처럼 새까맣고 짙기까지 해서 영락없이 참새 같았다. 학원 국어 선생님이 수업 시간에 지나가는 말로 참새 같다고 말한 뒤로 아이들 모두가 세현이를 참새라고 불렀다.

가장 친했던 나와 준영이까지도 참새라고 놀리자 세현이는 발끈하며 짜증을 내다 나중에는 머리를 검은색으로 염색해 버렸다. 그러나 모두가 아랑곳하지 않자 참새는 결국 포기해 버렸다. 그래도 나중엔 야구팀 스패로우즈와 이름이 같다며 그 별명을 영광으로 여겼다.

그때가 생각나 쿡쿡 웃고 있을 때 갑자기 내가 앉은 벤치로 참새 한 마리가 포르르 날아왔다. 벤치 끄트머리에 앉은 참새는 나를 경계하는 듯 요리조리 총총거리더니 이내 제자리에 멈춰 서서 동그란 눈으로 나를 올려다보았다. 자세히 보니 참새가 아니라 멧새였다. 몸집이 작고 깃털이 갈색이어서 겉보기에는 참새와 비슷하지만 눈썹 위로도 흰색 줄무늬가 있는데다 얼굴의 검은 무늬가 근본적으로 다르다. 참새의 검은 무늬는 뺨을 제외한 얼굴 부위를 뒤덮고 있는 형태지만 멧새의 검은 무늬는 두 개의 줄무늬가 부리부터 뻗어나가 얼굴을 가로지르는 모양이다. 또한 멧새는 꼬리 깃이 참새보다 길고 꼬리 깃털 두 개가 흰색이다. 멧새는 참새처럼 무리 생활을 하지 않고 주로 이렇게 혼자 다니거나 암수 한 쌍이 같이 다닌다. 상대가 죽지 않는 한 한 마리의 짝과 일부일처제로 사는 습성이 있다.

멧새는 아주 조금 조금씩 내 주변으로 오더니 어느새 벤치 위에 올려둔 내 손가락 위에 앉았다. 나는 검지에 올라가 있는 멧새를 조심스럽게 내 눈 높이로 들어올렸다. 경계심이 많은 새인데도 나를 무서워하지 않는 것 같았다. 멧새는 자못 슬퍼 보이는 눈으로 나를 들여다보았다.

나는 뭔가 줄 게 없을까 주머니를 뒤져 보았지만 아무것도 없었다. 아까 무부석사에게 좀 받아 놓을걸. 나도 예전엔 무부석사처럼 볍씨 한 줌쯤은 주머니에 넣고 다녔었다. 무부석사는 변함없이 어딜 가나 볍씨를 가지고 다니는데 내 주머니는 이제 먼지만 가득했다. 멧새는 금방이라도 울 것 같은 눈으로 나를 향해 슬픈 표정을 지어 보이더니 어디론가 날아가 버렸다. 성산대교가 와르르 무너지기라도 한 것처럼 조용해졌다.

세현이에게 다시 전화를 해 보았다. 여전히 받질 않았다. 어디서 뭘 하고 있는 걸까? 항상 새처럼 어디론가 바쁘게 날아가 버린다. 늘 내가 있는 곳으로 다시 돌아오지만 어느 날 갑자기 돌아오지 않을지도 모른다는 생각에 가슴이 덜컥 내려앉는다. 그러나 내가 할 수 있는 건 없었다. 그저 가만히 내가 있는 자리를 지키는 수밖에 없었다.

세현이는 여전히 참새 같지만 그 별명으로 부르지 않은 지 오래되었다. 준영이와 관계가 틀어지고 난 뒤로는 한번도 세현이를 참새라고 불러 본 적이 없었다. 그 별명은 우리 셋의 것이었다. 둘이 된 우리가 그 별명을 쓸 수는 없다. 그게 암묵적인 규칙이었다.

사람이 많은 곳으로 가고 싶었다. 이 도시에 나 혼자 있는 게 아니라는 걸 느끼고 싶었다. 생각나는 게 야구장밖에 없었다.

*

스패로우즈의 홈구장에도 사람이 많지는 않았다. 벌거벗은 산처럼 좌석 대부분이 비어 있었다. 매년 그랬듯 스패로우즈는 이번 정규 시즌 내내 꼴찌였고 올해도 가을야구를 할 수 없게 되었기 때문이다. 게다가 오늘 경기의 상대는 호크스였다. 2위와도 7게임 가까이 승차가 나는 독보적인 1위 팀이었다. 스패로우즈와의 승차는 거의 30게임 차가 넘었다. 정규 시즌이 끝나 가고 있는 시점에서 사실상 1위를 확정지은 호크스 입장에서는 이기면 좋지만 지더라도 별 타격이 없는 경기였다. 사실상 꼴찌를 확정지은 스패로우즈 입장에서도 마찬가지였다. 이게 왕년의 라이벌이었던 두 팀의 현주소였다.

한때 스패로우즈는 정말 강한 팀이었다. 나와 세현이, 준영이가 다 함께 응원하던 시절에는 특히 그랬다. 짜임새 있는 스몰 야구의 대표주자였고 아이돌의 칼군무 같은 팀워크를 자랑했다. 게다가 결정적인 순간에 언제나 기회를 놓치지 않는 타선까지 갖추었다. 어떻게든 점수를 쥐어짜 내서 한국야구 역사상 '가장 많은 점수를 내는 팀'이라는 평가까지 받았다. 그때 우리 셋은 그런 스패로우즈를 열렬히 좋아했었다. 그러나 그게 마치 한여름 낮잠의 꿈이기라도 했던 것처럼, 지난 8년간 스패로우즈는 형편없는 팀이 되었다. 스몰 야구는커녕 기본기부터 무너졌고 야수들의 합은 항상 조금씩 빗나갔다. 타선은 늘 찬스를 놓쳐서 어느 순간부터는 기회조차 찾아오지 않았다. 매 경기마다 한 점 내는 것조차 힘들어했다. 더 이상 스패로우즈의 경기를 보러 오는 팬은 거의 남지 않았다.

그렇지만 사실 나는 서른 살이 점점 가까워질 무렵부터 이기든 지든 상관없는 이런 경기가 더 좋아졌다. 스패로우즈는 지난 8년간 항상 하위권이었기 때문에 매년 정규 시즌 막바지에 스패로우즈가 치르는 경기는 늘 승패가 큰 의미 없는 시합이었다. 직접 뛰는 선수들은 참담한 심정이겠지만 보는 입장에서는 마음이 편했다. 기대도 걱정도 없었다. 욕심을 내려놓고 공이 오가는 걸 아무 생각 없이 바라보고 있으면 기분이 느긋해지고 잠시나마 세상만사가 별 것 아닌 것처럼 느껴졌다. 그래서 더 이상 스패로우즈의 팬이 아님에도 이맘때면 가끔 시원한 생맥주를 한 잔 사서 한산한 외야석에 혼자 자리를 잡고 앉아 시간을 보내곤 했다. 세현이랑 올 때도 있었지만, 사실 난 혼자 오는 게 더 좋았다. 세현이랑 여길 오면 늘 좀 슬퍼졌다. 스패로우즈가 지기라도 하면 아직도 스패로우즈의 팬임을 자처하는 세현이가 지나치게 우울해했다. 요즘 스패로우즈는 대부분의 경기에서 지기 때문에 우리는 경기를 보러 올 때마다 우울한 시간을 보내야 했다. 그래서 어느 순간부터는 혼자 야구를 보러 왔다. 이렇게 혼자 외야석에 덩그러니 앉아 있으니 외롭긴 했지만 마음은 편했다.

여름이 끝나 가고 있던 터라 바람이 제법 서늘했다. 손에 들고 있던 맥주가 차갑긴 했지만 어쩐지 밍밍했다. 저 멀리 있는 응원석에서 들려오는 그나마 몇 남지 않은 스패로우즈 팬들의 응원이 소음처럼 느껴졌다.

경기가 시작되자 스패로우즈는 1회부터 3점을 내줬다. 2회에는 선발 투수가 교체되었다. 감독이 계속해서 투수를 교체해 보았지만 팀은 거의 매회 점수를 내주었고 7회에 스코어는 8 대 0까지 벌어졌다. 경기 상황에 따라서 투수를 교체하고 있는 게 아니라 그저 누구라도 점수 내주는 걸 좀 막아 줬으면 하는 거였다. 더 이상 교체할 투수가 남아 있기나 한지 궁금했다.

현재 스패로우즈가 겪고 있는 문제는 조금 복잡했다. 예전에 스패로우즈가 표방했던 스몰 야구는 강력한 투수진이 뒷받침해 줘야 가능한 경기 스타일이었다. 그러나 사람들은 장타가 우후죽순 터져 나오고 점수가 폭격기처럼 쏟아져 내리는 스타일의 경기 방식을 더 좋아했다. 장타를 잘 치는 타자가 귀한 대접을 받았고 투수의 인기가 상대적으로 줄었다. 각 구단은 타선에 많은 돈을 썼다. 거포로 불리는 홈런 타자들에게 리그에서 가장 비싼 연봉을 줬다. 투수들은 싼값에 영입해 혹사시켰다. 실력 있는 투수들은 미국이나 일본으로 빠져나갔다. 한국야구 리그에도 타고투저 현상이 자리 잡게 된 것이다. 이런 국내 야구 시장 변화에 영향을 받은 스패로우즈는 점차 실력 있는 투수를 영입하는 데 어려움을 겪게 되었고 원래의 경기 스타일을 고수할 수 없었다. 이내 다른 팀처럼 비싼 타자를 영입해서 마구잡이로 점수를 내는 데 집중하게 되었다. 예전의 스패로우즈는 사라진 것이다. 이름만 같을 뿐 사실상 다른 팀이 되었다. 그러나 다른 팀이 이미 오래전에 구축해 놓은 강력한 타선을 뒤늦게 쫓아가기에는 역부족이었고, 그 결과로 지금과 같이 총체적 난국을 겪고 있는 것이다. 팀을 재구축한다는 이유를 내세우며 계속해서 감독과 선수들을 바꿔 대고 있지만 그게 벌써 8년째였다.

잠시 맥주를 사러 경기장 바깥으로 나와 보니 스패로우즈의 예전 유니폼을 입은 팬들이 피켓을 들고 시위를 하고 있었다. 커다란 플래카드까지 걸어 놓았다. 스패로우즈의 이름을 바꾸지 말라는 항의였다. 올해 바뀐 스패로우즈의 새 스폰서가 팀 이름을 바꾸려 한다는 이야기가 돌았기 때문이다.

야구팀의 이름에 집착하는 게 내겐 조금 이상하게 느껴졌다. 야구팀은 매 시즌 변한다. 고정되어 있는 건 아무것도 없어서 매년 다른 팀이 된다고 해도 무방할 정도다. 프로 스포츠가 대개 그렇듯 선수와 감독이 자주 바뀌는 건 물론이고 다른 스포츠에서는 잘 안 변하는 팀 컬러라는 것도 야구에서는 시즌마다 바뀌는 경우도 있다. 경기 스타일, 전략, 작전, 강점, 약점 등이 매번 상황에 따라 변하기 때문이다. 심지어 가끔은 연고지나 홈구장이 변할 때도 있다. 아무리 따져 봐도 내가 작년에 응원하던 팀이 올해와 같은 팀이라는 보장이 없다. 이름이 같다는 것 외에는. 고정된 건 이름이 전부인 것이다. 어쩐지 주객이 전도된 것 같았다. 이름이 가리키는 대상은 계속 변하는데 붙인 이름만 그대로인 상황. 어쩌면 이 사람들은 야구팀이 아닌 야구팀의 이름을 좋아하는 걸지도 모른다.

분명 나도 예전엔 스패로우즈를 좋아했다. 정확히 말하자면 2010년 시즌의 스패로우즈를 좋아했다. 지금은 그 시절의 흔적이 거의 남아 있지 않다. 플레이 스타일은 물론이거니와, 구단주와 감독도 이미 여러 차례 바뀌었고 많은 선수들이 이미 다른 팀으로 이적했거나 은퇴한 지 오래였다.
만약 우승 경험이라도 많으면 이름을 바꾼다는 사실에 아쉬운 마음이 들었을지도 모른다. 팀 이름에 우승 프리미엄이 쌓였다는 개념으로 말이다. 그렇지만 창단 이래 2010년 통합 우승 한 번이 스패로우즈의 우승 경력의 전부였다. 2011년 이전까지는 늘 상위권을 지켰고 매년 가을야구를 하는 팀이었지만 이상하리만치 우승 복이 없는 팀이었다.

스패로우즈의 통합 우승이 있었던 2010년도는 정말 기억할 만한 해이기는 했다. 바야흐로 영광의 해였으니까. 그 절정은 한국 시리즈 7차전이었다. 연고지 문제와 선수진들 사이의 오랜 갈등으로 앙숙이었던 호크스와 3승 3패로 치열한 승부를 이어가며 7차전까지 왔다. 나와 세현이, 준영이는 마음 졸이면서도 끝내 이루어진 이 극적인 상황에 내심 기뻐하고 있었다. 수능을 한 달 정도 남겨 둔 시점이었지만 이날 하루를 온전히 스패로우즈를 위해 바치는 데 세 명의 재수생들은 모두 이견이 없었다. 다른 구단에 비해 팬이 적어 자주 좌석이 비던 스패로우즈의 홈구장 표가 순식간에 매진된 터라 경기를 못 볼 위기에 처하기도 했지만, 당돌한 세현이가 어디선가 암표 세 장을 웃돈도 없이 구해 와서 우리는 1루 응원석 앞자리에서 경기를 볼 수 있었다.

8회까지 양 팀 모두 무실점인 팽팽한 접전이 이어졌다. 그러다 9회 초 노아웃 상황에서 스패로우즈 투수 한진희가 흔들렸다. 한국 리그에서 가장 빠른 직구가 호크스 5번 타자에게 전혀 먹히질 않자 당황한 듯 보였다. 팀의 첫 우승이 눈앞에 있어서 그런지 첫 투구부터 부담을 크게 느끼는 것 같아 보였다. 어쭙잖은 변화구로 승부하다 볼넷과 외야 안타로 주자 두 명을 더 내보냈다. 순식간에 만루였다. 투수 코치가 한진희의 상태를 확인하기 위해 마운드로 올라왔다. 나중에 알았지만 이때 스패로우즈의 3루수이자 주장이었던 39세 베테랑 타자 조성진(별명이 앵그리 버드였다.)

은 투수 코치가 투수를 교체하려는 줄 알고 절대 안 된다고 사인을 보냈다고 한다. 그걸 본 포수 정경민도 투수 코치에게 믿어 달라고 부탁을 했고 투수 코치는 웃으며 마운드를 내려갔다. 조성진은 투수 한진희에게 만약 맞아도 자기가 꼭 잡겠다는 제스처를 보냈다. 이 제스처는 그날 경기장에 있었던 모두가 볼 수 있었다.

포수 정경민은 투수 한진희에게 한가운데로 오는 직구를 요구했다. 한진희는 시속 156km짜리 직구를 던졌다. 호크스의 신인 타자는 첫 번째 공에는 움직이지도 못했지만 이내 정신을 차리고 153km로 날아온 두 번째 공을 패기 있게 때렸다. 그러나 워낙 빠른 공이라 타이밍이 살짝 늦어 방망이에 빗맞았다. 공은 땅에 처박힌 뒤 튀어올라 내야 안타가 되었고 투수 한진희가 직접 공을 잡아 포수 정경민에게 던져 홈으로 달리던 호크스 주자를 포스아웃시켰다. 포수 정경민은 1루에 던지는 대신 3루를 지키던 조성진에게 던져 또 한번 포스아웃으로 주자를 잡아냈다. 보통 1루로 던지는 게 정석이지만 포수 정경민은 자기도 모르게 3루로 던져야 할 것 같았다고 했다. 그리고 그 선택은 옳았다.

그러나 아직 호크스 주자들이 2루와 1루에서 버티고 있는 상황. 호크스는 대타자를 내세웠다. 타율이 높고 발이 빠른 타자였다. 반드시 1점 내겠다는 의지였다. 한진희는 아랑곳하지 않고 스트라이크 존 안으로 직구를 꽂았다. 계속 150km가 넘는 공들이었다. 구위가 강해서 알고 때려도 공이 앞으로 날아가는 일은 없었다. 호크스의 대타자는 파울을 유도하며 투수 한진희의 타이밍을 잡아내려고 버텼다. 한진희는 그러든 말든 150km대 직구를 묵묵히 던질 뿐이었다. 그러다 6구째에 호크스의 대타자는 3루 쪽으로 빠지는 내야 땅볼을 쳐냈다. 공이 느렸고 어디로 튈지 알 수 없었다. 3루수 조성진이 파울라인을 따라 흐르는 공을 직접 달려가 주웠고 1루 쪽으로 공을 던졌다. 아니, 던지는 시늉을 했다. 1루로 달리던 대타자가 너무 빨라서 아마 1루로 던졌더라도 분명 세이프 판정을 받았을 거다. 3루로 달리던 호크스 주자는 3루를 지나쳐 홈을 향해 몇 걸음 더 달리고 말았다. 잠깐이지만 호크스의 주루 코치마저 조성진이 1루로 송구한 줄 알고 있었다. 호크스 주자는 천연덕스럽게 자신에게 뛰어오는 조성진을 살피다 뭔가 잘못되었음을 눈치챘지만 이미 늦었다. 뒤를 돌아보니 3루에는 스패로우즈의 좌익수 럭키세븐 김준호가 수비 시프트를 하고 있었고 자신에게 달려오는 3루수 조성진의 글러브에는 아직 공이 있었다. 조성진은 당황해 어쩔 줄 모르는 호크스 주자의 가슴팍을 글러브로 가볍게 때렸다. 구장의 모두가 어안이 벙벙해진 가운데 3루수 조성진만 얼굴에 미소를 띠며 투수 한진희 엉덩이를 글러브로 툭 치고는 더그아웃으로 들어갔다.

공수교대가 이루어졌지만 약이 오른 호크스의 수비가 만만치 않았다. 스패로우즈 타자 두 명이 모두 속절없이 물러났다. 그리고 조성진이 세 번째 타자로 올라왔다. 조성진은 바짝 긴장하고 있던 호크스 수비의 분위기를 이용해 기습번트를 쳤고 어렵지 않게 1루를 빼앗았다. 1루에선 끈질긴 도루 시도로 투수를 귀찮게 하더니 결국 2루까지 진출했다. 이날 경기에서 가장 멋진 순간은 다음 타자인 포수 정경민의 안타를 통해 시작되었다. 스패로우즈 감독은 2할 초반으로 타율이 낮은 타자인 정경민을 대타자 없이 그냥 내보내기로 결정했고 정경민은 그 기대에 보답했다. 3구째에 1루와 2루 사이를 빠져나가는 빠른 땅볼 안타를 만들어 냈다. 2루에 있던 앵그리 버드 조성진이 3루까지 달려갔다. 호크스의 수비들은 빠르게 수비 태세를 갖췄다. 외야수가 2루수에게 공을 던져 2루까지 달리려던 정경민을 견제해 1루에 잡아 뒀다. 필드 위의 모든 선수들과 관중석의 모든 관객들이 마음을 내려놓고 있을 때 앵그리 버드는 마치 계시라도 받은 듯 홈을 향해 뛰기 시작했다. 3루수가 공을 들고 1루를 견제하던 호크스의 2루수에게 목청껏 소리를 질렀고 그 욕설이 우리가 앉은 관객석까지 들려왔다. 우리도 이내 그 3루수만큼 크게 소리를 지르기 시작했고 경기장에 뜨여 있는 모든 눈이 앵그리 버드 조성진에게 꽂혔다. 앵그리 버드가 3루에서 홈까지 뛰는 그 짧은 순간을 우리 셋도 영원처럼 뛰었다. 호크스의 내야수가 홈으로 송구한 공이 포수의 글러브에 들어간 순간 앵그리 버드는 새처럼 두 팔을 활짝 펼치고 모래 바닥을 날고 있었다. 포수가 글러브로 그의 등을 힘껏 때렸을 때 그의 왼손은 이미 홈 플레이트에 닿아 있었다. 주심이 양

팔을 새처럼 펼쳤고 경기는 끝났다. 우리가 이겼다. 스패로우즈 구장은 떠나갈 듯한 함성으로 메워졌고 나와 세현이, 준영이는 서로를 얼싸안고 눈물까지 흘리며 앵그리 버드의 응원가를 열창했다. 아름다운 순간이었다.

2010년의 우승 날 경기장을 나오며 세현이는 그런 말을 했다.
'야구는 역시 수비가 멋지지 않아? 수비수들 사이로 공이 정확하게 오고 가는 모습이 진짜 보기 좋아. 공이 외야로 날아가면 외야수가 맹렬하게 쫓아가서 잡아내는 것도 감동적이야. 그래도 역시 배터리가 제일 멋있어. 한진희가 정경민에게 전력투구하는 게 멋있었어. 또 한진희가 실수로 공을 조금 빠뜨리면 정경민이 몸을 날려서 잡아내잖아. 그것도 멋있어.'
그러자 준영이가 말했다.
'조성진이 안타 칠 때 네가 제일 좋아하드라.'
준영이 말에 내가 키득거리자 세현이는 내 등을 찰싹 때리며 말했다.
'그건 그저 수비가 뒷받침해 줘서 그런 안타가 나왔다는 걸 하필 그 순간 통감했던 거지!'
'난 수비야 어찌되었든 공이 하늘에 닿을 것처럼 시원하게 솟는 게 좋더라.'
준영이가 말했다.

'공이 높이 솟을수록 땅에 떨어지면 마음이 아프다고. 괜히 상대팀 수비까지 불쌍하게 느껴지고.'

'그럼 야구를 뭐 하러 하냐. 그래야 점수가 나지.'

둘은 시답지 않은 이야기로 티격태격했다. 내가 생글거리면서 가만히 듣고만 있자 두 사람이 물었다.

'넌 어떻게 생각해?'

'스패로우즈라는 팀 이름이 마음에 들어. 뭔가 빠릿빠릿하고 결속력 있어 보이지 않아?'

내 딴소리에 두 사람은 내 등을 두들겨 댔다. 우리는 우승을 기념하기 위해 홈구장에 있는 기념품 가게에서 셋이 같은 팔찌를 샀다. 넓적한 검은색 고무줄에 참새가 날아가는 모양의 플라스틱 펜던트가 달려 있는 팔찌였다. 우리는 혹시라도 그날의 우승 주역들에게 사인을 받을 수 있을까 기대하며 선수단 버스 앞에서 수많은 사람들과 함께 기웃거리다 늦은 시간에 집으로 돌아갔다.

스패로우즈에서 그날의 주역들은 이미 오래전에 사라졌다. 투수 한진희는 일찌감치 일본으로 건너가 일본 리그에서 활동하고 있고, 정경민은 미국으로 건너가 마이너리그 생활을 하다 스카우터로 전직했다. 앵그리 버드 조성진은 우승 이후 2년 뒤 은퇴했고 2군 코치직을 맡았지만, 성격이 불같기로 유명했던 그가 자신이 지도하던 선수들을 체벌 명목으로 폭행한 사실이 알려져 해임

되었다. 그 이후로는 더 이상 소식을 모른다.

맥주와 닭강정을 사서 돌아오며 조성진의 등 번호가 뭐였는지 기억해 내려고 노력했지만 영 생각이 나질 않았다. 이곳의 많은 게 변했지만 닭강정 맛만큼은 그대로였다. 스패로우즈 구장은 닭강정이 맛있기로 유명했다. 다시 외야석으로 돌아와 맥주와 닭강정을 번갈아 먹으며 공이 의미 없이 오가는 걸 가만히 지켜보았다.

9회 초, 다시 스패로우즈의 수비 차례가 되자 처음 보는 투수가 마운드에 올라왔다. 스패로우즈는 10 대 0으로 지고 있었다. 수비는 물론 타선까지 처참하게 무너져서 9회 말에 역전할 가능성 따위는 없었다. 신인 투수를 내보낸 걸 보니 그 사실은 더 분명해졌다. 경기는 포기하고 불펜의 역량이나 가늠해 보겠다는 거였다. 슬슬 자리를 뜨는 관중들도 보였다. 이왕 온 거 시원하게 지는 거라도 끝까지 보고 가지.

새로 올라온 투수의 연습 투구를 보니 공의 속도는 140km대 중반. 주로 빠른 직구를 던지는 파이어볼러 꿈나무인 것 같았다. 그렇지만 공의 무브먼트가 너무 얌전해서 타자가 공을 맞추기만 해도 큰 저항 없이 내가 앉은 외야석까지 쭉 날아왔다. 공의 위력이 약하고 공의 속도도 빠르다기엔 애매해서 직구만 던져서는 무리였다.

우려했던 것처럼 그는 등판하자마자 안타를 네 번이나 연달아 맞았다. 순식간에 2점을 내주고 1루와 3루에 주자를 살려 보냈다. 더 이상의 실점을 막는 것은 고사하고 세 개의 아웃카운트를 끝까지 잡아낼 수나 있을까?

그는 경기의 흐름을 잘 읽지 못하고 있었다. 상대 팀 타자들은 대개 장타만을 노리는 슬러거들이었다. 이런 상황에서는 직구가 아무리 빠르다 해도 위험했다. 유인구로 타자를 지저분한 진흙탕 싸움으로 끌어들이는 게 상책이다. 볼넷이 나오게 되더라도 뜬공이나 땅볼을 유도해 내야에서 아웃시켜야 한다. 하지만 그는 자기 실력에 비해 너무 정직한 승부를 벌이고 있었다. 혹시 맞더라도 야수들이 잡아 줄 거라고 믿고 자신 있게 던지는 걸까? 큰 오산이다. 지금 스패로우즈에 믿을 만한 야수는 없다.

투수는 결국 경기를 제때 마무리하지 못하고 만루 상황에 처했다. 그런데 위기 상황을 맞자 그의 분위기가 달라졌다. 그의 뒷모습이 결연해 보였다. 어쩐지 투구 준비 동작이 조금 달라 보였다. 그리고 그는 지금까지와는 다른 직구를 던져 대기 시작했다. 공의 회전수가 많아 실제보다 더 빨라 보이고 예측 불가능하도록 미묘하게 움직였다. 타자는 방망이를 휘둘러 보지도 못하고 속절없이 공을 바라만 보다 물러났다. 어쩐지 그의 투구는 스패로우즈의 옛 영광을 가져와 보겠다는 시도처럼 보였다.

상대 팀은 대타자를 세웠다. 리그 최상위 타자였다. 투수는 아랑곳하지 않고 위력적인 직구를 던져 댔고 베테랑 타자조차 주춤거리게 만들었다. 투 스트라이크 상황. 그가 경기를 마무리 지을 수 있을 거라는 기대감이 커졌을 때 그가 던진 마지막 공은 이번에도 역시 포수 한가운데로 날아가는 직구였다. 신인 투수가 던진 공이라고는 믿을 수 없는 빠르기와 구위였다. 그렇지만 상대 팀 베테랑 타자는 기다렸다는 듯 그 공을 경쾌한 소리를 내며 받아쳤다. 방망이가 조금 밀릴 만큼 공이 강했지만 타자는 완력으로 밀어냈다. 공은 하늘 높이 솟구쳤다. 분명 홈런성 타구였다. 고개를 들어 공이 시원하게 날아가는 것을 올려다보았다. 정점에 다다른 공이 내가 앉아 있는 외야석을 향해 떨어지기 시작했다. 그 강력함과 매정함에 등줄기가 서늘해졌다.

공은 무심하게 담장을 넘어 내가 앉은 자리에서 세 칸 떨어진 곳에 툭 하고 떨어졌다. 그 주변에 앉은 사람은 나밖에 없었다. 우리 팀의 야구 모자를 쓴 아저씨 한 명이 멀리서 내 쪽을 시큰둥하게 쳐다보고는 다시 경기장 쪽으로 고개를 돌렸다. 나는 잠시 눈치를 보다 천천히 걸어가 공을 주웠다. 공은 꽤나 크고 맞으면 위험할 정도로 딱딱했다. 두꺼운 실로 가죽 조각을 기워 놓은 모습이 사람 피부에 있는 상처를 봉합해 놓은 것 같아 보여 조금은 섬뜩했다. 방망이에 맞아서 그랬는지 실밥 몇 개가 터져 있었다. 나는 공을 만지작거리며 앉아 있던 자리로 돌아왔다.

그 패전 처리 투수는 결국 교체되었고 다음 투수가 마운드를 이어받아 가까스로 마지막 아웃을 잡아냈다. 스패로우즈는 9회 말에 어렵사리 2점을 얻어내어 19 대 2로 경기가 마무리 지어졌다. 무득점으로 경기를 마치는 것만은 가까스로 면했다. 역시 그 투수는 좀 더 지저분한 싸움을 했어야 했다. 물론 패배한다는 사실이 변하지는 않았겠지만.

4

경기장을 나왔을 때는 오후 9시가 조금 넘었다. 아직까지 세현이에게선 연락이 없었다. 슬슬 걱정이 되어 세현이의 집으로 향했다. 세현이가 혼자 사는 오피스텔 앞까지 가서 다시 한 번 전화해 보았지만 세현이는 받지 않았다. 창문의 불이 꺼져 있었다. 올라가서 벨을 눌러 보았다. 아무런 기척이 없었다. 세현이네 부모님께 전화를 드려야 하나? 경찰에 신고해야 하나? 심각하게 걱정이 되었다. 돌아가려는 찰나 굳게 닫힌 철문 안에서 세현이 목소리가 들렸다.

"도형이야?"

문이 열리고 긴 머리가 부스스해진 세현이가 잠이 덜 깬 눈을 하고 나왔다. 어두운 집 안에 포근한 잠 냄새가 가득했다. 눈물이 핑 돌아 세현이를 껴안았다.

"많이 걱정했어."

세현이는 놀란 표정을 짓다가 이내 나를 감싸 안으며 내 등을 토닥토닥 두드려 주었다.

"걱정시켜서 미안해."

우리는 작은 부엌 탁자에 마주 앉아 식탁 등만 켜 놓은 채 편의점 도시락과 컵라면을 먹었다. 세현이는 뭔가 생각에 잠긴 채로 묵묵히 인스턴트 음식을 집어 먹었다. 항상 이렇게 혼자서 이런 저런 생각을 하다가 한참 지난 뒤에야 불현듯 얘기하곤 한다. 지금 내 앞에서 무슨 생각에 빠져 있는지는 그때 가서야 알 수 있을 거다.

"하루 종일 잔 거야?"

"응. 한번도 안 깼어."

세현이는 잔뜩 부은 얼굴을 손으로 비비며 말했다.

"어제 뭐하다가 늦게 잔 거야? 요즘은 또 뭐에 빠져 있어?"

"요즘은 소설을 쓰고 있지."

세현이는 조금 쓸쓸한 표정을 지으며 말했다.

"소설? 어떨지 궁금하다. 보여 줘."

"안 돼. 다 쓰고 난 다음 보여 줄지 말지 결정할 거야."

"이런, 무슨 내용인데? 그거라도 알려 줘."

"음…… 너에 대한 내용이야."

"진짜? 감동인데."

나는 괜히 세현이의 손을 만지작거렸다. 그러나 세현이는 어딘가 슬퍼 보였다.

"넌 오늘 뭐 했어?"

"야구장 다녀왔어."

"치사하게 혼자 다녀왔어?"

"연락이 되어야 말이지!"

세현이는 입술을 오므린 뒤 대화 주제를 바꿔 버렸다.

"어땠어? 우리 팀 오늘 잘했어?"

"여전히 엉망진창이야."

세현이는 침울해졌다.

"그리고 스패로우즈 곧 이름이 바뀔지도 모른대. 팬들이 시위까지 하고 있더라."

"들었어……."

"이름이 뭐 중요한가?"

"조금만 기다리면 다시 2010년 때처럼 잘할지도 모르는데. 이름이 바뀌어 있으면 별로 기쁠 거 같지 않아."

"스패로우즈는 이미 다른 팀이 된 거야. 혹시나 우승하더라도 2010년 시즌 때 그 팀이랑은 전혀 다른 팀이야."

"그럴지도 모르지."

세현이는 묵묵히 고개를 주억거렸다.

"그래도 신인 투수 한 명이 눈에 띄더라."

"이름이 뭔데?"

"음…… 김 어쩌고였는데 이름은 잘 기억 안 나. 공을 156km씩 던져."

"제구도 잘되고?"

"응. 근데 자꾸 한복판에다 던져."

"무슨 자신감이야?"

말은 그렇게 했지만 세현이의 눈은 기대감으로 빛났다.

"그러니까. 처음엔 만루를 만들더니 타자 두 명을 연달아 삼진 시켜 버리더라고."

"직구만으로?"

"응. 직구만으로."

"그런 투수가 나타났어? 멋있는데."

"그런데 그다음에 대타자한테 만루 홈런 맞았어."

"뭐야……."

세현이는 그 장면을 실제로 보기라도 한 것처럼 실망했다.

"공이 나한테 날아오더라. 너 주려고 가져왔어."

나는 실밥이 터진 공을 꺼내 세현이에게 주었다. 세현이는 싱긋 웃었다. 그리고는 실밥이 터진 자리를 이리저리 어루만졌다.

"좋긴 한데 너무 불쌍하다. 만루 홈런을 맞다니."

"그나저나 세현아. 나 이번에 정직원 될지도 몰라."

"정말? 김도형 기특해."

세현이가 내 머리를 쓰다듬으며 말했다. 그러나 표정이 그리 밝지 않았다. 세현이가 예상만큼 기뻐해 주지 않는 것 같아 조금 실망했지만, 세현이 상황을 생각하면 이해가 되기도 했다.

"세현아, 나도 이제 안정되면 우리⋯⋯."

세현이의 눈이 커지고 입을 바짝 오므렸다. 난감할 때마다 짓는 표정이었다.

"도형아."

"응?"

"네 문제가 아니라, 나 때문에 그래. 병원 일 그만두고 쉰 지도 벌써 1년째인데 아직 마음을 못 정했어. 앞으로 내가 뭘 하며 살아야 할지 아직 모르겠어."

"내가 직장생활 하면서 너 지원해 주면 되잖아. 우리 회사 월급도 적지 않고, 나 혼자 버는 걸로 몇 년 정도는 괜찮아. 나 너랑 같이 있고 싶어."

"우리 같이 있잖아."

"앞으로도 쭉."

세현이는 가공식품이 말라붙어 있는 편의점 도시락의 플라스틱 용기만 들여다보았다.

"지금 당장 결혼하자는 말이 아니야. 천천히 진지하게 생각해 봐 줘."

세현이는 식탁에서 일어나 말없이 나를 안아 주었다. 서운함이 좀 가라앉았다.

"절대 네가 싫은 게 아니야."

세현이는 잠시 내 표정을 살핀 뒤 말했다.

"넌 정말 결혼하고 싶은 게 확실해?"

"응."

나는 망설이는 인상을 주지 않으려고 잠깐의 틈도 없이 빠르게 대답했다. 세현이는 내 눈을 가만히 들여다보았다. 이럴 때면 가끔 정말로 세현이가 내 안을 들여다보는 것 같아 두려웠다. 내가 모르는 내 모습까지도 보고 있는 것만 같았다. 가끔 세현이가 나보다 나를 더 잘 아는 것처럼 느껴질 때가 있었다. 나보다 더 오랫동안 나를 지켜봐 온 것처럼. 이 생각까지 읽었는지 몰라도 세현이는 살며시 미소 짓고는 내 이마에 입술을 대었다.

"난 널 알아, 김도형."

혹시 세현이는 내가 마음 깊숙한 곳에서는 사실 결혼을 원하고 있지 않다고 생각하는 걸까? 난 정말 세현이와 결혼하길 원했다. 난 세현이의 품과 그 품이 주는 안정이 필요했다. 더 이상 불안정함 속에서 허덕이고 싶지 않았다.

문득 막내 이모 부부가 떠올랐다. 팜베이의 뜨거운 태양과 새파란 바다 앞에 나란히 서 있는 팔다리가 기다랗고 까무잡잡한 부부. 서로 많은 대화를 하진 않아도 묵묵히 서로를 챙겨 주던 두 사람. 그래, 내게는 그 두 사람의 관계 같은 안정된 관계가 필요했다. 나는 확신이 들었다. 그렇다면, 세현이의 마음은 대체 뭘까? 나와 계속 함께하는 게 싫은 걸까?

"그렇다면 내가 널 아주 사랑하고 있다는 것도 알겠네."

"물론이야. 그리고 나도 널 아주 사랑해."

나는 그 말에 마음이 놓였다.

"도형아, 너는 이렇게 사는 거 정말 괜찮아?"

잠시 딴짓을 하던 세현이가 불쑥 물었다.

"무슨 말이야?"

"그냥 매일 똑같은 일 하다가 조금 벌면 집 사고 조금 벌면 차 사고. 그러다가 애가 생기면 애한테 목매다가 다 자라면 내보내고. 어느 날 거울 보면 어느새 폭삭 늙어 있고. 이런 거."

"그게 어때서? 얼마나 많은 사람들이 그렇게 평범하게 살려고 아등바등하고 있는데."

"아니, 다른 사람들이 사는 걸 보고 뭐라 하고 싶은 게 아니라, 그런 삶에 대해서 네가 어떻게 생각하는지 궁금해서."

"혹시 내가 사는 모습이 좀 안쓰럽고 그래?"

"그런 말이 아니야. 내 말은…… 무슨 의미가 있나 해서. 아무런 변화나 성취도 없이 어디서 본 것 같은 삶을 그대로 연출하면서 사는 것 같아서."

"무슨 말이 그래. 하루하루가 얼마나 다르고 풍성한데. 작은 거에도 감사하고 늘 같은 걸 다르게 보기도 하고 아무 의미 없는 것에 스스로 의미를 두기도 하는 거지."

세현이는 납득하지 못하는 표정이었다. 나는 이어서 말했다.

"인생을 너무 어렵게 생각하려고 하지 마. 조금 더 마음을 가볍게 하고 즐겨도 된다고."

나는 나도 믿지 않는 말을 너무 쉽게 늘어놓았다.

세현이는 1년 전에 일하던 대학병원을 돌연 그만두었다. 간호학과를 졸업한 뒤 일찌감치 대학병원에서 일을 시작했는데 3년쯤 일해 보니 자기가 원하는 일이 아니었던 것 같다고 했다. 서른 전까지는 꼭 자기가 원하는 걸 찾고 싶다고 했다. 세현이는 일을 그만둔 뒤 강연을 들으러 다녀 보기도 하고, 이런저런 분야에서 짧게 일을 해 보기도 하고, 관심이 가는 게 생기면 도서관에 틀어박혀 보기도 했다. 그렇지만 아직 어떤 것에도 확신이 안 생겼다고 했다.

세현이가 책상 옆에 이유 없이 꺼내 놓은 커다란 캐리어를 볼 때마다 세현이가 진짜 원하는 건 그저 떠나는 것은 아닐까 하는 생각이 어렴풋이 들었다. 이곳만 아니라면 어디든지 상관없는 것. 이곳이 아닌 곳에 있을 때서야 세현이는 자기가 원하는 곳에 있다는 안정감을 느끼지 않을까? 그렇지만 차마 세현이에게 이런 말을 할 수는 없었다. 그냥 내 생각일 뿐이라 괜히 내가 이런 말을 꺼내면 가뜩이나 고민하고 있는 사람한테는 불필요한 참견을 하는 것처럼 느껴질 것 같고, 그리고 그런 말을 듣고는 정말 떠나 버릴까 봐 두렵기도 하고.

우리는 식탁 전등만 켜 놓은 채 맥주를 마셨다. 항상 그랬듯 편의점에서 갓 사온 맥주는 캔만 차갑고 막상 안에 든 맥주는 그다지 차갑지 않았다.

"열반이라는 건 궁극적으로 '무'를 받아들이는 거래."

"달라이 라마가 그렇게 말했어?"

"물론 나는 달라이 라마의 법문에서 듣긴 했지. 그렇지만 이 얘기는 달라이 라마뿐만 아니라 불교의 궁극적인 지향점이야. 아무 의미가 없다는 걸, '무'라는 걸 이해하고 받아들이는 거지."

"그럼 살아갈 필요가 없는 거잖아."

"뭐 일단은 그렇지. 살고자 하는 욕망조차도 끊어 내는 거니까. 살아 있든 죽어 있든 상관없는 거지. 그런데 아무 의미가 없다는 걸 받아들일 수 있다면 어떤 인생도 상관없지 않을까? 내 말은, 인생이 어떤 모습이라도 괜찮다고 생각되지 않을까?"

"흥미로운 관점인데? 불교신자들은 그렇게 인생을 견디는 건가? 확실히 기독교랑은 다르네."

우리 집은 독실한 기독교였다. 나를 제외하고.

"응. 내세에 대한 희망을 가지고 지금 인생을 견디는 방식하고는 다르지. 불교에서 말하는 내세는 사실 내세가 아니니까. '무'를 향해 가는 통로인 거래. 이쪽이 더 진실되어 보이지 않아?"

"그렇긴 한데 인생이 너무 재미없게 느껴지지 않을까? 기쁨도 없고 슬픔도 없고?"

"지난 3년이 그랬어. 기쁨도 없고 슬픔도 없고."

어쩐지 세현이가 말하는 것들이 날 불안하게 만들고 있었다.

"모든 게 미리 정해져 있다는 생각이 자꾸만 들어서. 나는 그냥 깔려 있는 레일을 주루룩 따라갈 뿐이고."

"난 그러기만 했으면 좋겠다. 앞날이 또렷하게 안 보여서 얼마나 불안한데."

"무엇이 우리 김도형을 이렇게 작아지게 만들었는가?"

농담조로 이야기했지만 표정은 어딘가 서글퍼 보였다. 세현이는 야구공을 손에 들곤 가만히 내려다보았다.

나는 세현이의 손을 잡았다. 세현이는 내 손으로 시선을 돌렸다. 그렇게 한참을 있다가 입을 열었다.

"예전에는 투수를 보면 정말 멋졌거든. 한진희 같은 투수 말이야. 투수들이 최선을 다하는 모습 보면 막 용기가 생기고 그랬거든. 그런데 요즘엔 그 모습을 보면 너무 안쓰러워."

세현이는 야구공을 식탁에 내려놓은 뒤 내 손을 펼치곤 손금이라도 보듯 손바닥을 유심히 들여다보았다. 나는 딱히 할 말이 없었다.

"점수를 내기 위해서가 아니라 점수를 지키기 위해서 애쓰잖아. 자기가 아무리 잘해도 같은 팀원이 점수를 내지 못하면 아무 소용이 없는 거야."

"그래서 수비 땐 타자들도 투수를 돕기 위해 자기 역할에 최선을 다하잖아."

"맞아. 잘 나가고 있는 팀이라면 그렇지. 타자들이 아무리 최선을 다해도 도저히 투수에게 도움이 될 수 없는 상황에 빠져 있으면 어떡해? 그럼 어쩔 수가 없는 거야. 투수는 최선을 다해도 계속 지는 거야. 요즘의 스패로우즈처럼."

"사실 스패로우즈는 타자만 문제인 게 아니라 투수도 엉망진창이야."

내 말에 세현이는 씁쓸하게 웃었다.

"그런데 난 요즘 관중석에 앉아 있는 기분이다? 경기장에 내 역할마저 없어서 바깥으로 밀려난 거야. 날 위해서만 아등바등 공을 던지는 투수를 멀뚱히 바라만 보고 있는 기분이야. 아무도 도와주지 않으니 수비는 끝나질 않고 우리 팀이 타석에 설 일은 없는 거야."

"혹시 그 투수가 나야?"

세현이는 싱긋 웃기만 했다.

세현이는 맥주를 훌짝 들이켰다. 나도 따라 맥주를 한 모금 들이켰지만 미지근하고 밍밍했다. 나는 좀 더 도수가 높은 술을 마시고 싶어졌다. 부엌 찬장을 열어 무부석사가 세현이네 놀러 올 때 사왔던 조니 워커 블랙을 꺼냈다. 마지막으로 봤을 때 반 넘게 남아 있었는데 세현이가 그동안 좀 마셨는지 3분의 1쯤만 남아 있었다.

"힘들 때는 친구들도 만나고 그래. 혼자서 고민하지 말고."

세현이는 말이 없었다.

"무부석사가 걱정하더라. 너 연락 잘 안 된다고. 보고 싶대."

"언니가? 나도 언니 보고 싶다."

"그래, 내일이라도 당장 보자."

"언니 바쁘잖아."

"바빠도 잠깐 커피 한잔 하기 어렵겠어? 난 어제도 봤는데."

"그래?"

세현이의 표정이 조금 밝아졌다.

세현이는 대학교 2학년 때 무부석사랑 조류관찰동아리를 만들곤 전국 방방곡곡으로 조류 관찰 겸 여행을 다녔다. 3학년 때부터는 간호학과 공부 때문에 잠도 제대로 못 자면서 조류 관찰은

분기마다 꼬박꼬박 따라갔다. 나는 여행을 좋아하지는 않았지만 동아리 활동에 열심인 세현이를 보고 호기심이 동했고 고등학교 때 봤던 검은 새에 대해서도 물어볼 겸 조류관찰동아리에 들렀다가 얼떨결에 조류관찰동아리에 입부했다.

세현이는 여행하는 것도 새를 관찰하는 것도 좋아하게 되었지만 무엇보다 동아리 자체를 좋아했다. 동아리 사람들과 함께한다는 사실 자체를 좋아했던 것 같다. 동아리에 뒤따라 들어가 보니 나도 그런 마음을 이해할 수 있었다. 조류관찰동아리에는 작은 모임에서 적은 사람들끼리만 나눌 수 있는 그런 끈끈함이 있었다. 우리의 동아리 활동엔 아무도 주목하지 않아도 아무런 성과가 없어도 상관없는 순수한 즐거움이 있었다.

조류관찰동아리 덕분에 여행을 싫어하는 나도 꽤 많은 곳에 가 볼 수 있었다. 가장 기억에 남는 곳은 내가 미국에 서식하던 검은 새를 봤다고 자꾸 우겨서 갔던 태안이었다. 다시 찾은 태안 앞바다는 생명력이 넘치는 곳이었다. 고등학교 1학년 때 기름을 닦으러 갔던 바다와는 완전히 달랐다. 바다는 8년이 지나는 동안 회복해 냈다. 그 검은 진창이 파란 바다가 되었다는 게 감격스러웠다.

태안 바닷가에는 새들이 수없이 많았다. 무부석사는 쇠제비갈매기와 흰물떼새, 쇠개개비 같은 새들이 보인다며 흥분했었다. 태안 바다가 회복되었다는 증거라고 했다. 무부석사의 설명을 들으며 관찰해 보니 다 똑같아 보이던 새들이 내게도 다르게 보이기 시작했고, 조그만 새들 한 마리 한 마리가 모두 어렵사리 빚은 유리 수공예품처럼 귀하게 느껴졌다. 그날 무부석사가 이야기해 준 수많은 새들 중에 기억에 남는 건 봄과 가을에 우리나라를 잠시 지나가는 검은가슴물떼새라는 새였다. 검은가슴물떼새는 알래스카, 시베리아, 북아메리카에서 번식하고 겨울은 동남아시아, 호주, 남아메리카에서 나는 등 1년 동안 온 태평양을 종횡무진한다고 했다. 가슴이 두근거리는 이야기였다.

우리는 그날 해안을 따라 걸으며 혹시 검정바다멧참새와 비슷한 새가 있나 찾아보기도 했다. 나를 제외한 네 명의 동아리원들은 검은 털을 가진 새가 나타날 때마다 호들갑을 떨며 혹시 봤다는 새가 저 새냐고 물었지만 나는 인터넷에서 찾은 검정바다멧참새 사진을 보여 주며 정확히 이렇게 생긴 새라고 단호하게 일단락지었다. 결국 검정바다멧참새를 보지는 못했지만 아무래도 상관없었다. 태안 바닷가에는 멋지고 매력적인 새들이 수없이 많았다. 모두 자유롭게 부산거리며 태안 바닷가 위를 신나게 활공했다.

준영이와 관계가 틀어진 뒤로 세현이가 내심 힘들어했던 걸 알고 있었다. 몇 년 동안 나와 세현이는 서로를 위해 슬픔을 감춰야만 했다. 그런 세현이가 조류관찰동아리를 하며 끝내 다시 밝은 웃음을 찾아서 참 다행이라고 생각했다. 나도 다시 환하게 웃을 수 있는 시간이었다. 그렇지만 아쉽게도 조류관찰동아리에도 끝은 있었다. 대학 시절이 끝나고 동아리 사람들은 각자의 삶을 찾아 떠나야만 했다. 당연한 일이었다. 조류관찰동아리가 모이는 일이 뜸해진 건 물론 나에게도 아쉬운 일이었지만 세현이는 더 슬프게 받아들였다. 다시 한 번 자신의 팀이 사라졌다고 느끼는 것 같았다.

"언니도 아마 곧 떠날 거야."

말문이 막혔다. 세현이에게 무부석사가 한국을 떠날지도 모른다는 얘기를 차마 할 수가 없었다.

나는 억지로 대화 주제를 바꾸어 조류관찰동아리에서 떠났던 여행 얘기를 했다. 우리는 여행에서 있었던 일을 주고받으며 웃었고 나는 다시 조금씩 마음이 놓였다. 그런데 세현이가 평소 우리가 대화를 할 때 암묵적으로 피해 가던 주제를 불쑥 꺼냈다.

"준영이랑 여행 갔을 때도 재밌었는데."

갑자기 아담한 부엌에 싸늘한 기운이 돌았다. 순간 어색한 기운이 감돌았지만 이내 굳이 그럴 일도 아니라는 생각이 들었다. 준영이는 우리 친구였고 나와 세현이가 사귀게 되면서 자연스럽게 멀어졌을 뿐이니까. 그리고 벌써 9년 전 일이었다. 하지만, 어쩐지 세현이가 일부러 담담한 척하고 있는 것만 같았다. 뭔가를 결심하고 얘기를 꺼낸 것 같다는 느낌을 지울 수가 없었다.

"준영이랑 태안 바다 갔을 때는 어땠어?"

준영이와 태안 바닷가에 갔었나 하는 의문이 들었다. 분명 그런 기억은 없었다. 그런데 문득 세현이가 내 표정을 주의 깊게 관찰하는 것처럼 느껴졌다.

"혹시 너도 갔었어?"

내 물음에 세현이는 놀란 표정으로 눈을 동그랗게 떴다.

"기억이 안 나?"

"응, 전혀. 네가 착각한 거 아니야?"

"고등학교 때 학교에서 태안으로 봉사활동 갔었다며."

"그랬지. 아! 그러고 보니 나랑 같은 반이었으니까 준영이도 같이 갔었겠구나."

세현이는 믿을 수 없다는 표정이었다. 나는 다투고 싶지 않았다. 더군다나 준영이 일로는 더더욱. 나는 빨리 수습을 해야 했다.

"그게 왜? 알고 있었잖아. 고등학교 때는 준영이랑 안 친했어."

"준영이는 그렇게 생각 안 하던데?"

준영이는 그렇게 생각 안 했다고? 준영이가 세현이한테 직접 그렇게 말한 걸까? 분명 나와 준영이는 재수학원에서 세현이를 만나기 전까진 별로 친한 사이가 아니었다.

"사실 너무 오래돼서 기억이 잘 안 나. 그때 준영이가 어땠는지뿐만 아니라 고등학교 시절 자체가 가물가물해."

뭔가를 작정하고 준영이 얘기를 꺼낸 세현이가 진지하게 화가 난 것 같았다. 당황스러웠다. 뭔가 자기의 의도대로 대화가 풀리지 않은 것 같았다.

"그게 그렇게 중요해?"

나도 조금 화가 나서 말했다.

"아니, 벌써 준영이를 다 까먹은 거야?"

"까먹긴. 그냥 고등학교 일이 기억 안 난다는 거야. 우리 셋이 친했던 시절은 다 기억해."

"너한텐 준영이가 별로 중요하지 않아?"

"중요하지."

"그런데 왜 꼭 그렇지 않은 사람처럼 굴어. 마치 준영이는 나 때문에 친구 사이로 지냈다는 것처럼."

"준영이가 죽은 사람도 아니고, 그냥 우리랑 틀어진 것뿐이잖아. 왜 그렇게 예민하게 반응해?"

세현이는 말없이 나를 노려보았다. 나는 이제 정말로 화가 났다.

"준영이가 보고 싶어?"

"넌 안 보고 싶어?"

"보고 싶어. 그치만 이렇게 된 건 어쩔 수 없다고 생각해. 넌 혹시 준영이랑 다시는 안 보게 되면서까지 나랑 사귄 게 후회 돼?"

세현이는 어처구니없다는 표정을 지었다. 내가 가장 싫어하는, 또 가장 무서워하는 세현이의 표정이다. 내가 정말 이상한 사람, 세현이의 애정을 받을 자격이 없는 사람이라도 된 것 같았다.

"알았어. 그만할게."

세현이가 말했다.

"내가 욕심을 부리지만 않았어도 지금 우리 셋이 함께하고 있을지도 몰라. 그치만 난 선택을 했어야 했어. 내가 너한테 고백하지 않았으면 분명 준영이가 너한테 고백했을 거야. 난 그럼 지금보다 더 후회했을 거야. 그때나 지금이나 난 준영이보다 네가 더 소중해. 우리 셋은 애초에 다 같이 함께할 수는 없었던 거야. 알아?"

나는 쓸데없는 말을 너무 많이 늘어놓고 있었다. 구덩이에 빠진 기분이었다. 세현이가 의도했던 대화가 아닌 것 같았다. 세현이는 조금 놀란 표정이었다. 역시 내가 좀 오버한 것 같았다.

"준영이는 나를 아주 절친한 친구로 생각했을 뿐이야."

"그럼 왜 우리를 떠났겠어?"

"사정이 있었겠지."

세현이가 짧은 순간 내 눈을 피했다. 그렇지만 나는 이 일에 대해 더 말하고 싶지 않았다.

"그리고 떠난 건 우리야."

세현이가 말했다. 대화는 거기서 끝났다.

방 안은 평소보다 작고 어두워 보였고 공기는 후덥지근하고 답답했다. 사실 따지고 보면 별일도 아닌데 준영이 이야기는 항상 머리를 아프게 했다. 결국 내가 실수를 한 것 같았다. 길을 잃은 것처럼 혼란스러워서 좋았던 기억이라도 붙들어 보려는 애한테 그저 내가 잘못한 게 아니라고 달려든 것 같았다. 나는 어린애처럼 서러워졌다. 자고 일어나면 늘 그랬듯 다 잊어버릴 수 있을 것이다. 새로운 하루가 말끔하게 다시 시작되는 거다.

조용한 방 안에서 우리는 나란히 천장을 보고 누웠다. 사실 침대 바깥쪽으로 돌아눕고 싶은 마음이 굴뚝같았다. 그냥 눕는 자세가 좀 불편했을 뿐이다. 그렇지만 만약 그렇게 되면 뭔가 갈등이 생겼다는 걸 인정하는 꼴이 되어 버릴 것 같았다. 나는 시체처럼 차렷 자세로 천장을 보고 덩그러니 놓여 있을 수밖에 없었다. 잠은 잘 오지 않았고 취기로 머리는 핑핑 돌기 시작했다. 방 안의 침묵이 답답했다. 나는 계속해서 머릿속에 맴돌던 말을 했다.

"무부석사, 한국 떠날지도 모른대."

나와도 충분히 친한 사이가 되었을 때 무부석사는 어느 날 불쑥 나와 세현이를 학교 앞 술집으로 불러냈다. 그리곤 사실 자신이 여자를 좋아한다고 했다. 게다가 세현이가 나보다 먼저 동아리에서 활동하던 2년 동안 남몰래 세현이를 좋아했다고 했다. 지금까지 좋아했던 어떤 여자보다 좋아했을 정도로 세현이를 진지하게 좋아했다고 했다. 우리에게 진심을 감춘 채로 우리와 함께할 수는 없다고 했다. 다만, 우리 사이를 어떻게 하겠다는 게 아니라 자기 마음만 알아줬으면 한다고 했다. 우리 둘과 진짜 친한 사이로 지내기 위해 진심을 털어놓는 것이라고 말했다. 나는 어떻게 반응해야 할지 알 수 없었다. 그러나 세현이는 환하게 웃으며 솔직하게 말해 줘서 고맙다고 했다. 나는 두 사람 모두가 이해되지 않았었다. 그러나 내가 이해하고 말고는 관계없이 우리 둘과 무부석사 세 사람은 절친한 친구 사이가 되었고 지금까지도 잘 지내 왔다.

어쩐지 이 사실이 실감 나질 않았다. 이 상황이 어떤 허망한 다짐처럼 느껴졌다. 무부석사가 마음 한구석에는 늘 불편함을 느끼고 있을 거라고 생각했다. 그게 아니라면 모두가 신인류로 살아가고 있는 지금, 나 혼자 시대에 뒤떨어진 구닥다리가 된 걸지도 모른다고 생각했다. 우리 셋의 관계에서 무부석사가 스스로를 너무 희생하고 있다고 생각했다. 우리와 좋은 친구로 지내기 위해 자신의 마음을 파먹고 있는 거였다. 나는 무부석사가 분명 언젠가 우리를 떠날 거라고 생각했다. 그리고 결국 오늘 무부석사가 미국으로 떠날지도 모르겠다는 말을 내게 했을 때 서운했지만 놀라지 않았다. 분명 기회를 찾아서 떠나는 게 맞겠지만 나는 그게 조금은 핑계로 느껴졌다. 당연히 이렇게 될 거라고 생각했다. 준영이와 있었던 일과 별로 다르지 않았다.

세현이는 내 말에 대답하지 않았다. 자고 있는 숨소리가 들리지 않았지만 세현이는 끝까지 뭐라 대꾸하질 않았다. 방 안에 가득차 있던 침묵의 농도가 더 짙어졌다.

언제 잠들었는지도 몰랐다. 문득 깨었을 때 세현이가 침대 끄트머리에 앉아 실밥이 터진 야구공을 가만히 들여다보고 있었다. 나는 일어나 그 옆에 가만히 앉았다. 묵직한 침묵이 흘렀다. 세현이의 모습을 보고 있는데 불안하고 두려웠다. 세현이가 눈물을 쏟으며 울기 시작했다. 나는 도무지 어떻게 해야 할지 알 수 없었다. 세현이가 우는 모습에 서글퍼져서 그저 가만히 세현이를 끌어안았다. 그리곤 세현이가 안정될 때까지 등을 쓸어 주었다. 세현이는 오랫동안 울음을 그치지 않았다. 몇 시간 동안인지도 모르게 우리 둘은 계속 그렇게 부둥켜안고 있었다. 그리고 나는 언제인지도 모르게 다시 스르르 잠이 들어 버렸다.

4.5

꿈을 꾸었다. 한밤중에 일어나 꿈을 적어 두었다. 잊어버리고 싶지 않았다.

꿈에서 나는 울고 있었어. 너무 슬프고 외로웠어. 주변 사람들을 다 잃고 혼자가 된 상태였어. 견디다 못해 한밤중에 바다로 떠났어. 아주아주 까만 바다였어. 지평선 끝으로 거대한 풍력 발전기가 천천히 돌아가고 있었어. 마치 멀리서 나를 응시하고 있는 것처럼 보였어. 나는 모래사장에 앉아 검은 물이 해안으로 밀려들어 왔다가 다시 나가는 걸 멍하니 바라보며 계속 슬퍼하고 있었어. 주머니에 뭔가 걸리적거려서 꺼내 보니 야구공이었어. 실밥이 터진 야구공이었어. 실밥이 터진 자리를 여미어 보려 했지만 뜻대로 잘되지 않았어. 자리에서 일어나 저 검은 바다 멀리로 야구공을 던져 버렸어. 최대한 힘껏 던졌는데 공은 멀리 가지 못하고 해안에서 그리 멀지 않은 곳에 떨어졌어. 검은 바다는 공을 낼름 삼켜 버렸어.

다시 해안에 쭈그려 앉아서 야구공이 사라진 자리를 보고 있었어. 그런데 갑자기 그 자리에 부글부글하고 물보라가 일어났어. 무서웠지만 무슨 일이 일어나나 계속 지켜보았어. 얼마 지나자 그 물보라를 뚫고 작은 검은 새 한 마리가 나타났어. 마치 야구공에서 태어나기라도 한 것 같았어. 검은 새는 검은 바다 위를 날아와 내 발치에 내려앉았어. 나는 손가락을 내밀어서 검은 새를 조심스레 내 눈 높이로 데려왔어. 검은 새는 참새같이 생겼고 머리와 날개가 온통 검었어. 부리 주변에 노란색 털이 조금 있었고 하얀 배에는 표범처럼 까만 얼룩이 있었어. 작고 검은 두 눈은 나를 관찰하듯 지켜보고 있었어.

이 새가 얼마 안 가 죽을 거라는 생각이 들었어. 여기는 그 새의 서식지가 아니라는 걸 꿈에서도 알고 있었어. 나는 검지로 검은 새의 날개를 쓰다듬었어. 부드러운 털 안에 가녀리고 작은 뼈의 굴곡이 느껴져 울컥 눈물이 나왔어. 두 손으로 검은 새를 살포시 감싸 쥐고 주저앉아 흐느껴 울고 말았어.

징징대지 마!

갑자기 그 새가 대뜸 이렇게 말했어. 나는 어안이 벙벙해졌어.

영문을 모르고 그 새의 눈만 계속 들여다보고 있는데 그 새가 다시 말했어.

자기가 왜 울어야 하는지도 모르면서.

혼자가 되어서 우는 거야.

나는 항변했어.

그러지 않았던 적 있어?

난 늘 친구들과 함께였어.

너 자신과 함께였지.

무슨 소리야?

나는 멧새일까 참새일까?

나는 검은 새가 무슨 말을 하는지 이해할 수 없었어.

역시 아무것도 모르는군. 넌 제때 나를 죽였어야 했어. 네가 날 지금까지 살려 둬서 난 죽지도 못하고 멸종하게 생겼어.

여전히 이해할 수 없었어.

너 때문에 저런 것들에게 쫓기게 되었잖아.

검은 새가 바다 쪽을 돌아보며 말했어.

검은 젤리처럼 넘실거리는 바다에서 갑자기 세찬 바람이 불어오기 시작했어. 그리곤 뭔가 꾸덕거리는 소리가 들렸어. 자세히 보니 검은 바다 위를 찐득한 점액질이 뒤덮고 있었어. 그 검고 불쾌한 오물에서는 지독한 석유 냄새가 났어.

검은 진흙이야.

검은 새가 말했어.

검은 진흙은 온 검은 바다를 뒤덮고 모래사장까지 밀려들어오고 있었어. 어느새 내가 서 있던 곳 발치까지 다가왔어.

저게 뭐야?

모든 걸 뒤덮어 버리는 고약한 녀석이야. 절대 닿으면 안 돼. 조금이라도 빠지면 끊임없이 빨려 들어가 버려. 그리곤 모든 기억을 잃은 채 죽지도 살지도 못하게 되어 버린다고.

나는 퍼덕거리는 검은 새를 두 손으로 감싸고 모래사장 끝까지 도망가 해안 길 위로 올라갔어. 모래사장이 새까맣게 메워지고 있었어. 온 바다가 지독한 석유 냄새로 진동했어.

어떡해.

어떡하긴 내가 말한 대로 어서 날 죽여야지. 저놈들은 날 끝까지 쫓아올 거야. 내가 잡히면 그땐 정말 모든 게 끝이야.

나는 어쩔 줄 몰라 머뭇거렸어.

보다시피 시간이 없어. 내 말 잘 들어. 지금 당장 나를 죽여야 해.

나는 내 두 손 안에 있는 검은 새를 멍하니 들여다보기만 하고 있었어. 그러는 동안 검은 진흙은 내 발을 덮어 버렸어.

이 멍청한 자식! 넌 소중한 기회를 또 놓친 거야! 다시 때가 올 때까지 다음 장소에서 기다려. 그땐 확실히 해야 해.

검은 새는 날아가 버렸어. 바다는 온통 검은 진흙으로 뒤덮였어. 검은 하늘과 검은 바다의 경계가 사라졌어. 검은 진흙은 내 무릎까지 차올랐고 나는 꼼짝도 할 수 없었어. 나는 이내 중심을 잃고 검은 진흙 위로 넘어졌어. 그리곤 검은 진흙 안으로 끝없이 빨려 들어갔어. 심장이 얼어붙을 것처럼 차가웠어. 검은 어둠 속으로 끝없이 빠져들다 잠에서 깼어.

5

눈을 떴을 때는 아침이었다. 방 안은 밝고 고즈넉한 분위기가 감돌았다. 분명히 새로운 하루가 말끔하게 시작되었다. 그런데도 어쩐지 가슴이 덜컥 내려앉도록 무서웠다. 뭔가 잘못된 것 같았다. 세현이가 없었다. 집 안의 모든 건 그대로였다. 없어진 건 아무것도 없었다. 내가 건네준 야구공도 식탁 위에 덩그러니 놓여 있었다. 세현이만 어디론가 사라졌을 뿐이었다.

오전 내내 세현이에게 연락이 되질 않았다. 나는 식탁 위에 그대로 놓여 있는 편의점 도시락 플라스틱 용기만 들여다보고 있었다. 그러다 세현이가 오늘은 날 보고 싶어 하지 않는다는 걸 알았다. 나는 식탁을 치우고 이부자리도 반듯하게 정리했다. 하는 김에 청소기도 밀고 눈에 보이는 먼지들도 닦았다. 아무렇게나 어질러진 책상도 치웠다. 높이 쌓아 놓은 책과 공책들을 책장에 꽂아 놓았다. 요즘 들어 티베트 불교와 다람살라에 대한 책을 많이 읽는 것 같았다. 공책에 필기까지 해 가면서. 잔뜩 받아 놓은 광고전단지 더미를 쓰레기통에 모두 버렸다. 길에서 누가 나눠 주면 꼭 거절을 못해서 이렇게 받아 와 버리지도 않고 책상에 던져 두었다. 팸플릿과 의미 없는 종이 쪼가리들도 분류해서 버리려는데 명함을 하나 발견했다. 가슴이 덜컥 내려앉았다. 응급의학과 최준영이라고 적혀 있었다. 언제 둘이 만난 걸까? 아니면 내가 모르게 계속 연락하고 지냈던 걸까? 혼란스러웠지만 못 본 척하기로 했다. 누가 시키지도 않은 청소를 하다가 불쑥 보게 된 거니까. 명함을 서랍에 넣어 놓고 마저 청소를 했다. 그리곤 세현이의 방을 한 바퀴 둘러본 뒤 문을 닫고 나왔다.

집으로 돌아와 침대에 누워 세현이의 의도가 뭘까 생각했다. 왜 아침부터 말도 없이 나만 집에 내버려 두고 갑자기 사라진 걸까? 잠시 생각을 정리하고 싶을 뿐인 걸까? 그냥 좀 화가 난 걸까? 아니면 설마 헤어지자고 말하려는 걸까? 그리고 그 명함은 뭐야? 문득 세현이에 대해 아는 게 하나도 없는 것처럼 느껴졌다. 세현이가 무슨 생각을 하고 있는 건지 알 수가 없었다. 어제 한참을 대화했는데도 그랬다. 문득 꿈에서 깬 기분이었다. 세현이와 같이 지낸 일이 먼 옛날처럼 느껴졌다. 이전까지 세현이에 대해 단편적으로 알던 사실들이 별로 도움이 되지 않았다. 정말 명함은 대체 언제 주고받은 거야……

아무런 결론도 못 내린 채 의미 없이 하루가 지나가 버렸다. 다음 날 오후까지도 휴대폰은 잠잠했다. 그리고 마침내 휴대폰을 울린 건 세현이가 아니라 무부석사였다.

"나랑 세현이랑 냉전 비슷한 거 중이야. 이유는 모르겠어. 세현이가 먼저 이야기할 때까지 기다려야 할 것 같아."

"세현이가 어제 나 찾아왔었어."

무부석사는 가라앉은 목소리로 말했다.

"혹시 무슨 말 안 했어?"

"저기 도형아, 잠깐 볼 수 있을까?"

"내가 지금 갈게."

"아니, 내가 갈게."

"바쁜 거 알아. 내가 갈게."

나는 전화를 끊었다. 무슨 일인지 모르겠지만 무부석사는 나를 불안하게 만들고 있었다.

문과인 내가 거의 올 일이 없었던 생물계열 대학 건물 앞 나무 의자에 앉아서 무부석사를 기다렸다. 생물계열 건물은 네모나고 하얀 우유곽 같았다. 다시 찾아온 대학은 졸업한 초등학교나 중학교, 고등학교를 찾아갔을 때와는 사뭇 분위기가 달랐다. 정감 같은 게 별로 느껴지지 않았다. 그저 누군가가 일하고 있는 직장 같았다. 무부석사는 또 정장 차림에 머리를 질끈 묶은 채로 나타났다. 당혹스러운 표정을 짓고 있었다. 걱정스러운 표정이었다. 그리곤 어딘가 어색한 걸음걸이로 나에게 다가왔다.

"누나 괜찮아?"

"도형아."

무부석사는 당혹스러운 표정이었다.

"도형아, 넌 괜찮아?"

영문도 모른 채 무부석사의 곱슬거리는 머리카락 사이로 보이는 까만 정수리만 들여다보고 있었다.

"세현이가 어제 저녁에 나를 찾아왔어."

나는 무부석사가 무슨 말을 할 줄 몰라 너무 불안했다.

"세현이가 아직 너한테 말 안 한 것 같아서 어떻게 말해야 할지 모르겠어. 사실 네가 지금쯤은 알고 있는 줄 알고 위로해 주려고 전화한 건데……."

빨리 말하라고 다그치고 싶었지만 그냥 잠자코 있었다.

"세현이가 떠나기 전에 작별인사 하러 왔다고 말했어."

어떻게 반응해야 할지 알 수 없었다.

"나한테 말한 대로만 얘기할 게. 어제 찾아와서는 떠난다고 했어. 늘 생각만 해 왔는데 이제야 결심이 섰다고. 내가 무슨 소리냐고 물으니까 입을 다물어 버리더라."

"어딜 갔는데?"

"말 안 했어. 내가 계속 물어봐도 자기도 모른다고만 하고. 셋이 얼굴 보고 얘기하자고 빌었더니 다시 입을 다물어 버리더라. 어쩐 너한테 아직 이야기 안 했다고 하던데……. 도형이 네가 힘들어 할 거 같다고 나더러 잘 위로해 달라고 했어."

무부석사는 내 어깨를 가볍게 쥐었다. 화가 나서 뿌리치고 싶었지만 꾹 참았다.

"알겠어. 세현이네 집으로 다시 한 번 가 볼게. 바쁠 텐데 그만 들어가."

"도형아, 무슨 일 있든지 나한테 연락해. 기다리고 있을게."

나도 모르게 그 말에 화가 치밀어 올랐다.

"기다리긴 자기도 곧 떠날 거면서. 신경 쓰지 마, 우리 일이니까."

"왜 그런 식으로 말해?"

무부석사의 졸린 눈이 커다래졌다.

"내가 틀린 말 했어?"

"도형아, 화가 난 건 이해하지만, 그게 무슨 말이야? 나한테 뭐 불만 있었어?"

"아니, 사실이 그렇잖아. 누나도 떠날 거잖아. 왜 계속 친하게 지낼 사람처럼 그래."

"너, 나 다시 안 볼 거야? 연락하고 지내면 되잖아. 죽으러 가는 것도 아니고 왜 그래 어린애처럼?"

"처음엔 가끔 연락도 하고 그러겠지. 1년이든 2년이든. 그리곤 점차 뜸해지겠지. 곧 서로 완전히 까먹을 테고. 그러다 10년, 20년쯤 지나서 문득 옛날에 그런 사람이 있었구나 하고 스치듯 생각나겠지. 누나한테 화난 거 아니야. 유누스도 그랬고 경진이도 그랬고 나도 그럴 테고 다 그런 거니까."

세현이까지 이렇게 될 줄은 몰랐지만…….

"도형, 나 꿈꾸던 기회가 생겨서 떠나는 거야. 그리고 여기선 일이 잘 안 풀렸잖아."

"그랬지. 누가 뭐랬어?"

"무슨 말을 하고 싶은 거야 대체?"

"우리는 그냥 거쳐 가는 사람들 아니었냐고?"

무부석사의 얼굴이 잔뜩 일그러졌다. 무부석사가 화내는 건 처음 보았다.

"너는 늘 그렇게 생각했지? 훨씬 이전부터. 그게 얼마나 신경 쓰였는지 알아? 대체 왜 그렇게 생각하는 거야? 내가 외국인이라서? 아니면 동성애자라서? 둘 다인 건가? 내가 세현이 좋아했어서? 세현이는 받아들여 줬어! 너한테도 솔직히 얘기한 건 너한테 아무것도 숨기고 싶지 않아서였어. 있는 그대로 얘기하고 다가가면 네가 진짜 친구로 받아들여 줄 거라고 생각해서."

"누나가 나한테 완전히 솔직했다고? 그럼 원래 성씨가 '반자'가 아니라 '남'인 건 왜 말 안 했어?"

무부석사는 놀란 듯 눈을 동그랗게 떴다.

"어디서 들었어?"

"학교 본부에서 근로장학생 할 때 우연히."

세현이는 이미 알고 있었던 듯했다. 무슨 사정이 있을지 모르니까 무부석사에게 함부로 묻지 말라고 했다.

"개인 사정이야."

"맞아, 나한테는 얘기해 줄 수 없겠지."

무부석사는 답답한 듯 외마디 비명을 지르고 머리를 감싸 쥐었다. 나를 슬프고 화난 얼굴로 쳐다보고는 내 어깨에 손을 뻗으려다 어쩌지 못하고 거둬들였다. 그리곤 우유곽 안으로 다시 들어가 버렸다.

적막이 내려앉은 쉼터에서 우두커니 앉아 있었다. 머릿속이 텅 비어 버렸다. 내가 알던 세상이 다 헝클어져 버렸다. 아니, 다 녹아 버렸다. 더위 때문에 머리에 열이 올라왔다. 나무 그늘 아래로 부는 바람까지 뜨거웠다. 볼이 뜨거웠다. 그 와중에 어이없게도 이게 흐지부지한 끝보다 낫다는 생각이 들었다.

'아 옛날에 친한 친구가 있었어. 새를 좋아하는 외국인이었어. 그 당시 사귀던 여자친구랑도 엄청 친했지. 다 같이 새도 보러 다

니고 그랬었어. 좋은 시절이었지. 허허.'

'그래? 요즘도 연락해?'라는 질문에 대한 대답으로

'아니, 외국으로 갔는데 가끔 연락하다가 뜸해졌지 뭐. 다 그런 거 아니겠어. 허허.'보다

'아니, 그러다 나중에 싸웠어. 그 당시 사귀던 여자친구가 갑자기 떠나 버려서 내가 엄청 열받아 있었거든. 그 외국인한테 화풀이해 버린 거지. 허허.'가 더 나을지도 모르겠다.

세현이의 전화는 여전히 꺼져 있었다. 세현이네 집으로 한달음에 달려갔다. 당장 세현이를 만나 이 모든 게 다 무슨 일인지 들어야 했다. 초인종을 계속해서 눌러 댔지만 아무런 소리도 들리지 않았다. 초조하게 문을 두드렸지만 여전히 인기척이 없었다. 세현이가 3년 전 이곳으로 이사왔을 때 현관문 비밀번호를 알려 주었지만 한번도 내가 직접 현관문을 연 적은 없었다. 그런데 오늘 3년 만에 처음으로 현관문 비밀번호를 눌렀다. 내 생일이었다.

방 안은 텅 비어 있었다. 실제로 텅 비어 있지는 않았다. 가구도 그대로 있고, 그저께 내가 개어 놓은 침대 위 이불도 그대로였고, 싱크대 위 그릇이며 책상 위 책들도 그대로였다. 하지만 세현이의 몇 가지 옷들, 특별 구역이라 부르는 책장 칸에 꽂혀 있던 아끼는 책들과 공책, 책상 위 액자, 내가 생일 선물로 사 준 녹색

책상 스탠드, 화장대 위 장신구 걸이에 걸어 뒀던 스패로우즈 팔찌, 그리고 서랍 옆에 늘 세워 뒀던 커다란 캐리어 가방 등이 사라졌다. 방 안은 생기를 잃어버렸다. 어둡고 좁고 서늘하고 텅 비어 있는 콘크리트 상자일 뿐이었다. 침대 위에 내가 그저께 준 실밥 터진 야구공이 덩그러니 놓여 있었다. 세현이가 떠난 게 확실해졌다. 나에게 토라졌거나 생각할 시간이 필요한 게 아니었다. 영영 떠나 버린 거였다.

서럽고 억울했다. 세현이한테 항상 최선을 다했다고 생각했다. 우리가 누구보다 가까운 사이라고 생각했다. 8년을 함께한 연인으로서든 9년을 함께한 친구로서든. 그렇다면 이렇게 설명도 없이 어디론가 사라져 버리면 안 되는 거였다. 이렇게 다 헤집어 놓고 떠나 버리면 안 되는 거였다. 할 말이 많았다. 아주 길고 긴 문자를 적어 보내려고 침대에 걸터앉았다. 막상 휴대폰을 열고 할 말을 적으려는데 한 단어도 적을 수 없었다. 무슨 말을 해야 할까? 나는 휴대폰을 내려놓았다. 내 안에서 무언가 철저하게 무너졌다. 폐허 속에 혼자 남겨진 꼴이었다.

세현이가 떠난 방에서 잠들었다가 한밤중에 깨었다. 침대에 앉아 어둑한 방을 둘러보았다. 도무지 뭘 해야 할지 모르겠을 땐 보통 술을 마시는 게 자연스럽다. 세현이의 작은 부엌으로 갔다. 설마 거의 바닥을 드러낸 위스키 병까지 들고 갔을까?

부엌으로 가 보니 식탁 위에 편지 봉투가 있었다. 날아가지 않게 유리 컵 밑에 끼워져 있었다. 얇은 하얀색 엽서 봉투에는 '도형이에게'라고 적혀 있었다. 황급히 봉투를 열었다. 미술관에서 산 그림엽서 세 장이 들어 있었다. 세현이는 미술관에 가는 걸 좋아했다. 국립현대미술관과 일민미술관, 서울시립미술관 이 세 곳을 특히 좋아했다. 자기 단골 미술관들이라며 그 세 곳에서 새로운 전시가 있을 때마다 꼬박꼬박 챙겨 보았다. 관람 후에는 꼭 전시작이 그려진 엽서를 샀다. 국립현대미술관의 전시에서 엽서를 파는 경우는 거의 없었지만 다른 두 미술관에서는 대개 출구 쪽에 공간을 마련해 전시작 관련 상품들을 팔았다. 엽서 외에 다른 걸 산 적은 한번도 없었다. 꼭 엽서만 샀다. 그동안 모은 그림엽서가 서랍에 꽉 찰 만큼 많았다. 그렇지만 식탁 위에 남기고 간 봉투에 들어 있던 엽서는 나랑 한가람미술관에 갔을 때 산 엽서였다.

세현이는 한가람미술관과 대림미술관을 좋아하지 않았다. 항상 사람이 지나치게 많다고 했다. 미술관은 조용하고 사람이 없는 게 핵심이라고 했다. 5년 전쯤 한가람미술관에서 뭉크 그림 전시가 있었을 때 세현이가 이것만큼은 사람이 붐비든 말든 꼭 가야 한다고 해서 평일 낮에 수업까지 빼먹고 예술의 전당에 갔다. 그 시간에도 사람은 많았다.

나는 미술관에 가는 걸 그렇게 좋아하진 않았다. 사실 어떻게 관람해야 하는지조차 잘 모르겠다. 격식을 차려야 하는 비싼 레스토랑에 들어간 것처럼 항상 안절부절못하게 되었다. 내가 동선에 맞게 관람하고 있는지도 신경 쓰였다. 게다가 관람하는 내 자세도 어색하게 느껴졌다. 팔짱을 끼면 뭔가 아는 척하는 것 같고 주머니에 손을 넣으면 작품을 무시하는 것처럼 보였다. 그렇다고 차렷 자세를 하고 있으면 그냥 멍청해 보였다. 그리고 무엇보다 미술 작품은 아무리 봐도 뭘 이야기하고자 하는지 알 수가 없었다. 현대미술로 갈수록 더더욱 그랬다. 덕분에 미술 작품을 보고 있으면 늘 바보가 된 것 같은 느낌이 들었다. 자격지심 때문에 애꿎은 다른 관람객들한테까지도 억하심정이 생겼다. 다른 관람객들의 짐짓 아는 척하는 *끄덕거림*을 보는 게 싫었다. 누군가가 지식 대방출을 하는 걸 듣거나 묻지도 않은 자기 감상평을 크게 이야기하는 걸 듣는 것도 영 불편했다.

하지만 세현이와 한가람미술관에 뭉크의 전시를 보러 갔던 날은 정말 좋았다. 사람이 많았는데도 전시장이 워낙 넓어서 그런대로 조용히 관람할 만했다. 그날은 웬일인지 아무 생각도 하지 않고 담담하게 그림을 볼 수 있었다. 어떤 판단도 평가도 하지 않고 그저 보기만 했다.

세현이는 전시를 보는 내내 굳은 표정으로 말이 없었다. 어딘가 속이 불편한 건지 아니면 무슨 일이 있는 건지 걱정이 되었다. 내가 괜찮냐고 물어봐도 그냥 별일 아니라고만 했다. 세현이는 내내 조용히 그림을 보더니 전시장 마지막에 있던 그림을 보고는 결국 엉엉 울음을 터뜨렸다. 〈대구 머리 요리를 먹는 자화상〉이라는 그림이었다.

하얀 봉투 안에 그 그림엽서가 들어 있었다. 다른 두 장은 〈생의 춤〉과 〈흡혈귀〉 그림이었다. 모두 같은 전시에서 본 뭉크의 그림이었다. 나는 세현이가 어떤 의도를 가지고 그림엽서를 고른 건지, 아니면 그냥 손에 집혔을 뿐인지 궁금했다. 그러나 어떤 의도가 있었더라도 나는 그림을 이해할 수 있는 지식이나 안목이 없었다. 그저 〈대구 머리 요리를 먹는 자화상〉에 그려진 남자처럼 허탈한 표정을 짓고 있는 수밖에 없었다.

도형아, 넌 지금 나한테 화가 났다기보다는 어쩔 줄 몰라 하고 있겠지? 분명 위스키를 한 잔 마시러 가다가 이 편지를 발견할 테고? 한숨 자고 일어났을지도 몰라. 넌 머리가 복잡하거나 당황하면 한숨 자고 나서 생각하니까. 그 생각을 하니 귀여워서 살짝 웃음이 나오네.

사랑하는 도형아, 내가 갑자기 떠나 버려서 당황스럽고 화가 나지? 정말 미안해. 꼭 떠나야만 했어. 얼굴 보며 작별 인사도 안 하고 떠나서 너무 미안해. 그런데 그러면 정말 떠날 자신이 없어질 것 같아서……. 지금 내가 너를 위해 할 수 있는 일은 왜 떠나야만 하는지 최선을 다해 설명하는 것뿐이야. 이해시킬 수 있을지 자신은 없어. 사실 나 스스로도 완벽히 이해하지는 못하겠으니까. 생각이 나는 대로 얘기해 볼게.

너도 알다시피 나는 삶을 마음껏 살고 싶었어. 많은 걸 보고 경험하면서 많은 것들을 알고 싶었어. 그렇게 내 인생에만 집중해서 살고 싶었어. 그런데 금세 주변에 잃고 싶지 않은 사람들이 생기더라? 인생에는 딱 두 가지 선택지밖에 없었어. 자기가 원하는 걸 좇든가 주변 사람들을 지키든가. 어릴 때부터 원하는 게 생기면 그걸 얻기 위해서 가진 걸 다 버려야 했거든. 인생은 늘 그런 식이었어. 억울할 건 없었어. 다른 사람들도 마찬가지였으니까.

그러다 네가 나타났고 난 너와 함께하는 삶이 좋았어. 그래서 나는 선택을 한 거야. 너를 포함해 내 주변의 사람들을 지키며 살기로. 많은 사람들이 보통 그렇게 사니까 꽤 괜찮은 선택을 한 거라고 생각했어. 나도 다른 사람들처럼 평범하게 살 수 있을지도 모른다고 생각했어. 내 역할에 충실해 보려고 했고 사람들과 조화를 이뤄 보려고 했어.

그런데 이게 쉬운 게 아니더라. 모두들 자기 역할에 충실하고 자기를 둘러싼 상황 안에서 조화를 이루는데 나는 그럴 수가 없었어. 어떻게 해야 되는지 도무지 알 수가 없었어. 어느 순간엔 그런 생각도 들더라. 진짜 원하는 게 생길까 봐 두렵다는 생각. 그래서 원하는 걸 만들지 않기 위해 이리저리 도망쳐 다니기도 했어. 늘 스스로의 관심을 이리저리 돌리면서 말이야. 억울한 건 또 있었어. 내 선택과 상관없이 주변 사람들이 늘 내 인생에 잠시만 머물다 떠나갔어. 누군가는 모든 걸 포기하고 자기가 진짜로 원하는 걸 좇아 떠나 버렸고, 누군가는 자기 주변을 둘러싼 걸 지키기 위해 자기 역할에 매몰되어 버렸어. 그렇게 사람들을 잃어 왔어.

그래도 네가 있으니까. 너는 절대 나를 떠나지 않을 테니까. 너랑 행복할 수 있다면 그걸로 되었다고 생각했어. 그런데 그렇지가 않더라. 세상이란 녀석이 그렇게 호락호락하게 행복이란 걸 툭 줘 버리진 않더라. 지금의 삶을 유지하기 위해서 내 모든 걸 다 요구하길래 다 줘 버렸어. 꿈이고 뭐고까지 다 내줘 버렸어. 나 진짜 악착같이 버텨 보려고 했어. 너를 지키기 위해서.

그런데 어느 순간 너까지 요구하더라고. 세상에서 고군분투하고 난 뒤 집에 돌아온 네 표정이 허탈하게 변해 가는 걸 보고 깨닫게 된 거야. 나는 그때서야 의심이 들었어. 내가 널 지키고 있는 게 맞긴 한가? 너랑 오랫동안 함께해 왔다는 이유로 내가 널 이해하고 있다고 착각했어. 너도 나만큼이나 힘들어 하고 있을지도 모르는데. 너도 나만큼이나 죽어 가고 있을지도 모르는데. 너는 어떤 애였지? 너는 어디로 가고 있었지? 네가 원하는 게 뭐였지? 나는 도형이 너에 대해 글을 쓰기 시작했어. 도형이 너의 상처, 너의 삶, 너의 꿈 하나하나 되짚어 봤어. 그리고 도형이 네가 기억났어. 네가 어떤 아이인지. 그리고 지금 네가 뭘 하고 있는 건지.

그러고 나니 나는 이 모든 게 뭐하는 짓인가 싶었어. 나는 네가 내 옆에서 조금씩 무너져 내리고 점점 사라져 가는 걸 보고만 있었어. 세상은 나를 다 빼앗아 가고 거기다 너까지 빼앗아 가고 있는데 정작 그렇게까지 해서 지키고 있는 우리 삶이 우리 각자가 원하는 모습이 전혀 아니었다는 게 허탈했어. 우리가 뭘 위해 이러고 있는 거야 대체. 이제 우리에게 남은 건 계속해서 천천히 무너져 내리는 우리 스스로를 지켜보는 일뿐인 거야.

너랑 어제 준영이 얘기를 하다 예전에 내가 우리 오빠가 살고 싶어 했을 만한 삶을 살기로 결심했었던 게 생각났어. 너랑 준영이랑 친하게 지내던 스무 살 때 다시 한 번 마음속으로 굳게 다짐했었던 거였어. 아다나 언니가 떠난다는 얘기를 들었을 땐 이제 때가 된 거라고 생각했어. 내가 원하는 게 뭔지도 확실히 모르겠지만 일단 발을 떼어야만 했어. 그게 너를 지키는 길이기도 하니까. 내가 떠나는 게 너를 네가 있어야 할 곳에 있게 해 줄 테니까. 나는 우리를 지키기 위해 떠나는 거야. 아주 긴긴 여행을 떠날 거야. 도형아, 내 말을 이해할 수 있겠어?

마지막으로 할 얘기는 준영이 얘기야. 피하고 싶겠지만 마지막으로 들어 줘. 어제 대화로 네가 준영이를 내가 생각했던 것보다 더 미워하고 있다는 걸 알았어. 네가 준영이를 더 이상 오해

하지 않았으면 좋겠어. 오랫동안 네가 준영이를 미워하도록 둔
게 고통스러웠어. 준영이는 착한 애야. 너도 알잖아. 준영이를
미워하지 말아 줘, 도형아.

　내가 할 말은 여기까지야. 네가 너무 슬퍼하지 않았으면 좋겠
어. 네가 행복했으면 좋겠어. 넌 분명 그렇게 될 거야. 난 널 알
아, 그리고 널 믿어, 김도형.

　편지는 여기까지였다. 더 쓸 말이 남아 있었는지 의미 없는 볼
펜 자국이 남아 있었지만 글자가 되지는 못했다. 엽서에 쓰인 글
들을 다 읽고도 그 배열을 그저 멍하니 들여다보았다. 내가 뭔가
놓친 건가? 잘 이해가 되지 않았다. 갑자기 세현이라는 사람이
커다란 수수께끼처럼 느껴졌다. 친구였던 기간까지 9년을 함께
했고 몇 달 더 있었으면 10년을 함께하게 되었을 가장 친한 친구
이자 여자친구인 세현이가 맞나? 대체 무슨 이야기를 하고 싶은
걸까?

　엽서를 이리저리 뒤집어 보았다. 글은 더 이상 없었다. 엽서 뒤
에 그려진 뭉크의 불가해한 그림들이 이전과는 좀 다르게 보였
다. 〈생의 춤〉 한가운데 있는 남녀가 함께 춤을 추면서 슬퍼하고
있는 것 같았다. 〈흡혈귀〉에 그려진 여자는 남자의 피를 빨아먹
으면서도 남자와 함께 울고 있는 것처럼 보였다. 〈대구 머리 요
리를 먹는 자화상〉의 뭉크가 고급 요리인 대구 머리 요리를 앞에

두고도 우울증 때문에 슬퍼하고 있는 거라고 생각했는데, 이제는 단지 눈앞에 있는 이해할 수 없는 세상을 어찌할 수 없어 무력하게 응시하고 있을 뿐인 것 같아 보였다.

6

나야말로 어떻게 해야 할지 알 수 없었다. 이럴 땐 세현이나 무부석사에게 조언을 구하곤 했지만 지금 상황은 말 그대로 뒤통수를 맞은 거나 다름없었다. 나는 당초에 계획했던 대로 위스키를 꺼냈다. 다행히 거의 바닥을 드러낸 위스키 병을 챙겨 가진 않았다. 눈에 보이는 아무 머그잔에다 위스키를 붓고는 찔끔찔끔 들이켰다. 코를 톡 쏠 만큼 향이 독했다.

나는 스스로가 불쌍했다. 왜 드디어 내가 머물 자리를 찾았다고 생각할 때마다 신기루처럼 사라져 버릴까? 나는 나이 먹은 어린애일 뿐이었다. 이런 일이 일어났을 때 내가 할 수 있는 건 없었다. 아버지가 믿는 신한테 제발 내 말 좀 들어 달라고 이렇게 징징거리는 것 말고는.

세현이의 편지가 다 투정처럼 느껴졌다. 세현이는 그저 막연히 두려울 뿐이었다. 그리고 왜 내가 무너져 가고 있다고 생각했을까? 나는 이제부터 완성되어 가고 있는 거였다. 오히려 희망을 향해 달려 나가고 있는 거였다.

그저께 세현이는 내가 준영이와 태안에 갔던 걸 기억 못하는 것 때문에 내게 화를 냈다. 설마, 내가 그 일을 잊은 것 때문에 내가 변했다고 생각한 걸까? 그렇다면 너무한 거다. 정말 너무한 거다. 잊고 말고 할 일조차 없었다.

준영이는 내 고등학교 동창이었다. 키가 크고 얼굴이 가무잡잡했으며 눈에 띄게 잘생긴 녀석이었다. 그리고 놀라울 만큼 과묵한 녀석이었다. 준영이와는 고등학교 1학년 때부터 같은 반이었지만 말수도 없는데다가 앉아서 공부만 했기 때문에 별로 친해질 일이 없었다. 함께 고등학교를 다니던 3년 내내 조금도 친한 사이가 아니었다.

우리가 다니던 고등학교에는 전교 1등부터 100등까지만 들어갈 수 있는 야자반이 있었다. 야자반 아이들의 엄마들끼리는 서로 교류를 하며 지냈는데 우리 엄마가 준영이네 엄마랑 좀 친하게 지냈다. 두 분은 우리가 가깝게 지내길 바라서 밥도 같이 먹게 하고 학원도 같이 보냈지만 우리는 영 가까워지질 않았다. 우리 둘 다 성적 지키느라 워낙 바쁘기도 했지만, 준영이가 별로 대화 의지가 없기 때문이기도 했다. 내가 몇 번 먼저 말을 걸어 보았지만 그 녀석이 프로 스포츠나 게임같이 그 나이대 애들이 흔히 관심 가질 만한 것들에도 별로 관심이 없어서 딱히 공통 주제가 없었다. 게다가 내가 무슨 말을 해도 늘 단답형으로 대답하기에 그냥 포기해 버렸다.

문과와 이과가 갈라지는 2학년이 되면 자연스레 다시 볼 일이 없을 줄 알았다. 준영인 의사인 자기 부모님처럼 의사가 되는 걸 목표로 하고 있다고 들었다. 물론 준영이가 아닌 준영이네 아줌마를 통해 들은 이야기였다. 나는 그 시절 준영이보다 준영이 아줌마랑 이야기를 더 많이 했던 것 같다. 그런데 2학년이 되자 준영이도 나처럼 문과로 진학했다. 나와 같은 선택과목을 골랐는지 같은 반까지 되었다. 2학년 담임 선생님은 그 녀석 수학 실력이 아깝다고까지 했다. 준영이네 아줌마가 말해 주길 준영이 목표가 변호사로 바뀌었다고 했다.

2학년 때도 바뀐 건 아무것도 없었다. 우리 둘은 여전히 데면데면했고 엄마들은 우리를 쓸데없이 붙여 놨다. 2학년 때는 그나마 최준영이 나한테 말을 하기는 했었다. 학교나 학원에서 한 교시가 끝날 때마다 다음 교시 과목이 뭐냐고 꼬박꼬박 물어봤다. 나는 그게 짜증이 나서 시간표를 만들어 줘 버렸다.

3학년이 되자 이 변덕스러운 녀석이 다시 의대에 진학하겠다며 이과로 전과해 버렸다. 어차피 서로 옆에 있으나마나 한 사이였기에 별로 신경 쓰지 않았다. 아마 특별한 일이 없다면 살면서 다시는 볼 일이 없었을 거였다. 이런 사이였으니 같이 태안 바닷가에 봉사를 갔을 때도 준영이와 추억 같은 게 있을 리 만무했다. 내가 준영이가 그 봉사활동에 왔는지 안 왔는지조차 모르는 건 당연했다. 세현이가 나를 매정한 사람으로 몰아 가고 화를 낸 건 아무리 생각해도 부당했다.

준영이와 절친한 사이가 된 건 분명 고등학교 이후의 일이다. 나는 수능에서 만족할 만한 성적을 받지 못해서 재수를 결심하게 되었는데 하필 그 녀석과 같은 재수학원을 골랐다. 그런데 재수학원도 고등학교와 마찬가지로 문과반과 이과반이 서로 다른 층에 있어서 같은 학원을 다니더라도 웬만해선 볼 일이 없었다.

그 녀석과 다시 만나게 된 건 다름 아닌 세현이 때문이었다. 쉬는 시간에 화장실에 가고 있는데 얼굴이 허여멀겋고 조그마한 여자애가 나를 붙잡고 대뜸 '너 준영이랑 아는 사이라며?'라고 말했다. 준영이가 그 뒤에 멀찍이 떨어진 곳에서 쭈뼛거리며 서 있었다. 사이가 어색한 동창과의 예상치 못한 재회에 어쩔 줄 몰라서 나도 그냥 쭈뼛거리며 서 있기만 했다. 우리 둘을 한심하게 쳐다보던 세현이가 말했다.

"같이 밥 먹으러 갈래?"

우리 셋은 얼떨결에 학원 지하에 있는 구내식당에서 점심을 같이 먹었고 그 후로도 재수 생활이 끝날 때까지 모든 점심을 함께

먹었다.

그때 세현이는 좀 대책 없이 밝은 애였다. 자주 웃었고 수다스러웠으며 목소리가 컸다. 어색하게 구는 우리 둘 때문이었는지 몰라도 끊임없이 대화 주제를 찾아냈다. 세현이 덕분인지 준영이도 조금씩 말문을 열었다. 주로 세현이가 질문을 하고 우리 둘이 단답형의 답을 하는 대화가 전부였지만 얼마 지나지 않아 준영이가 대화에 적극적으로 나서기 시작했다. 그 숫기 없는 녀석은 말문이 터진 뒤 놀랍게도 주로 '농담'을 했다. 알고 보니 준영이는 장난끼가 많았다. 대화는 점점 준영이가 엉뚱한 이야기를 하면 세현이와 내가 웃는 방식으로 변해 갔다.

세현이의 등장은 나와 준영이의 관계에 큰 변화를 일으켰다. 물론 셋이 함께 있는 게 가장 좋았지만, 점차 준영이와 둘만 있을 때도 좋았다. 우리는 둘만 있을 때도 고등학교 때처럼 멀뚱멀뚱하게 앉아만 있지 않게 되었다. 그 녀석이 입을 열게 된 게 가장 큰 이유였다. 썰렁하긴 해도 늘 실없는 농담이라도 늘어놓으니 같이 있으면 재밌었다. 또 친해지고 나니 준영이가 잔정이 많은 따뜻한 녀석이라는 걸 알게 되었다. 나는 예전부터 서로 욕을 주고받으며 일부러 위악적으로 굴어야 하는 남자들의 이상한 세계가 싫었다. 우리도 가끔 그런 연기를 할 때가 있었지만 어디까지나 그런 세계에 대한 조롱의 의미였다. 나도 그 녀석도 순수하게 서로를 생각하고 챙겨 주었다. 이런 게 진짜 우정이구나 싶었다. 나한테도 처음으로 친구다운 친구가 생겼구나 생각했다.

　하지만 결국 친구 사이라는 게 너무나도 별거 아니라고 느낀
건 그 끝이 너무 별 볼일 없어서다. 우리 우정이 다시없을 우정이
라고 생각했지만 그 끝을 보면 남들과 그다지 다르지 않았다. 주
변에서 누구에게나 일어나는 일이었다. 연인들이 헤어지는 것처
럼 '우리 이제 그만 만나자!'라는 선언도 없이 우정은 모래사장에
써 놓은 글씨가 파도에 조금씩 쓸려 나가듯 서서히 사라졌다. 마
치 처음부터 없었던 것처럼 흔적도 없이.
　세현이는 우리 셋의 관계를, 그리고 나와 준영이의 관계를 어
떻게든 '우정'이라는 단어의 틀에 끼워서라도 보존하고 싶었는지
도 모른다. 그러다 관계의 현실에 상처를 받았는지도 모른다. 그
리고 그게 어느 순간엔 내 탓이라고 생각되었는지도 모른다. 아
니, 자신이 증오하는 세상의 탓이라고 생각했는지도 모른다. 내
생각엔 세상과 관련 없이 그게 모든 관계의 진짜 모습이었다. 서
로의 입장이 조금만 틀어져도 모래성처럼 무너져 내린다.

ㄱ

세현이가 언젠가 이 집으로 돌아올지 안 돌아올지는 모르겠지
만 적어도 당분간은 돌아오지 않을 게 분명했다. 내가 따로 챙길
물건은 없었다. 세현이랑 사귀는 동안 한번도 세현이네 집에 내
물건을 둔 적이 없었다. 칫솔이라든가 면도기라든가 옷이라든가.
나는 문득 궁금해져서 서랍을 열어 보았다. 준영이의 명함이 사
라져 있었다. 내가 가져갈 건 엽서 세 장과 실밥이 터진 야구공뿐
이었다.

나는 자취하는 집이 아닌 강서구에 있는 부모님 집으로 갔다.
문득 내가 자란 집으로 돌아가고 싶었다. 집에는 아버지만 계셨
다. 엄마가 집에 안 계시다는 걸 알고 초조해졌다. 아버지와 단
둘이 있으면 항상 과장되게 행동하게 되었고 연기하는 것처럼 말

하게 되었다. 아버지를 참 좋아했지만 이상하게 그랬다. 내가 문을 열고 들어가자 아버지는 조금 놀란 기색이셨다. 평일에 갑자기 찾아올 줄은 모르셨던 것 같다. 아버지는 거실 식탁 위에서 A4 용지에 뭔가를 적고 계셨는데 내가 들어가자 책 더미 밑에 슬쩍 밀어 넣으셨다. 뭔지 모르겠지만 못 본 척했다. 아버지가 숨기고 싶어 하는 거라면 그게 뭐든 나서서 알고 싶지 않았다.

"회사는?"

아버지가 말했다.

"저 이제 인턴 끝났어요. 정직원 심사 있는 동안 3주간 쉬어요. 연락드린 지도 오래된 것 같아서 그냥 불쑥 들러 봤어요."

"그래, 고생했다."

나는 아버지가 앉아 계신 소파에서 두 칸 떨어진 곳에 멀뚱멀뚱 앉아 있었다. 할 말이 없는 게 아닌 척 스마트폰만 들여다보았다. 상실감으로 마음 쓰려 죽겠는데 집에 오니 아버지와의 어색함만 확인하게 되어서 더 서러워졌다.

"밥은?"

"먹었어요."

거짓말이었다.

다시 침묵.

"엄마는요?"

"일 갔지."

"그만두신 거 아니었어요?"

"그러게 말이다."

"아버지, 저 정직원 될 거 같아요. 부장님이 저를 좋아하셔서 확실히 밀어 주실 것 같거든요. 월급이 꽤 돼요. 두 분 다 이제 집에서 쉬세요."

나는 허세를 부리고 있었다.

"그래."

아버지는 무표정하게 창밖을 보셨다. 가만히 흐리멍덩한 하늘을 바라보는 아버지를 보며 문득 다 털어놓고 싶었다. 사실 100퍼센트 확신은 없다고, 사실 이젠 되든 말든 별로 관심도 없다고, 어제 여자친구가 떠나 버렸고 나를 다 부숴 놓았다고.

"너희 둘은 결혼 생각 있니?"

아버지는 늘 내가 대답하기 곤란한 주제를 정확히 아신다.

"저희 둘 다 아직 어려서요. 천천히 얘기해 볼게요."

"까딱 정신 팔고 있으면 금방 나이 들어 버려. 아예 생각이 없다면 모르겠지만, 결혼할 마음이 있긴 있는 거면 지금부터 차곡차곡 준비해야 돼."

"네."

"살 집 때문에 걱정이면 우리가 도와줄 수 있으니까 염려 마라."

"그런 거 아니에요. 세현이랑 같이 얘기해 볼게요."

다시 뚝.

나는 실밥 터진 야구공만 이리저리 굴리고 있었다. 아버지에게 물어볼 만한 게 없을까 고민했다. 그렇지만 묻기 어려운 주제뿐이었다. 내가 초등학교 때까지 아버지는 세무직 공무원이셨다. 그런데 큰삼촌의 집요한 꼬드김에 넘어가서 공무원을 그만두시고는 중국에서 함께 식품 사업을 벌이셨다. 처음엔 나를 미국에 유학까지 보낼 정도로 돈이 생겼지만 5년을 못 버티고 이내 사업이 망했다. 그렇게 집에 큰 빚이 생겼다. 큰삼촌은 아직까지 소식을 모른다.

아버지는 다 늦은 나이에 세무사 시험을 준비해서 세무사가 되셨다. 작은 개인 세무사 사무실을 운영하시며 가족의 생계를 근근이 책임지셨다. 그런데 최근 몇 년간 그마저도 점점 어려워졌다. 버는 돈보다 사무실 월세며 하나뿐인 경리 직원 월급으로 나가는 돈이 더 많았다. 작년에 아버지는 결국 사무실 문을 닫았다. 그래도 다행히 지난 15년간 일하시며 빚은 다 면했고 지금 살고 있는 강서구에 25평짜리 집을 얻을 수 있었다.

앞으로가 걱정이었다. 누나는 매형과 마카롱 가게로 어렵사리 먹고사느라 부모님 생활비 챙길 여건이 안 되었다. 내가 도와드려야 했다. 하루라도 빨리. 부모님은 그렇게 생각하지 않으셨다.

내가 얼마를 드리든 일을 계속하려 하실 거다. 물론 떼돈을 벌어다 드린다면 모를까. 그런데 나는 이제 슬슬 알아 가고 있다. 내겐 그럴 능력은 없다는걸.

아버지는 갑자기 자리에서 일어나셨다. 나는 조금 더 슬퍼졌다. 아버지와 앉아 있는 건 어색하지만 아버지는 그렇게 느끼지 않길 바랐다. 나와 있는 자리를 아버지가 피하길 원치 않았다. 아버지는 부엌으로 가셨다. 소리를 들어 보니 다행히 그저 뭔가 먹을 걸 내어 오시려는 거였다.

나도 자연스레 일어나 내 방이었던 곳으로 갔다. 내가 자취방에 가구를 다 들고 가서 방에는 책상만 덩그러니 있었다. 지금은 아버지가 서재로 쓰고 계신 것 같았다. 나는 방을 한번 둘러보고 붙박이장도 괜히 한번 열어 보았다. 붙박이장에는 훌라후프와 엄마 한복, 온열 매트 같은 잡동사니가 쌓여 있었다. 내 물건은 내가 버리거나 가져가서 싹 치워 버렸다.

"수박 먹어라."

"네."

나는 거실로 나와 다시 아버지와 나란히 앉았다. 이번엔 한 칸만 떨어진 채로. 아버지가 투박하게 자른 수박을 먹었다. 아버지는 항상 수박을 커다란 고깃덩어리라도 자르는 것처럼 석석 썰어 내셨다. 그 결과 아버지가 자른 수박은 항상 스톤헨지의 거석 같다. 사온 지 얼마 안 되었는지 수박이 미지근했다. 그래도 씨까지

오독오독 씹어 가며 먹었다.

"중공업 회사니까 해외로 출장도 가고 그러냐?"

"영업부서 분들은 그러기도 하는데 저는 재무부서라 해외에 갈 일이 없어요. 저도 해외로 출장도 가는 그런 부서로 가고 싶긴 했어요."

아버지 얼굴에 잠깐 슬픈 기운이 스쳤다.

"그런데 너는 대학 들어간 뒤로 어째 해외여행을 한번 안 갔냐? 요즘엔 다들 아르바이트해서 가기도 한다던데. 말하면 아빠가 보태 줄 수도 있었어."

"별로 안 가고 싶었어요. 괜히 쓸데없이 돈만 쓰지."

"젊을 때 여행 다녀본 경험도 지나서 보면 다 재산이야."

"네."

다시 뚝.

이려던 찰나.

"지금 쉴 때 다녀와."

"에이, 됐어요."

"가까운 데라도 다녀와라. 베트남 같은 데는 돈도 많이 안 든다더라."

"친구들이 다 일하고 있어서 같이 갈 사람도 없고 괜히 혼자 심심하기만 해요. 그냥 집에서 쉴래요."

"베트남에 네 막내 이모 있잖냐. 이모라도 뵙고 오던가. 그래도 너 어릴 때 5년간이나 키워 주신 분인데 직장도 잡고 했으니 잘 컸다고 인사도 드리고 그래야지."

"막내 이모가요? 팜베이 이모요?"

"엄마가 말 안 하던? 너희 막내 이모 5년 전쯤인가 이혼하고 베트남으로 건너가서 식당 하잖냐."

팜베이 파란 하늘 아래 서 있던 팔다리가 길고 가무잡잡한 이모 부부의 모습이 눈에 선했다. 그 둘이 헤어졌다니 믿을 수 없었다. 눈물이 날 것 같았다. 더 이상은 버티기 힘들었다. 하지만 아버지 앞에서 울 수는 없었다. 그럴 수는 없었다. 나는 목구멍까지 차오른 울음을 가까스로 내리눌렀다.

왜일까? 두 사람은 왜 헤어졌을까? 막내 이모 부부 두 사람이 내 삶의 롤모델이었다. 이제 어떤 모습으로 살길 바라며 달려야 할까? 이제 어떤 미래를 꿈꿔야 하는 걸까? 이제 누구를 보며 위안을 얻어야 할까?

모든 게 뒤죽박죽이었다. 지난 3년간 불안과 싸우며 취업을 위해 죽을 둥 살 둥 노력했다. 내 인생의 유일한 문제이자 해법은 취업이었다. 그것만 해 내면 모든 게 제자리를 갖출 거라고 믿었다. 그리고 이모네 부부와 같은 삶을 살 수 있을 줄 알았다. 그런데 고지가 눈앞까지 왔다고 생각되었을 때 발밑이 무너지기 시작했다. 허공에 매달려 있는 꼴이었다.

아니다. 더 적당한 비유가 필요하다. 끊임없는 전투를 벌이고 있는 것 같았다. 어른들이 쓰는 표현 중 제일 싫었던 게 인생을 전쟁에 비유하는 거였다. 학생이 학교에 책가방을 안 가져가면 군인이 총을 놓고 가는 거라는 둥, 회사는 전쟁터고 바깥은 지옥이라는 둥. 그런데 나마저도 그런 표현을 쓰고 싶어졌다. 진흙으로 뒤덮인 진창에서 전투를 벌이고 있는 것 같았다. 이번 전투가 끝나면, 다음 전투가 있고, 그러고 나면 그다음 전투. 생사를 건 싸움이 끊이질 않는 것이다. 왜 지금 상황에 적당한 비유나 찾고 있는지 모르겠지만.

이모와 이모부가 다툴 만한 일은 없다. 내가 알기론 그렇다. 두 사람은 서로가 원하는 걸 막지 않는다. 그리고 서로를 진심으로 사랑하고 배려했다. 분명 느낄 수 있었다. 이유가 뭘까?

나는 내가 왜 헤어졌는지 모른다. 내 생각엔 떠난 세현이조차 잘 모르고 있는 것 같았다. 이모라면 자기가 왜 이모부와 헤어지기로 했는지 분명한 이유를 알고 있겠지? 막내 이모는 항상 지혜로웠으니까 분명 알고 있을 거다. 어쩌면 내 문제도, 내가 헤어진 이유도, 세현이가 떠나야만 했던 이유도 알고 있을지 모른다.

아버지는 다시 일어나 안방으로 가셨다. 나는 먹던 수박 조각을 내려놓았다. 목구멍 너머로 도저히 넘길 수가 없었다. 아버지는 은행 봉투를 들고 나오셨다.

"너 취업선물 사려고 뽑아 놓은 건데 쓸데없이 쓰지 말고 해외 여행이나 좀 다녀와. 다른 애들처럼."

"괜찮아요. 저도 일하는데 이런 거 주지 마세요. 두 분 맛있는 거 드시는 데 쓰세요."

"엄마 서운하게 만들지 말고 받아. 나랑 엄마랑 반반 넣은 거야."

아버지가 내민 봉투를 받았다. 눈물이 나올 것 같은 이유가 세현이와 헤어진 것 때문인지, 제일 친한 친구였던 무부석사와의 관계가 끝난 것 때문인지, 아니면 내가 너무나도 좋아했던 이모 부부가 헤어진 것 때문인지, 나를 생각해 주는 아버지와 어머니에게 감동한 것 때문인지 몰랐다. 무슨 이유에서든 울고 싶었다. 더 이상 이곳에 앉아 있을 수 없었다.

"아버지 정말 감사해요. 다음엔 아버지 어머니 제가 유럽 여행 보내 드릴게요."

"그래, 고맙다."

빳빳한 은행 봉투에서 아버지와 어머니의 격려가 느껴졌다. 갑자기 투쟁심이 생기기 시작했다. 이게 정말 진창에서 벌어지는 전투라면 죽을 때까지 한번 싸워 보겠다고. 나는 베트남에 가기로 마음먹었다. 막내 이모에게 묻고 싶어졌다. 이모부와 대체 왜 헤어졌냐고.

"그럼 베트남에 다녀올래요. 막내 이모 뵙고 올게요."

"그래. 이모한테 인사도 드리고 여행도 하면서 다른 애들처럼 사진도 찍고 좀 그래."

나는 결연하게 고개를 끄덕였다.

"저 동네 친구 만나러 왔다가 어머니 아버지 얼굴 보러 들른 건데 약속 시간 다 되었네요. 엄마는 다음에 봐야겠어요."

나는 자리에서 일어났다. 아버지가 내 어깨에 어색하게 손을 올리셨다. 돌덩이처럼 두툼하고 딱딱한 손이었다.

"그래, 회사 일 잘되길 기도하마."

내가 신발을 신으려는데 아버지가 갑자기 잠깐만 기다리라며 내 방으로 들어가셨다. 그리곤 청바지 하나를 가져오셨다.

"이거 장롱에 있더라. 네 거냐? 너희 누나 거냐? 사이즈 보니까 네 거 같긴 한데."

아버지가 바지를 펼쳐서 보여 주었다. 고등학교 때 아버지가 사 준 리바이스 청바지였다. 고등학교 졸업하고도 대학교 때까지 입으며 하도 많이 빨았더니 팜베이의 바닷가처럼 영롱한 바다 색깔은커녕 딱 뽕따 아이스크림 색깔처럼 허여멀건데다 언제 빳빳했던 적이 있었냐는 듯 후줄근했다.

"그거 엄청 오래된 거예요. 아마 버리려고 내놓은 걸 엄마가 다시 넣어 두셨나 봐요."

"그래? 알았다. 나중에 버리마."

다시 신발을 신다가 마음이 바뀌었다.

"한번 입어 볼래요."

방에 가서 입어 보았다. 군대에서 살이 많이 쪘고 취업을 하면서 다시 빠지기 시작했는데, 대학교 초반 때의 몸무게로 돌아온 건지 몸에 잘 맞았다. 비록 해지고 물이 빠진데다 더 이상 빳빳하지도 않았지만 오랫동안 입어서 내 몸에 잘 맞춰져 있었다.

"입고 갈게요."

"밥 밖에서 사 먹지 말고 집에서 해 먹어라."

아버지는 다시 거실 식탁 앞에 앉으셨다. 불현듯 눈이 아버지가 뭔가 쓰고 계시던 종이로 갔다. 정말 보고 싶지 않았는데 자연스럽게 눈이 갔다. A4 용지의 위아래 가장자리만 빼꼼 보였다. 위쪽에는 프린트 된 글씨로 '지원서'라고 적혀 있었다. 어디에 지원하시는 건지는 책에 가려져 보이지 않았다. 아래쪽에는 아버지의 한자같이 굵고 직선적인 글씨체가 보였다. 서명, 김대욱.

아버지는 아버지만의 전장이 있었다. 같이 싸울 수는 없을까? 내 싸움과 하나가 될 수 없을까? 그런 생각을 했다. 하지만 우리는 평생 각자의 전장에 머물 수밖에 없을 것이다. 나는 가만히 응원할 뿐이다. 이번엔 아버지가 이겼다고 느끼기를. .

7. 5

꿈을 꾸었다. 잊어버리고 싶지 않아서 적어 두었다.

나는 텅 빈 미술관에 서 있었어. 그 미술관에는 그림이 한 점 뿐이었어. 〈대구 머리 요리를 먹는 자화상〉이었어. 나는 그 앞에 서서 검은 새를 기다리고 있었어. 그러나 한참을 기다려도 검은 새는 오지 않았어.

뭘 하고 있지?

〈대구 머리 요리를 먹는 자화상〉에 그려진 남자가 물었어.

검은 새를 기다리고 있어요.

그거 잘되었네. 나도 검은 새를 기다리고 있거든.

언제쯤 올까요?

난들 알겠어?

남자는 따분한 표정으로 가만히 나를 응시하고 있었어.

넌 왜 울상이야?

많은 걸 잃었거든요.

거 안되었군.

아저씨는 왜 울상이에요?

대구 요리가 너무 맛없거든.

안되었네요. 그런데 아저씨는 검은 새를 왜 기다리고 있어요?

잡아먹어 버리려고.

순간 나는 얼어붙었어.

그림 속 남자의 얼굴이 고야의 그림 〈아들을 잡아먹는 사투르누스〉의 얼굴로 변했어.

나는 놀라서 뒷걸음질 쳤어.

도망가! 이 맹추 녀석!

어디선가 나타난 검은 새가 외쳤어.

그 그림은 녹아내리기 시작했어. 〈아들을 잡아먹는 사투르누스〉의 얼굴도 녹아내렸어. 걷잡을 수 없이 녹아내린 물감은 검은색이었어. 독한 석유 냄새가 훅 끼치기 시작했어. 검은 진흙이었어. 검은 진흙은 그림에서 쉴 새 없이 쏟아져 나와 텅 빈 미술관을 메우기 시작했어. 나는 검은 새를 쫓아 미로같이 이어진 복도를 달렸어. 뒤에서는 검은 진흙이 우리를 쉴 새 없이 쫓아왔어.

멍청이! 아직도 날 죽일 수 없겠어?
난 아무것도 죽일 수 없어.
검은 새는 체념한 듯 한숨을 쉬었어.
이윽고 복도 끝에 커다란 문이 보였어. 두툼한 문은 무거워서 쉽게 열리지 않았어.
빨리, 빨리! 거의 다 따라잡았어!
검은 새가 외쳤어.
돌덩이 같은 문을 힘겹게 밀어내자 조금씩 틈이 벌어지기 시작했어. 그렇지만 어느새 검은 진흙이 내 발뒤꿈치까지 따라왔어. 나는 이를 악물고 힘껏 문을 밀어 검은 새가 지나갈 만큼 작은 틈을 만들었어. 검은 새는 그 작은 틈을 비집고 겨우 바깥으로 뛰쳐나갔어.

하마터면 잡힐 뻔했잖아. 언제까지 망설일 거야?
검은 새는 그렇게 말하고 날아가 버렸어. 그리고 혼자 미술관에 남은 난 검은 진흙으로 끝없이 빨려 들어갔어.

8

다음 날 오후, 나는 다낭으로 떠나는 비행기에 있었다. 머뭇거리다간 결국 가지 않게 될까 봐 급하게 떠났다. 어릴 적 미국으로 유학을 간 것 말고는 해외에 가 본 경험이 없는 터라 저가항공사라는 개념도 처음 알았다. 원래 알던 항공사들보다 가격이 저렴해서 별 생각 없이 구입했는데 좌석이 거의 닭장이나 다름없었다. 의자를 뒤로 젖혀 봤자 얼마 젖혀지지도 않았지만 그마저도 젖힐 수 없는 맨 뒷좌석에 배정을 받아서 고문이라도 받는 것처럼 허리와 고개를 뻣뻣하게 세우고 앉아 있었다. 다행히 자리가 창가 쪽이어서 한 시간쯤 뒤에는 체면이고 뭐고 비행기 벽에 달라붙어 있었다. 옆자리에는 내 나이 또래로 보이는 남녀가 앉았는데 비행기에 앉자마자 몇 마디 나누더니 서로 몸을 맞대고 구겨져서 잠들어 버렸다. 앞좌석과 무릎 사이의 공간이 조금도 없어서 창가 쪽에 앉은 내가 화장실에 가려면 복도 쪽에 앉은 두 사람이 모두 일어나야 했다. 차마 그 둘을 깨울 순 없어서 다섯 시간 동안 참았다. 이런 상황에선 그 둘처럼 빨리 잠들어 버리는 편이 상책이었다. 나도 잠을 청했다. 거의 혼절하다시피 잠이 들었다.

잠깐 눈을 떴을 때 창밖은 새카매져 있었다. 마치 심해에 들어와 있는 것 같았다. 그런 상상을 하니 몸서리쳐졌다. 그나저나 세현이도 혹시 비행기를 타고 외국으로 떠났을까? 베트남에 세현이가 있을 리는 없겠지만 어쩐지 베트남에 세현이를 만나러 가고 있다는 착각이 들었다. 손 안에서 굴리던 야구공의 실밥 터진 자리가 점점 더 벌어지는 것 같았다.

한밤중에 다낭 공항에 도착했다. 밤인데도 사우나에라도 들어온 것처럼 공기가 후덥지근했다. 온몸의 모공이 강제로 열렸다. 공항 문을 나서자마자 손목시계를 베트남 시간에 맞춰 두 시간 늦추고 있는데 유니폼을 입은 택시 기사가 다가왔다. 한국말로 어디로 가냐고 물었다. 호텔 이름을 말하니 대충 가격을 알려주었다. 나는 흥정하기 피곤해서 그냥 그 가격을 주겠다고 하고 택시를 탔다. 그런데 택시 기사는 호텔에 도착하니 타기 전에 말한 가격보다 훨씬 많은 돈을 달라고 했다. 그 가격도 한국 택시보다는 훨씬 저렴한 편이어서 그냥 달라는 대로 줘 버렸다. 다낭은 많은 관광지가 그런 것처럼 외국인에게 바가지를 씌우긴 했지만 대체로 물가가 저렴해서 예산에 큰 타격이 없었다. 호텔이 4성급이었는데도 굉장히 저렴한 가격에 예약할 수 있었다. 체크인을 하고 바다가 보이는 방으로 올라가 땀만 씻어 내고는 쓰러져 바로 잠이 들었다.

다음 날 인터넷으로 찾아보니 아버지가 '식당'이라고 얘기했던 이모의 가게는 호이안에서 유명한 스테이크 레스토랑이었다. 한국의 여러 블로그에도 심심치 않게 올라와 있었다. 왜 하필 베트남까지 와서 그것도 스테이크 집을 차린 걸까? 창밖으로 보이는 다낭 바다는 전형적인 휴양지 바다였다. 언뜻 팜베이랑 비슷해 보이기도 했다. 그렇지만 베트남이라니. 프로 야구팀도 없고 영어도 안 통하고 날씨가 습한 곳이었다. 이모는 대체 무슨 생각으로 혼자 이곳에 온 걸까?

별로 관광을 하고 싶은 기분이 아니어서 그냥 바로 이모네 레스토랑을 향해 나섰다. 이모의 레스토랑이 있는 호이안은 내가 있는 다낭에서 차를 타고 30분 정도의 거리였다. 호텔을 나서니 택시 기사가 기다렸다는 듯 다가왔다. '호이안'이라고 이야기하니 30만 동이라고 한국말로 말했다. 그리곤 정확히 30만 동만 받았다.

이모의 레스토랑이 있는 올드타운이라고 부르는 길은 독특한 분위기였다. 베트남 전통 건물 같기도, 중국풍 건물 같기도, 유립풍 건물 같기도 한 알록달록한 색깔의 건물들이 함께 어우러져 길 양쪽에 죽 늘어서 있었다. 길에는 수많은 사람들이 있었다. 온갖 나라에서 온 관광객들, 호이안 주민으로 보이는 사람들, 또 이 모든 사람들 사이를 오가며 줄을 감으면 날아가는 비행기 장난감이나 재밌는 그림이 그려진 모자를 사라고 끊임없이 권하는 사람들이 있었다. 그렇게 사람이 빽빽이 들어찬 거리를 커다란 인력거가 비집고 다니기도 했다.

블로그에 올라와 있는 지도를 따라 올드타운을 쭉 걸어 들어갔다. 그리고 건물들 사이에서 베트남식인지는 잘 모르지만 분명 한국의 것과는 다른 기와지붕이 덮인 대문을 발견했다. 간판에는 커다랗게 'Ray's Steak'라고 적혀 있었다. 여기까지 와서 레이스라니……. Ray는 이모의 영어 이름인 Rachel의 애칭이기도 했지만 이모가 열렬히 좋아했던 야구팀 탬파베이 레이스의 이름이기도 했다.

이모네 레스토랑은 건물이 안뜰을 둘러싸고 있는 구조였다. 대문을 지나 탁 트인 안뜰로 들어가자 파라솔이 달린 야외 테이블에 많은 사람들이 앉아 있었다. 철판 위에 얹은 고기를 먹으며 저마다 맥주나 칵테일을 마시고 있었다. 스피커에서는 라디오헤드의 〈Planet Telex〉가 흘러나오고 있었다.

찢어진 청바지에 레이첼 야마가타의 1집 앨범 커버가 그려진 티셔츠를 입은 종업원이 다가와 한국어로 인사를 했다. 나는 손짓 발짓과 영어를 다 섞어서 만날 사람이 있다고 했다. 종업원은 혹시 누구를 찾느냐고 다시 한국어로 말했다. 한국말을 쓰고 있는 외국인한테 굳이 그 사람의 모국어도 아닌 말로 이야기하는 내가 스스로 생각해도 우습게 느껴졌다. 나는 한국어로 여기 사장님을 만나러 왔다고 말했다. 종업원은 실내로 가는 문을 손으로 가리키며 안쪽 카운터에 있다고 말했다.

고맙다고 말하고는 문 앞까지 걸어갔다가 문득 멈춰선 채로 머뭇거렸다. 혹시 이모가 나를 어색해하진 않을까 걱정되었다. 15년 동안 이런저런 핑계로 연락이 뜸했다. 고등학교 졸업 때 한 번, 제대할 때 한 번 전화 드린 게 전부였다. 너무 충동적으로 이 먼 곳까지 왔다는 생각이 들기 시작했다. 하지만 여기까지 와서 그냥 돌아갈 수도 없는 노릇이었다. 무엇보다 나는 이모가 왜 이모부와 헤어졌는지 알고 싶었다. 나는 용기를 내서 자동문의 버튼을 누르고 안으로 들어갔다.

이모는 들어가자마자 보이는 카운터에 서 있었다. 나를 발견하자 눈을 동그랗게 뜨며 놀랐다. 그리곤 카운터에서 뛰어나와 나를 와락 안아 주었다.

"도형! 우리 도형이!"

나는 눈물을 왈칵 쏟아 버렸다.

이모는 내 기억에서처럼 여전히 활기가 가득했다. 보기 좋게 탄 피부와 재니스 조플린을 연상시키는 부스스한 머리, 장신구가 주렁주렁 달린 옷차림까지 여전했다. 분명, 내가 기억했던 것보다는 나이가 들긴 했다. 눈가에는 잔주름이 생겼고 손가락이 앙상해 보였다. 그렇지만 늘 그 나이였던 것처럼 잘 어울렸다.

"맥주 좋아해?"

나는 고개를 끄덕였다.

"그래야지. 누가 키웠는데."

이모는 웃으며 캔에 호랑이가 그려진 타이거 맥주를 가져다주었다. 나는 별로 음식을 먹고 싶지 않았는데 이모는 굳이 소고기와 볶음밥, 그리고 모닝글로리라고 부르는 시금치나물 비슷한 걸 차려 주었다. 나는 입맛이 없어서 먹는 시늉이라도 하려고 모닝글로리만 먼저 한 젓가락 집어먹었는데 마늘 양념과 기름이 적절히 밴 줄기의 아삭한 식감이 입맛을 돌게 했다. 입맛이 없었던 게 민망하게도 돌판에 구운 소고기와 볶음밥까지 남김없이 먹고 맥주까지 시원하게 다 비우고 말았다.

"잘 살았어?"

내가 밥을 다 먹을 때까지 가만히 지켜보고만 있던 이모가 물었다.

"네."

내가 그동안 잘 살았나? 사실 자신이 없었다.

"아무래도 우주 비행사는 아닌 것 같은데."

나는 웃었다.

"그걸 기억하고 계시네요. 중공업 회사에서 일해요. 아직 정직원은 아닌데 곧 될지도 몰라요."

"중공업? 멋진데? 어릴 때부터 똑똑하더니만 역시. 일은 재밌어?"

"재밌지는 않아요."

"에에? 그럼 안 되지! 재밌는 일을 해야지!"

"여전하시네요."

"도형아, 재밌게 살아야 돼. 안 그럼 아무 의미 없어."

이모의 표정은 진지했다.

"이모는요? 잘 지냈어요?"

사실 이모부에 대한 일을 묻고 싶었다. 그렇지만 차마 바로 물어볼 수는 없었다.

"5년 전쯤에 베트남으로 왔고, 보다시피 성공했지."

이모는 웃으며 말했다.

"그러네요."

분위기는 비슷했지만 분명 이모가 팜베이에서 운영했던 작은 휴게소 식당보다는 훨씬 더 으리으리하고 멋졌다.

"그런데 왜 갑자기 베트남으로 왔어요?"

"호이안에서 멋진 바를 운영해 보고 싶었어. 스물세 살쯤에 와 봤었는데 진짜 좋았거든. 처음 작은 바를 했는데 잘돼서 2년 만에 여기를 열었지."

"그뿐이에요?"

"그뿐이야."

내가 이해하지 못하는 것처럼 보자 이모는 오히려 내가 이해가 안 된다는 듯이 나를 보았다. 그리곤 잠시 내 얼굴을 꼼꼼히 살피더니 불쑥 말했다.

"호이안 구경 해 볼래?"

이모는 레이첼 야마가타 티셔츠를 입은 종업원에게 베트남어로 뭔가 말하고는 내게 서로를 인사시켰다. 그 종업원은 자신을 레 푸엉이라고 소개했다. 푸엉은 이모가 처음 호이안에 왔을 때부터 같이 일했던 친구라고 했다. 푸엉은 이모랑 내가 닮아서 단박에 가족이란 걸 알아봤다고 했다. 나는 어리둥절했지만 이모는 내게 어깨동무를 하며 당연하다고 말했다. 조카지만 언니보다 자기를 더 닮았을 거라고 웃었다. 내가 다 자라서는 성격이 언니랑 똑같아서 큰일이라고 했다. 이모는 푸엉에게 가게를 부탁하고 나와 함께 밖으로 나갔다.

우리는 가장 먼저 일본인 마을과 중국인 마을을 잇는 내원교를 건넜다. 화려하게 장식된 기와지붕이 덮인 짧은 다리였다. 이모가 말하길, 호이안은 한때 전 세계 사람들이 모이는 큰 항구도시 중 하나였지만 다낭 같은 다른 항구도시들이 번성하기 시작하면서 쇠퇴하고 말았다고 했다. 그 뒤로 사람들이 빠져나가고 개발되지 않은 채로 오랫동안 머물러 있었는데 오래된 건축물들이 그대로 보존된 거리가 뒤늦게 주목받기 시작하면서 관광지화되었다고 했다. 지금은 전 세계 사람들이 모이는 대표적인 휴양지 중 하나라고 했다. 이모는 호이안이 토착민들의 삶과 다양한 나라 사람들의 문화가 섞이는 모습이 흥미로운 곳이라고 말했다.

이모는 올드타운을 걸으며 마주친 몇몇 사람들에게 반갑게 인사를 건넸다. 베트남어로, 한국어로, 중국어로, 영어로, 그리고 알 수 없는 나라의 언어로. 우리는 유리병 안에 배 모형을 만드는 기념품 가게를 구경하고, 호이안의 풍경을 직접 그려 파는 가게도 구경했다. 올드타운에 있는 기념품 가게는 간혹 멋지고 독특한 곳도 많았지만, 예전에 명동이 그랬던 것처럼 싸구려 프린트 티셔츠를 파는 곳도 있었고 가짜 상표 신발을 파는 곳도 있었다.

내가 베트남 커피가 세계적으로 유명하다는 사실조차 모르고 있었다고 하니 이모는 투본강 주변에 있는 3층짜리 카페로 데려갔다. 커피가 다 비슷할 거라 생각했는데 확실히 달랐다. 원두에서 독특한 향이 났다. 그냥 블랙커피로 마셔도 맛있지만 연유를 넣으니 훨씬 더 맛있었다. 베트남 주택가에 있는 가게에서 까우로 우라고 부르는 고기 국수도 먹었다. 통통한 국수에 야채와 고기,

양념을 뿌려 먹는 국수였는데 생경한 음식을 잘 못 먹는 나는 고수 향 때문에 몇 입 먹지 못했다. 이모는 깔깔 웃으며 날 놀렸다.

해가 질 즈음 되자 이모는 투본강으로 날 데려갔다. 거리에 등불이 켜지기 시작했다. 까만 밤하늘에 반짝이는 풍선이 수없이 많이 떠 있는 것처럼 보였다. 세현이가 참 좋아했겠다는 생각이 들었다.

어두워지기 시작하자 사람들이 더 많아진 것 같았다. 수많은 인파 사이에서 초등학생으로 보이는 꼬마 아이부터 나이 지긋한 할머니까지 다양한 사람들이 호객 행위를 했다. 지나가는 사람들을 붙들고 배를 타라고 말했다.

이모는 강가로 내려갔다. 나무로 만든 선착장에는 사공들이 주욱 늘어서 있었는데, 호객 행위를 하는 사람들이 데려오는 손님들을 기다리고 있었다. 이모는 그중 한 명에게 다가갔다. 노스페이스 캠핑 캡을 푹 눌러쓴 남자였다. 둘은 악수를 하며 인사를 나누더니 나를 배에 태웠다.

전동 모터가 켜지고 배가 움직이기 시작하자 캄캄했던 배 위에 전등이 켜졌다. 새카매진 강 위에 전등이 풍선처럼 떠다니고 있었다. 나는 지나치게 영화 같은 풍경에 위화감을 느끼기 시작했다. 무슨 테마파크에라도 온 것 같은 느낌이었다. 내가 안절부절못하고 있자 이모가 말했다.

"도형이는 옛날부터 생각이 너무 많아. 가끔 그냥 눈앞에 있는 걸 가만히 지켜 봐."

　캄캄한 강물, 캄캄한 하늘. 캄캄한 공간. 그 사이에 사람들이 있었다. 등불들이 유령처럼 스치고 지나갔다. 불빛이 사람들을 비췄다. 어디서 왔는지도 모를 수많은 사람들. 문득 외로워졌다. 사공은 말없이 방향을 조정해 배 사이를 비집고 강을 따라 들어 갔다. 넓은 공간까지 나아갔다. 스쳐 지나가는 배에는 우리 같은 한국인들이 웃고 떠들거나 스마트폰으로 사진을 찍고 있었다. 물 위로 가만히 떠가는 배 위에서 나는 그저 어디론가 실려 가고 있었다.
　강 한가운데로 나가자 사공은 모터를 끄고는 배를 세워 두었다. 그리고 우리에게 빨간색 종이로 만든 네모 상자에 작은 촛불 하나가 덩그러니 있는 소원등불을 건넸다. 나는 아무 의미 없는 구색을 맞추느라 이런 걸 띄워 강을 오염시키는 게 싫어서 고개를 저었다. 이모는 웃으며 소원등불 하나를 건네받아 불을 켜고 강 위에 띄웠다. 검은 수면 위에서 빨간 소원등불이 천천히 미끄러지며 멀어져 갔다. 이모는 가만히 눈을 감았다.
　"무슨 소원 빌어요?"
　내가 조금은 퉁명스럽게 물었다.
　"도형이 건강하게 해 달라고. 그리고 재윤도."

재윤은 이모부 이름이었다. 나는 울컥했다.

"뭐가 궁금한지 알아. 하지만 지금은 절대 말 안 해 줄 거야. 지금은 잠시 가만히 이곳을 느껴 봐. 그게 좋을 거 같든 싫을 거 같든."

나는 이모의 단호함에 이내 입을 다물고 가만히 배가 물 위를 떠다니는 걸 느꼈다. 좋지도 싫지도 않았다. 수많은 등불과 함께 검은 수면 위에 그냥 떠 있을 뿐이었다. 어둠 속에 수많은 사람들이 있다는 게 느껴졌다. 어쩐지 사람들이 강과 하나인 것처럼 느껴졌다.

이게 여행이란 거구나 싶었다. 여행을 다니지 않은 건 아니었다. 스무 살이 된 이후로 늘 여행을 했다. 해외여행을 간 적은 없었지만 국내는 꽤 많이 돌아다녔다. 늘 주변 사람들 때문이었다. 특히나 세현이가 여행을 좋아해서 여행을 자주 갈 수밖에 없었다. 준영이 또한 여행을 좋아해서 스무 살 시절 그 짧은 시간 동안 함께 많은 곳을 가 보았다. 또 조류관찰동아리에서 조류 관찰을 위해 이곳저곳으로 여행을 다녔다.

어떤 여행이든 항상 돌아오고 나서야 좋은 기억으로 남았다. 여행을 하는 동안에는 그게 즐겁다는 생각을 해 보지 못했다. 또 '여행을 하고 있구나.' 하는 실감을 느끼지도 못했다. 늘 여행을 하고 나서야 '내가 여행을 했구나.' 하는 실감이 들었다. 여행을 하고 있는 동안에는 항상 정신이 없었다. 일상의 법칙이 무너져 버리는 게 싫었다. 그 때문에 여행을 좋아하지 않았다. 나에게 여행은 여행지에서의 시간이 아닌 다녀온 뒤의 시간을 위한 거였다. 그래서 늘 선뜻 떠날 용기가 생기지 않았던 거였다.

그렇지만 강 위에 떠 있는 지금은 온전하게 지금이었다. 즐겁고 말고를 초월한 느낌이었다. '나는 지금 여기에 있다.' 이런 생각만 들었다. 마음이 좀 편해졌다.

배에서 내린 뒤 이모는 이번엔 올드타운 외곽의 주택지역으로 날 데려갔다. 우리는 슬레이트가 내려진 회색 건물 앞에 섰다. 옆에 있는 정체 불명의 가게에서 나이 지긋한 할아버지 한 분이 나왔다. 그 할아버지는 베트남어로 인사를 건네더니 슬레이트 옆에 붙은 플라스틱 상자를 열쇠로 열고 그 안에 있는 버튼을 눌렀다. 요란한 소리를 내며 슬레이트가 올라갔다. 안에는 빨간색 마세라티 기블리가 세워져 있었다.

"주차할 곳 찾기가 쉽지 않아서."

이모는 기블리를 매끄럽게 몰아 도로로 나갔다. 이모가 비싼 차를 몰고 나온 게 조금 걱정되었다. 내가 경험한 다낭과 호이안의 도로 사정은 말 그대로 전쟁터였다. 아니, 혼돈의 카오스 그 자체였다. 먼저, 차선이 의미가 없었다. 차들은 차선 위로 달리거나 점선이든 실선이든 구분 없이 넘나들었다. 의미가 있는 건 중앙선뿐이었는데 그마저도 딱 진행 방향을 구분 짓는 기능 하나만 있었다. 차들은 필요하면 아무 때나 불쑥 중앙선을 넘어 유턴을 하거나 도로를 가로질러 갔다. 물론, 방향지시등을 켜는 차들도 거의 없었다. 언제든 차들은 불쑥불쑥 앞이나 옆으로 끼어들거나 정지, 유턴, 가로지르기를 해 댔다. 시내로 나가면 수많은 차들이 다닥다닥 붙어 있는 상황에서 이런 일들이 벌어졌다. 차들 사이의 미세한 틈은 수많은 오토바이가 메우고 있었다. 오토바이가 차보다 훨씬 많았는데 사이드미러를 달고 있는 오토바이는 열 대 중 한 대 정도뿐이었다. 오토바이들은 앞차와 뒤차의 안전거리를 빽빽하게 채우거나 옆 차와의 좁은 사이를 뚫고 지나갔는데, 차 유리창을 손으로 짚어 가며 앞으로 나아가기도 했다. 이런 상황이다 보니 이 사이를 사고도 없이 훌륭하게 뚫고 지나가는 택시 기사들에게 내는 돈이 크게 아깝다는 생각이 들지 않았다.

그런데 이모는 아수라장이나 다름없는 도로의 흐름 속으로 머뭇거림 없이 들어갔고 그 사이를 능숙하게 헤쳐 나갔다. 틈이 보이면 망설임 없이 엑셀을 밟았고 불쑥불쑥 튀어나오는 차와 오토바이를 급브레이크 밟는 일 없이 자연스럽게 피했으며 옆 차선이나 반대 차선에서 무리하게 끼어들려는 기미가 보이면 정확한 타이밍에 경적을 울려 견제했다. 감탄밖에 나오지 않았다.

"베트남에서 택시 운전사 해도 되겠어요."

"가게 하다 시간 남으면 생각해 볼게."

이모는 호탕하게 웃었다.

우리는 호이안을 빠져나와 검은 바다가 보이는 해변 도로를 달렸다. 빨간 기블리는 검은 밤을 헤치고 달려 나갔다. 어두워서 눈에 잘 보이지 않았지만 차창 밖으로 검은 바다가 넘실거리고 있다는 게 느껴졌다.

이모는 커다란 리조트 단지 앞에서 속도를 줄였다. 그리고 정문으로 이어지는 길이 아닌 리조트 뒤쪽으로 바로 이어지는 길로 들어갔다. 기블리는 해변으로 통하는 입구 바로 앞에서 멈췄다. 이모가 차에서 내리자 하얀색 린넨 셔츠와 잘 다린 바지를 입은 베트남 남자가 다가왔다. 이모는 포옹하며 반갑게 인사했다. 남자는 응우옌 반 럼이라고 자신을 소개했고 환한 미소를 지으며 인사를 건넸다. 이 리조트의 매니저라고 했다.

럼은 우리를 리조트 뒤에 있는 해변으로 안내했다. 검은 바다를 마주한 새하얀 해변은 평화로워 보였다. 대나무로 만든 선베드와 하얀 파라솔이 몇 개 놓여 있었고 그 옆에는 대나무로 만든 작은 바(bar)가 있었다. 안에는 갖가지 술병들이 늘어서 있었고 야자수 셔츠를 입은 앳된 남자가 칵테일을 만들고 있었다. 텅 비다시피 한 해변에는 수영복을 입은 몇몇 사람들이 밤바다를 따라 거닐거나 바 주변에 있는 선베드에 누워 칵테일을 마시고 있었다.

이모는 바에서 진토닉을 부탁했다. 나도 같은 걸로 달라고 했다. 바 안에 있던 앳된 남자는 긴장한 듯 보였다. 이모는 진토닉을 조금 마셔 보더니 럼에게 고개를 끄덕였다. 럼은 웃으며 이모와 내게 짧게 고개를 숙여 인사한 다음, 바 안에 있던 남자에게도 고개를 끄덕이고는 리조트 쪽으로 돌아갔다.

이모와 나는 대나무로 만든 테이블에 바다를 바라보고 나란히 앉았다. 이곳이 말로만 듣던 프라이빗 비치였다. 해변을 누군가 소유한다는 게 영 마음에 들지 않았다.

"예전엔 좀 더 검소했는데, 그치?"

"확실히 팜베이에 있을 때랑은 다르네요."

"그래, 그땐 그때대로 좋았어."

그 말에 어쩐지 심사가 뒤틀렸다.

"야구는요? 이제 안 봐요?"

"경기가 있을 때마다 인터넷으로."

"여기는 팜베이랑 크게 안 달라 보여요."

"많이 달라. 특히 파도가. 사람들도 다르고."

나는 검은 수평선을 응시했다.

"왜 베트남으로 온 거예요?"

"아까 말했잖아. 호이안에서 멋진 바를 하고 싶었다고."

"'호이안에서 멋진 바를 하고 싶었다.' 정말 그것뿐이라고요?"

"그래. 네가 다른 설명을 요구해서 당황했어."

이모는 얼음이 짤랑거리는 진토닉을 홀깍 들이켰다.

"그럼, 이모부는요?"

"여기 오고 싶어 하지 않았거든. 팜베이에서의 삶이 좋대."

"그럼 이모부가 싫어서 헤어진 게 아니네요?"

"그렇지. 굳이 얘기하자면 아직도 사랑하고 있고. 그런데 나는 여기서 1년이나 2년쯤 살아보다 돌아갈 게 아니었거든. 얼마나 오래일지는 나도 모르지만 만족할 때까지 살아보고 싶었어."

"이모는 뭐가 그렇게 간단해요?"

"도형아, 사람들과 어쩔 수 없이 헤어져야만 할 때가 있어. 친한 친구든, 가족이든, 사랑하는 사람이든."

"그 사람들보다 중요한 게 어딨어요?"

"네 인생."

"그 사람들이 곧 내 인생이에요."

"맞아. 그렇지만 아주 맞는 얘기도 아니야. 살다 보면 주변 사람들과는 상관없이 나 자신에게만 중요한 일이 생겨. 어쩔 수 없이 주변 사람들을 떠나거나 떠나 보내야 할 만큼 아주 중요한 일."

"그렇게까지 중요한 일이 생겼다는 걸 어떻게 알죠?"

"분명 주변 사람들과 잘 지내고 네 삶의 모든 게 제자리를 갖추고 있지만, 네 삶이 망가지고 있다고 느껴지기 시작하면 네 인생에 중요한 일이 생긴 거야."

"주변 사람들과 함께 제가 가진 문제를 해결할 순 없나요?"

"물론 주변 사람들과 함께 고민해 봐야지. 할 수 있는 건 다해 보고. 그렇다고 주변 사람들한테 내 문제를 짐 지워서는 안 되고. 나와 재윤은 각자가 원하는 걸 좁혀 보려고 최선을 다했어. 그렇지만 결국 우리는 서로의 길을 가야 했어."

"이모는 지금의 삶에 만족하세요?"

"응, 만족해. 그리고 재윤은 그리워. 생각할 때마다 심장이 조일 만큼. 그렇지만 난 이렇게 살 수밖에 없어."

"이모를 이해할 수 없어요."

"나도 나를 이해할 수 없어. 그저 내가 원하는 게 뭔지, 내가 해야 하는 일이 뭔지를 분명히 알 뿐이야."

이모는 잠시 내 표정을 살핀 뒤 말했다.

"그리고 도형이 네가 이해할 수 없는 건 나뿐만이 아닌 거 같은데?"

세차게 파도가 치던 검은 바다가 일순간 잔잔해졌다.

나는 이모에게 세현이가 떠난 걸 이야기했다. 그리고 내 주변을 둘러싼 수많은 사람들에 대해서도 이야기했다. 무부석사에 대해서, 준영이에 대해서, 내가 이해할 수 없는 모든 사람들에 대해서 이야기했다.

"어디로 떠났는지도 전혀 모르고?"

"네, 저는 정말 제 역할을 다했어요. 이제 취업까지 할 테고. 그럼 모든 게 완벽한데……. 이상해요. 꼭 완전한 삶이 손에 잡힐 듯하면 눈앞에서 흩어져 버려요."

"도형이 너는 어릴 때랑 많이 달라졌구나."

"다들 그렇죠, 나이를 먹으면."

"야구에서 투수는 무슨 역할을 한다고 생각해?"

"문제를 해결하는 역할이요. 수비의 흐름을 지휘하고 각자의 자리에 있는 모든 수비수들과 협력하면서요."

"어릴 때 너는 뭐라고 했는지 기억나니?"

"아니요."

"공 던지는 사람."

이모는 먼 바다를 쳐다보았다.

"레이스는 지금쯤 경기하고 있을 텐데, 잘하고 있으려나?"

나도 모르게 크로스백에 있는 실밥 터진 공이 잘 있는지 더듬었다. 다행히 가방 안에 잘 있었다.

"공 던지는 자세는 잊어버렸어? 예전에는 맨날 이모한테 자랑했잖아. 자기 던지는 거 봐 달라고."

이모는 한번 보여 달라며 졸라 댔다. 나는 계속해서 손사래를 치다 재롱이라도 떨어 드릴 겸 달밤에 이국의 해변에서 허공에다 대고 팔을 휘둘렀다. 이모부한테 배운 투구폼이었다. 이모는 레이스의 선발투수 블레이크 스넬 같다고 손뼉 치며 좋아했다.

이모와 이모부 덕분에 야구를 알게 되었지만, 내게 야구가 진짜 특별해진 건 세현이와 준영이 덕분이었다. 그리고 야구 덕분에 우리 셋도 단순히 점심을 같이 먹는 사이보다 더 특별한 사이가 될 수 있었다.

재수학원 시절 세현이는 스패로우즈의 열렬한 팬이었다. 세현이는 점심을 먹을 때마다 야구 얘기를 했는데 나와 준영이는 그 팀에 별로 관심이 없었다. 준영이는 야구에 아주 관심이 없지는 않았지만 보는 것보다는 직접 하는 걸 더 좋아했다. 가끔 스트레스가 쌓이면 집 주변에 있는 야구 배팅장에서 한참 동안 공을 치곤 한다고 했다. 나는 야구 경기 보는 걸 좋아하긴 했지만 그때까지만 해도 한국 야구에는 전혀 관심이 없었다. 한국에서도 미국에서 그랬던 것처럼 메이저리그를 봤고 여전히 이모네와 응원하던 탬파베이 레이스를 응원했다. 한 수 아래라고 평가받는 한국 야구 리그보다 세계에서 가장 큰 리그인 메이저리그가 당연히 더 재밌을 거라는 막연한 생각이 있었다.

2010년 한국 프로야구 시즌이 개막했을 때부터 세현이는 나와 준영이에게 제발 한번만 야구장에 같이 놀러 가자고 졸랐다. 우리는 재수생이 무슨 야구장이냐며 이리저리 피해 다녔다. 그러나 세현이의 집요한 요청에 나와 준영이는 하늘이 맑았던 어느 4월의 토요일에 세현이와 함께 야구장에 놀러 갔다. 스패로우즈의 홈경기가 있는 날이었다.

스패로우즈의 홈구장은 내가 예상하던 것보다 훨씬 더 웅장했다. 관중석의 분위기는 뜨거웠고 응원 문화가 독특했다. 각 선수마다 응원가가 있어서 해당 선수가 타석에 들어서면 응원단장을 중심으로 온 관객들이 이를 따라 불렀다. 그걸 보기 전까지는 한국에서 야구가 그렇게까지 인기 있는 줄은 몰랐었다.

야구장은 다양한 음식들의 천국이었다. 야구장 주변에서는 치킨과 피자, 분식, 만두, 오징어, 핫도그 등을 비롯한 별의별 음식을 다 팔았다. 각 구장마다 유명한 음식점이 있다고 했다. 스패로우즈 홈구장은 닭강정이 가장 유명했다. 우리는 길게 줄까지 서서 닭강정을 샀다. 가게에서는 손님들이 줄을 서는 동안 경기를 놓치지 않도록 커다란 티비로 야구 중계까지 켜 두었다.

경기는 내 예상보다 훨씬 재밌었다. 투수들이 던지는 공의 속도나 타자들의 타격 위력, 선수들의 운동 능력 등이 메이저리그 경기보다 덜하다는 게 물론 느껴졌지만 한국 야구가 분명 더 재밌게 느껴졌다. 뭔가 특별했다. 경기 스타일이 다른 건 물론이고, 선수 개개인이 경기를 풀어 가는 방식, 팀이 야구를 바라보는 태도 등 수많은 게 메이저리그와 달라서 특별해 보였겠지만, 그것보다는 더 근본적인 게 있었다. 그 당시에는 뭐가 그렇게 특별한지 정확히 말로 표현할 수 없었지만, 지금 생각해 보면 그건 아마 경기가 당장 내 눈앞에서 일어나고 있는 일이라는 점이었을 것이다. 그때 내 눈앞에서는 저 먼 타지에서 일어나고 있는 경기와는 확실히 다른 일이 벌어지고 있었다.

세현이가 응원했던 스패로우즈는 정말 매력적인 팀이었다. 리그 내에서 가장 탄탄한 투수진, 선수진들의 끈끈한 결속력, 다양한 작전. 경기가 재미있지 않을 수 없었다. 나와 준영이는 스패로우즈에 푹 빠졌다.

세현이는 의기양양했고 동지들이 생긴 것에 흐뭇해 했다. 스패로우즈의 역사와 선수의 비화에 대해 설명해 주기도 했다. 각자 좋아하는 선수들이 생겼고 그 선수들의 이름이 새겨진 유니폼도 생겼다. 매일 학원 수업이 끝나면 함께 스패로우즈의 경기 결과를 확인하며 일희일비했다. 한 달에 한 번씩 같이 야구장에 가기도 했다. 우리 세 명 모두에게 열렬히 좋아하는 무언가와 그 무언가를 함께 좋아할 사람들이 한꺼번에 생긴 것이다. 우리 셋 모두가 살면서 한번도 가져 보지 못한 것이었다.

"세현이란 친구의 문제를 같이 해결해 보려고 최선을 다해 봤어?"

"그러려고 했는데 잘 안 되었어요."

"최선을 다해 본 게 확실해? 네가 그 친구의 문제를 잘 몰랐던 건 아니고? 그 친구를 충분히 이해하지 못하고 있었던 건 아닐까?"

말문이 막혔다. 이모 말에 자신 있게 변명할 수가 없었다.

"제가 어떻게 하면 될까요?"

"어떻게냐니? 네가 알겠지. 투수는 수비의 흐름을 지휘한다며."

어지럽게 흩어지는 파도를 보며 막막함을 느꼈다.

"저는 투수가 아니잖아요."

"아저씨들이 하는 말 열에 아홉은 헛소리인데 그거 하나는 맞는 말 같더라. '야구는 인생의 메타포다.'"

이모는 자신이 말해 놓고도 민망한지 깔깔대며 웃었다.

"에에? 이모, 그게 뭐야 아저씨같이."

"참, 요기 베라 감독이 했던 말도 있었네. '끝날 때까지 끝난 게 아니다.' 물론 뉴욕 메츠는 멋대가리 없는 팀이지만."

내가 아저씨 같다고 투덜거리자 이모는 야구 명언을 다섯 개쯤 더 늘어놓으며 깔깔거렸다.

"스패로우즈 팬이야?"

이모는 내 오른손에 있는 팔찌를 보고 말했다.

"예전에요. 팔찌는 그냥 없으면 허전해서 차고 다녀요."

"예전이 어딨어. 한번 팬은 영원한 팬이지."

"스패로우즈가 영 다른 팀이 되어서요."

"그래도 스패로우즈는 스패로우즈잖아."

"곧 이름도 바뀐대요."

"뭐라고? 그런데도 가만히 있었어? 시위라도 해야 할 거 아니야? 네 팀이잖아!"

"제 팀도 이모처럼 영원히 탬파베이 레이스예요."

"가장 최근에 본 경기는 어느 팀 경기야?"

"스패로우즈······."

"레이스의 경기를 보긴 해?"

"아니요······."

"그렇게 미적지근하면 아무 의미 없어. 자기 팀이 있으면 최선을 다해 응원해야지."

"······."

"이모는 네 우유부단한 태도가 마음에 걸려. 네 진로든 친구든 하물며 야구팀에든. 준영이라는 친구한테도 그러면 안 됐어."

"준영이요?"

"응. 네가 준영이라는 친구를 너무 쉽게 포기했다고 생각해. 너한테 중요한 친구였다면서."

"하지만, 세현이 때문에 어쩔 수 없었어요······."

"도형이는 늘 태도가 불분명해. 마치 원하는 게 뭔지 스스로 아는 걸 두려워하기라도 하는 것처럼 행동하고 있잖아."

나는 잠자코 있었다.

"이모는 멋지게 자란 네가 너무 자랑스럽지만, 무엇보다 네가 행복했으면 좋겠어."

이곳의 바다는 분명 팜베이의 바다와는 달랐지만 모든 바다가 나누고 있는 걸 똑같이 가지고 있었다. 바다는 사실 하나다. 그걸 보는 내 위치가 달라진 것뿐이었다.

"그러려면, 네가 중요하다고 생각하는 걸 끝까지 잡아 보려고 최선을 다해 봐야 해. 이모 생각은 그래."

이모가 남은 진토닉을 비우며 말했다.

"끝날 때까지 끝난 게 아니야."

9

다음 날, 나는 아침 일찍 일어나 서울로 돌아가는 표를 예약했다. 당장 오전에 출발하는 비행기를 구할 수 있었다. 이모는 멋진 운전 솜씨로 다낭 시내의 수많은 차와 오토바이를 뚫고 나를 공항에 데려다 주었다. 이모는 나를 꼭 안아 주며 말했다.

"또 놀러와."

이모는 울고 있었다. 팜베이에서 나를 떠나 보낼 때처럼.

이륙하는 비행기에서 다낭 바닷가 앞을 지나고 있는 수많은 차들을 내려다보며 그 사이를 누비는 이모의 빨간색 기블리를 떠올렸다. 그리고 아직도 팜베이의 바다를 바라보며 우두커니 서 있을 이모부를 떠올렸다. 어느 해변이나 쉴 새 없이 파도가 치고 있었다.

지금 생각해 보면 나는 우리 셋 사이의 미묘한 감정에 대해서 일부러 들여다보지 않으려 했다. 그냥 '친구'라는 확실하고 편안한 한마디에 그런 복잡한 문제들을 다 묻고 싶었다. 나와 준영이가 세현이를 이성으로 느꼈건 세현이가 나와 준영이를 이성으로 느꼈건 친구라는 단어는 모든 걸 깔끔하게 교통정리해 준다고 생각했다. 그러나 관계의 수면 밑에 있는 감정들로 인해 우리도 모르는 사이에 조금씩 거리가 멀어지고 있었던 것 같다.

우리 셋은 재수 생활이 끝나지 않기를 바랄 만큼 서로를 좋아했다. 그렇지만 대학에 들어가고 나서 그전까지 매일매일 함께하던 우리는 3일에 한 번, 일주일에 한 번, 2주에 한 번 등으로 만나는 간격이 조금씩 뜸해졌다. 새로운 생활이 생겼고 새로운 관심사가 생겼으며 새로운 친구들이 생겼다. 같이 야구를 보러 가는 날도, 같이 '우리만의 캐치볼'을 하러 가는 날도 줄어들기 시작했다. 그래도 서운하다고 느끼지는 않았다. 우리는 반드시 만났고 서로가 항상 반가웠다.

세현이가 이성으로 느껴지기 시작했을 때였지만 크게 개의치 않았다. 그 당시 나에겐 그런 감정보다 세 사람 사이의 유대가 더 중요했다. 우리는 아직 어리고 시간은 많다고 생각했다. 나는 우리 셋을 믿었다. 상황이 어떻게 변하든 우리 셋은 관계에서 항상 더 좋은 방향을 찾아낼 거라 믿었다. 그러나 그건 내 착각이었다. 우리 셋의 관계는 대학교 신입생 생활이 채 끝나기 전에 무너졌다.

　세상에 대차게 우정을 과시한 것치고는 그 끝이 허무하고 좀스러웠다. 대학에 들어가기 전까지는 줄곧 세 사람 모두가 모이는 게 당연했지만 점차 두 명이서 보는 경우가 많아졌다. 나와 세현이는 같은 학교를 다녔기에 공강 시간에 같이 밥을 먹거나 수업을 마친 뒤 야구를 보러 가는 등 붙어 있는 시간이 많았다. 준영이는 학교가 멀어서 우리와 만나는 날이 상대적으로 뜸했다. 그때 나는 내 마음을 잘 단속했다. 혹시 세현이와 둘이 있는 게 데이트로 느껴지지 않도록, 또 준영이에게 오해를 사지 않도록 조심했다.
　나도 신입생 때는 학과 생활을 경험해 보고 싶어서 학과 관련 행사가 있으면 우리의 모임에서 빠지는 경우도 더러 있었다. 그럴 때는 세현이와 준영이 둘만 만난 적도 있었다. 그게 신경 쓰이지는 않았다. 그럴 땐 두 사람이 재밌게 노는 사진을 약 올리듯 나에게 보내기도 했는데 오히려 그게 더 안심이 되었다.
　그런데 세현이와 준영이가 나한테 별다른 이야기 없이 만나는 날이 생기기 시작했다. 두 사람이 따로 만났다는 사실을 내가 나중에 우연히 알게 되는 날이 있었고, 두 사람이 만나고 있는 걸 내가 우연히 목격한 날도 있었다. 둘은 학교도 달라서 나처럼 자연스럽게 만나게 된 것도 아닐 텐데 굳이 나를 빼고 둘만 봤어야 했나? 나는 소외감을 느꼈다. 그러나 차마 두 사람에게 어쩌다 둘만 봤냐고 물어볼 수가 없었다. 세현이는 내 여자친구가 아니었다. 두 사람은 나한테 따로 알리지 않고 만날 권리가 있었다. 당연했다. 그렇지만 나는 우리 셋의 암묵적인 규칙들이 무너지고 있다고 느꼈다. 그렇게 우리 셋 사이의 틈이 벌어지기 시작하고 있었다.

두 사람 모두에게 서운했다. 그렇지만 준영이에게 더 서운했다. 여러 가지 이유를 상상했지만 내 확신은 하나뿐이었다. 준영이도 분명 나처럼 세현이를 이성으로 보기 시작한 것 같았다. 세현이의 마음은 알 수 없었지만 분명 이미 준영이와 사귀고 있거나 준영이를 남자로 보기 시작해서 나 몰래 단 둘이 만난 건 아니었다. 만약 그랬다면 세현이는 분명 내게 이야기했을 거다. 그런 확신은 있었다.

그때 내가 생각하기에는 두 사람이 내게 뭔가를 숨기고 있다면 그 원인은 준영이가 확실하다고 생각했다. 왜냐하면 준영이는 항상 마지막 비밀 하나를 남겨 두었다. 사실 우리가 친하지 않았던 고등학교 때부터 절친한 사이가 된 재수생 시절까지 그랬다. 준영이가 늘 뭔가 나에게 숨기고 있다는 게 느껴졌다.

그때 상황을 미루어 볼 때 준영이가 나처럼 세현이를 좋아하기 시작한 게 분명했다. 지금 생각해 보면 자연스러운 일이었다. 그때 난 준영이가 세현이를 좋아하는 건 어쩔 수 없다고 생각했다. 분명 세현이는 매력적이고 사랑스러운 아이였으니까. 다만 준영이가 정정당당하게 굴기를 바랐다. 준영이가 세현이를 좋아하고 있더라도, 두 사람이 서로를 좋아하고 있더라도, 나아가 두 사람이 사귀게 되더라도 나한테는 어떤 것도 숨기지 않았으면 했다. 우리는 친구니까.

나는 그때 준영이네 학교로 찾아갔다. 준영이네 학교는 양천구에 있는 집에서 통학할 만한 거리긴 했지만 학과 학생들이 모두 1학년 때부터 도서관에 처박혀 밤늦게까지 공부하는 분위기여서 준영이도 2학기부터는 기숙사에서 지내고 있었다. 학교 수업을 마치고 가니 밤늦게야 준영이네 학교에 도착했다. 준영이는 갑작스런 내 방문에 들떠서는 기숙사에서 한달음에 뛰어 내려왔다. 길쭉하고 시커먼 녀석이 친구가 찾아왔다고 반가움을 숨기지 못한 채 아이 같은 표정으로 뛰어오는 걸 보니 나는 가슴 한구석이 뭉클해졌다. 마음이 약해져서 그냥 술이나 한잔 하고 돌아갈까도 고민했다. 하지만 우리 셋 사이에 비밀이 끼어들기 시작했고 그건 진실된 우정이 아니었다. 솔직하게 털어놓고 이야기한다면 어쩌면 아주 어쩌면 우리 셋의 우정을 지키면서도 사랑까지 지키는 동화 같은 결말을 맞을지도 모른다고 생각했다.

준영이는 냉랭한 내 표정을 보고 당황했다. 나는 단도직입적으로 물었다. 세현이를 여자로서 좋아하냐고. 준영이는 놀라며 아니라고 말했다. 그렇다면 왜 나 몰래 두 사람이 따로 만났느냐고 했다. 준영이는 놀라며 우물쭈물했다. 나는 거짓말할 생각하지 말라고 하며 세현이를 좋아한다면 우리 둘 모두 세현이에게 정정당당하게 이야기하자고 했다. 나는 세현이를 정말 좋아한다고 말했다. 우리 우정 때문에 지금까지 그 마음을 숨겼다고 했다. 그런데 그 마음을 배신하고 두 사람이 나 몰래 만난 게 서운하다고 말했다. 준영이는 뭐라고 대답하지 못했다. 나는 감정이 북받쳐 올라 뒤돌아서 그 자리를 떠났다. 준영이는 우두커니 서 있을 뿐이었다.

다음 날, 나는 학교에서 만난 세현이에게 내 마음을 말했다. 이성으로서 좋아하게 된 지 꽤 되었지만 우정을 위해 숨겨 왔다고 했다. 세현이는 놀라서 어안이 벙벙해했다. 나는 세현이가 준영이에게 더 마음이 기울어 있는 걸 안다고 말했다. 그래서 두 사람이 가끔 따로 만나기 시작한 걸 나에게 숨긴 것도 안다고 했다. 다만, 나든, 준영이든, 혹은 둘 중 누구를 선택하지 않든, 우리는 친구라고 말했다. 나는 어떤 결과든 받아들일 수 있었다. 세현이는 무슨 말을 해야 할지 모르는 것 같았다. 자신에게 시간을 달라고 말했다. 나는 일주일 동안 두 사람 모두와 연락할 수 없었다. 일주일이 일 년 같았다.

일주일 후 내게 먼저 연락해 온 건 세현이였다. 세현이는 완전한 오해라고 했다. 오히려 자기가 먼저 몰래 보자고 했고 그건 나한테는 말 못할 비밀이 있었기 때문이라고 했다. 준영이를 오해하지 말아 달라고 했다. 분명 거짓말이었다. 세현이는 거짓말을 잘 못한다. 준영이를 위해서 그러는 것 같았다. 내가 준영일 미워하게 될까 봐서 말이다.

세현이는 자신의 선택은 둘 중 누구도 아니라고 했다. 혹시 자신이 어색해질 것 같냐고 물었다. 나는 분명 어색해지겠지만 우리가 다시는 못 보는 사이가 되는 건 싫다고 했다. 세현이는 혹시 가능하다면 다시 예전으로 돌아갔으면 좋겠다고 말했다. 나는 노력해 보자고 했다.

그러나 이미 우리 셋의 사이는 금이 가 있었다. 셋이 모여 있는 시간에는 어색한 분위기만 흘렀다. 준영이는 더 이상 농담을 하지 않았다. 고등학교 때처럼 과묵해졌다. 세현이는 계속 나와 준영이의 눈치를 살피느라 바빴다. 점차 우리 셋의 만남은 뜸해졌다. 준영이는 학교가 바쁘다는 핑계로 점차 내게 연락하는 일이 적어졌다. 그나마 학교가 같은 세현이는 나와 가끔 마주쳤지만 나도 세현이를 대하는 게 썩 편하지는 않았다. 나는 학기가 끝나자마자 도망치듯 입대해 버렸다.

준영이와는 그 이후로 다시 보지 못했다. 준영이는 나는 물론이거니와 세현이에게도 연락하지 않았다. 반짝반짝 빛났다고 생각한 우정의 참으로 시시한 결말이었다. 너무 사소하고 너무 찌질했다.

세현이와 내가 사귀게 된 건 전적으로 세현이 덕분이었다. 군대에서 우울한 나날을 보내고 있던 어느 날 세현이가 면회를 왔다. 추운 겨울날이었다. 세현이는 갈색 코트에 하얀 목도리를 칭칭 두르고 나타났다. 우리는 가스 곤로 냄새가 나는 부대 안의 치킨집에서 촌스러운 체크무늬 식탁보가 둘러진 테이블을 사이에 두고 어색하게 앉아 있었다. 박박 깎은 머리가 부끄러웠다. 세현이는 대뜸 많이 보고 싶었다고 말했다. 나는 그 순간 울컥 눈물이 쏟아져 세현이의 손을 잡고 선임과 후임이 보든 말든 한없이 울어 댔다. 세현이도 내 손을 잡고 울기 시작했다. 세현이는 내가 제대할 때까지 기다려 줬고 우리는 그 뒤로 8년간 연인으로 지냈다.

우리는 준영이 얘기를 하지 않았다. 사실 세현이가 가끔 준영이 얘기를 꺼냈지만 내가 피했다. 준영이 이야기는 항상 껄끄럽고 불편했고, 어딘가 부끄러웠다. 나는 준영이를 내 인생에서 완전히 지우고 싶었다.

이렇게 되고 보니 꽤 오랜 시간이 지났다는 생각이 들었다. 부끄러운 얘기를 편하게 할 만큼 시간이 지난 것 같았다. 준영이를 만나 봐야겠다는 생각이 들었다. 이모의 말을 듣고 나니 세현이가 떠나기 전날 내가 준영이와 태안 바다에 다녀온 것을 기억하지 못하는 것에 대해 화를 내던 게 마음에 걸렸다. 세현이는 내가 준영이에게 가혹하다고 생각하는 것 같았다. 이모의 말처럼 나는 세현이 핑계를 대며 준영이를 너무 쉽게 떠나보낸 건지도 몰랐다. 나는 준영이의 이야기를 듣지 못했다. 준영이에게는 나한테 이야기할 만한 충분한 시간이 필요했을지도 모른다.

세현이의 책상 위에서 본 준영이의 명함도 마음에 걸렸다. 두 사람이 뭔가 이야기를 나눴을지도 모른다. 어쩌면 세현이가 준영이에게 뭔가 얘기했을지도 모른다. 준영이라면, 나도 세현이도 이해하고 있을지 모른다. 어쩌면 세현이가 어디에 있는지 알고 있을지도 모른다. 그리고 어쩌면 지금 둘이 함께 있는지도 모른다. 준영이를 만나 봐야겠다는 결심이 들었다.

한국에 도착하자마자 당장 준영이를 만나러 가야겠다고 생각했는데 막상 준영이의 연락처가 없었다. 그때 세현이의 책상에 있던 명함을 잘 봐둘 걸 싶었다. 불현듯 최준영의 명함을 발견했다는 충격이 너무 커서 이름만 보았다. 어느 병원에서 일하고 있는지조차 보지 못했다. 페이스북이나 인스타그램을 통해 찾아보려 했지만 최준영이라는 이름을 가진 사람이 너무 많았다. 그리고 생각해 보니 그 녀석이 SNS 같은 걸 할 리도 없었다. 고등학교 동창들에게 물어보자니 최준영은 워낙 인간관계가 좁았어서 고등학교 친구들도 그 녀석을 잘 몰랐다. 사실상 내가 그 녀석의 유일한 고등학교 친구였다. 우리 둘이 함께 아는 사람이라곤 세현이뿐이었다.

그냥 무작정 그 녀석이 다녔던 의과대학에 연락해 보기로 했다. 의대에도 분명 과사무실이 있을 테고 재학생 정보든 졸업생 정보든 가지고 있을 거다. 전화번호는 몰라도 이메일 주소는 가르쳐 줄지도 모른다. 아니면 어디서 일하고 있는지 가르쳐 줄지도 모르고. 스물아홉이면 아마 보통 레지던트를 하는 게 일반적이라고 알고 있었다. 그 녀석 성격상 공부를 도중에 그만뒀다거나 공부를 마치기 전에 군의관이나 보건의로 군복무를 하러 가지는 않았을 것이다. 아마 뭐든 끝내고 다음으로 넘어갔겠지.

인천공항에는 저녁쯤에 도착했다. 그 녀석이 다니던 의대의 과사무실에 전화해 보니 이 학교 출신인지 여부 외에는 연락처는 물론 졸업생에 대한 어떤 정보도 줄 수 없다고 차갑게 말했다. 나는 최준영이 졸업을 했다는 사실 정도만 알 수 있었다. 잘 모르지만 보통 자기네 학교가 소유한 병원에서 인턴이나 레지던트를 하지 않던가? 지금은 그 가능성을 믿고 가 보는 수밖에 없었다. 가서 누구라도 붙잡고 물어보는 수밖에. 대학병원이 인천공항과 가까이에 있었기에 집에도 안 들르고 짐을 든 채로 바로 향했다.

하늘은 어느새 깜깜해졌다. 밤하늘 아래 우뚝 선 대학병원은 엄숙하게 작동하고 있는 거대한 기계장치 같았다. 병원 로비는 어둑한 채로 휑뎅그렁하게 버려져 있었다. 접수대에는 아무도 없었고 병원 로비 안에 있는 카페와 빵집에는 철제 슬레이트가 쳐져 있었다. 유일하게 불이 들어와 있는 대기실에는 아무도 앉아 있지 않았다. 벽에 달린 커다란 텔레비전도 꺼져 있었다. 접수든 방문이든 다 끝난 것처럼 보였다. 아마 좀 늦은 것 같았다.

의욕이 넘쳤나 보다. 갑자기 너무 지치고 피곤했다. 이게 뭐하는 짓인가 싶기도 했다. 뭔가 헛된 일을 하고 있다는 생각도 스멀스멀 들기 시작했다. 하지만 끝까지 포기하고 싶지 않았다. 헛되게 허우적거리기라도 해야겠다는 생각이 들었다.

끝이 나더라도. 진짜로 끝을 내는 게 좋겠다. 여기서 내일 아침까지라도 기다려야겠다. 나는 대기실 의자에 앉았다. 고개를 뒤로 젖히고 눈을 감았다. 잠이 들 것 같았다.

"어떻게 오셨나요?"

선잠이 들 때쯤 갑작스런 목소리에 눈을 떠 보니 머리를 뒤로 질끈 묶고 커다랗고 동그란 안경을 쓴 여자가 하얀 의사 가운 주머니에 두 손을 찔러 넣은 채로 나를 내려다보고 있었다.

"환자분 보러 오신 거면 이미 면회 시간이 끝났어요."

"아니요. 여기서 일하는 의사 중에 누구를 좀 찾으러 왔습니다."

"이 밤중에요?"

"네."

그 의사는 어이없다는 듯 피식 웃었다. 오랫동안 잠을 못 잤는지 얼굴이 하얗게 뜨고 눈 주변이 마치 부엉이처럼 까맸다. 피곤한 기색이 역력했다. 나랑 비슷한 나이로 보였다. 하얀 가운 윗주머니에는 자수로 '한지혜'라고 새겨져 있었다. 그 옆에는 사진이 달린 명찰을 집게로 집어 놓았는데 훨씬 생기 넘치고 세련된 모습이었다. 이름 아래에는 정신건강의학과라고 적혀 있었다.

"의사들도 항상 여기 있는 건 아닌데. 누굴 찾으시는데요?"

"음……, 아마 레지던트일 텐데……, 최준영이라는 의사입니다."

지혜라는 의사의 표정이 굳어졌다.

"준영이를 아세요?"

나는 조심스레 물었다.

"네, 잘 알죠."

덜컥 겁이 났다. 정말 준영이를 만나게 될 것 같았다.

"준영이는 레지던트 생활을 못 버티고 얼마 전에 나갔어요."

지혜라는 의사가 말했다. 실망감과 함께 안도감이 밀려왔다.

"그랬군요. 실례했습니다."

내가 일어나서 나가려 하자 지혜라는 의사가 말했다.

"혹시 담배 피우세요?"

지혜라는 의사는 나와 병원 건물 측면에 있는 흡연 구역으로 갔다. 그 의사는 주머니에서 버지니아 슬림 골드 담뱃갑을 꺼냈다. 그리고 한 대를 꺼내 라이터와 함께 내게 내밀었다. 나는 입에 담배를 물고 불을 붙인 뒤 라이터를 돌려주었다. 부드러운 연기가 목을 가볍게 간질였다. 7년 만에 피우는 담배였다. 지혜라는 의사는 연기를 깊게 들이마신 뒤 검은 하늘을 향해 하얀 연기를 후 하고 내뱉었다. 그녀는 나를 보고는 가볍게 미소 지었다.

"의사가 담배 피우는 거 안 이상해 보여요?"

"딱히 이상하다고는……."

"피곤할 때 이거만 한 게 없더라구요."

어쩐지 서서히 뇌가 돌아가는 느낌이 들었다.

"일이란 게 먹고살자고 하는 건데, 못 먹고 못 자면서 죽을 것처럼 일하죠. 죽을 것처럼 일하려고 담배 같은 거나 피우면서 진짜로 몸을 죽이고 있다 보면 내가 정말 뭐하고 있나 싶어요."

나는 말없이 고개만 끄덕였다.

"이런 건 정말 끊어야 되는데, 그죠?"

손가락에 끼어 있는 가느다란 담배 한 개비에서 기다란 연기가 조용히 피어올랐다.

"미안해요. 맨날 환자 아니면 같은 의료진만 보다 보니까 바깥 사람이 정말 반갑네요."

"아닙니다. 준영이같이 맹한 녀석이 힘들었겠구나 싶네요."

내 말에 지혜라는 의사는 어리둥절한 표정을 지었다.

"준영이랑은 어떻게 아는 사이예요?"

"고등학교 때부터 친구였어요. 친해진 건 같이 재수할 때부터였지만요."

"흠, 스무 살 때 제일 친했다는 그 친구구나."

"준영이가 제 얘기를 했어요?"

"가끔요."

지혜라는 의사는 다시 담배 연기를 들이마셨다 내뿜으며 말했다.

"어떤 여자 분이랑 셋이서 친했다고 하던데."

"네, 맞아요. 세현이라는 친구예요. 준영이랑 아주 가까운 사이셨나 봐요?"

"그럼요. 준영이는 자기 때문에 세 명의 우정이 깨져 버렸다며 슬퍼했어요."

"꼭 그렇게 볼 수는 없어요."

"아닌가요? 준영이는 그 일로 계속 상심해 있었는데."

"그랬나요?"

죄책감이 들기 시작했다. 나는 세현이를 선택한다며 준영이를 혼자 버려둔 거다.

"작은 다툼이 있었어요. 우리 둘 다 그 여자애를 좋아했거든요. 결국 그 일로 어색해졌고 결국 제가 세현이와 사귀게 된 뒤로 다시는 연락하지 않게 되었어요."

"그럴 리는 없어요. 준영이는 그 여자 분을 이성으로서 좋아하지는 않았을 거예요."

"준영이가 그렇게 말했나요?"

"준영이에 대해서 잘 모르시는군요?"

순간 욱했지만 나는 오랫동안 준영이의 친구가 아니었다. 준영이를 잘 모른다는 소리를 들었다고 화를 낼 자격도 명분도 없었다.

"지혜 씨는 제가 모르는 걸 알고 있나 봅니다."

지혜라는 의사는 담배를 다시 한 모금 들이마신 뒤 조용히 내뿜었다.

"우리는 오랫동안 같이 살았으니까요. 같이 자지만 섹스는 안 하는 사이라고 하면 이해하시려나?"

말문이 막혔다. 담배는 불이 손가락에 거의 닿을 정도로 짧아져 있었다. 나는 흡연 구역 한가운데 놓인 원통 모양의 쓰레기통 위에 비벼 껐다. 지혜는 가느다란 다리를 들어 자신의 하얀색 단화 밑창에 담배를 비벼 껐다.

"왜 갑자기 준영이를 보겠다고 나타나신 거죠? 그것도 이 한밤 중에?"

나는 어디서부터 설명해야 할지 몰랐다. 문득 이 사람으로부터 벗어나고 싶은 생각이 들었다.

"긴 얘기라면 걱정 말고 천천히 해 줘요. 나 오늘 밤에 시간 많으니까. 3년 만에 받은 첫 휴가인데 최준영 거지 같은 자식이

4일 전에 사라졌거든요. 혹시 병원으로는 돌아올지 몰라 여기 붙어 있었던 거예요. 기다리다 보니 뭐라도 걸리네요, 도형 씨 같은."

한지혜는 내 이름을 알고 있었다. 한지혜의 눈빛이 사뭇 위협적이었다.

"아니요. 제가 지혜 씨한테 할 만한 이야기는 없는 것 같습니다. 그만 가 보겠습니다."

"도형 씨도 나한테 들을 만한 이야기가 있을지 모르잖아요? 베트남에 갔다가 하루 만에 돌아와서 집에도 안 들르고 준영이를 보러 올 정도면 나름 절박한 이유가 있는 거 아니에요?"

나는 눈을 동그랗게 뜨고 지혜를 보았다.

"당신 시계."

내 손목시계를 보았다. 베트남 시간에 맞춰져 두 시간이 늦었다. 한지혜는 이어서 말했다.

"캐리어도 없고 보스턴 백 달랑 하나니까 양복은 안 들어가 있을 테고, 지금 차림을 보아하니 동남아 여행, 출장이 아닌 그냥 여행이었겠죠? 태국이나 인도네시아도 같은 시간대지만 여행하기 복잡하거나 상대적으로 덜 유명한 여행지를 갈 만한 타입은 아닌 것 같아서요."

"왜 그렇게 생각하죠?"

"옷에 신경은 안 쓰지만 단정하게는 입으려는 타입. 바지는 오래 입은 물빠진 리바이스, 셔츠는 지오다노나 유니클로 같은데, 시계는 거기에 비해 상대적으로 비싼 백만 원대 태그 호이어. 시계 매니아가 살 만한 브랜드는 아니니 특별히 시계를 좋아해서 산 건 아닐 테고 아마 부모님이 대학교 졸업 선물 같은 걸로 사 주셨겠죠. 아빠 말 잘 듣는 파파보이 타입. 일상과 하루 루틴을 중시하고 그게 깨지면 정신 못 차릴 게 분명하네요. 여행에는 별로 관심 없겠죠. 아, 기분 나쁘게 하려던 건 아니에요."

기분이 안 나쁠 수 없었다. 그치만 대부분, 아니, 사실 다 맞는 얘기라 잠자코 있었다.

"뭔가 감정적인 일이 있어서 다녀왔겠죠. 도형 씨 같은 타입이 여행을 갈 이유는 주변 사람들이 놀러 가자고 했거나 특별한 사정이 있을 때겠죠? 그런데 웬일인지 이번에는 혼자 다녀온 게 분명해 보이네요. 그렇담 특별한 사정이 있는 것 같네요? 아마 힘든 일이 있었겠죠. 그 일이 뭔지도 대충 알 것 같고요."

"좋아요. 잠시 얘기 좀 나누죠."

"어머? 설마 다 맞았어요? 다 찍어서 아무렇게나 얘기해 본 건데?"

한지혜라는 사람, 알면 알수록 더욱 싫어질 것 같은 느낌이었다.

"당신이 김도형인 건 사실 대기실에서 처음 말 걸었을 때부터 알고 있었어요."

"그것도 찍은 건가요?"

"아뇨, 그건 확신했어요. 오른손에 있는 그 참새 팔찌. 준영이도 늘 차고 다녔거든요. 최준영 말고 어떤 서른 살짜리가 그런 걸 차고 다니겠어요? 뭐 좀 먹지 않을래요? 배고프네요."

한지혜는 나를 병원 주변 골목으로 데려갔다. 구불구불 이어진 골목에는 작고 허름한 음식점들이 다닥다닥 붙어 있었다. 늦은 시간인데다 대개 점심 장사를 하는 음식점들이라 불이 꺼진 곳이 많았다. 한지혜는 앞장서서 골목을 성큼성큼 걸어 들어가 갈색 테두리의 미닫이문 앞에 섰다. 아직 안에 불이 켜져 있었다. 종로 방앗간 야채 곱창이라고 쓰인 가게였다. 양념 냄새와 들깻가루 냄새, 돼지 냄새가 한데 섞여 가게 밖까지 새어 나왔다. 지혜는 밀 때마다 삑! 하고 귀 아픈 소리를 내는 뻑뻑한 미닫이문을 힘겹게 열었다.

10평 남짓한 가게의 공기는 찐득거리고 꿉꿉했다. 빛바랜 꽃무늬 벽지에는 군데군데 노란 얼룩이 져 있었다. 벽 한 면에 매달린 옥색 선풍기가 이리저리 고개를 돌리고 있었다. 다닥다닥 붙어 있는 다섯 개의 테이블에 손님은 한 명도 없었다. 주방과 가장 가까운 테이블에는 나이 든 주인 할아버지가 피곤한 표정으로 앉아서 검고 육중한 텔레비전을 올려다보고 있었다.

한지혜는 선풍기 앞에 있는 테이블에 앉았다. 주인 할아버지는 나를 흘깃 보더니 느릿느릿 일어났다. 그는 냉장고에서 물통을 꺼내 은색 컵 두 개와 함께 우리가 앉은 테이블에 내려놓았다. 그리고는 무얼 시키겠냐고 묻는 표정으로 나를 지긋이 내려다보았다. 한지혜는 일단 곱창볶음 2인분과 공깃밥 두 개를 달라고 했다. 그는 처음으로 입을 열어 걸걸한 목소리로 주방을 향해 주문 사항을 외쳤다. 주방에서 "네!"라는 대답이 들려왔다. 선풍기가 별로 신통치 않은 바람을 뿜어내며 돌돌돌 돌아가는 와중에 주인 아주머니가 철판에서 곱창볶음을 볶는 소리가 들렸다. 그 사이 주인 할아버지는 공깃밥과 콩나물 무침, 김치, 상추쌈을 내왔다.

케이블 채널에서 주간 야구경기 하이라이트를 방송하고 있었다. 며칠 전에 본 스패로우즈의 경기였다. 패전 처리 투수가 갑자기 호투를 하기 시작하는 장면이었다. 나는 그다음 결과를 알고 있기에 조마조마한 심정으로 바라보았다. 결국 마지막 투구에서 커다란 홈런을 맞았고 카메라는 호쾌하게 날아가는 공을 따라갔다. 가슴 아픈 장면이었다.

"에잇, 저 병신 같은 놈. 그걸 못 던지구 있네."

주인 할아버지는 그렇게 말하고는 앙상한 팔로 리모컨을 들어 채널을 돌렸다. 나는 못 들을 이야기라도 엿들은 것처럼 민망해서 스테인리스 컵만 만지작거렸다. 한지혜는 살짝 미소를 띤 얼굴로 아무 말도 없이 내 반응을 계속 살피고 있었다.

주방에서 주인 아주머니가 은박지를 씌운 철판을 가스버너에 올린 채로 들고 나왔다. 통통한 볼은 하얗고 잡티 하나 없었다. 눈가에만 늘 웃음을 짓느라 생긴 주름이 있었다. 주인 아주머니는 가스버너를 테이블에 내려놓고 앞치마 주머니에서 길쭉한 라이터를 꺼내 버너에 불을 붙였다. 먹음직스러운 양념 냄새와 들깻가루 냄새, 변 냄새를 연상시키는 오묘한 냄새가 더운 김과 한데 뒤섞여 풍겼다.

"바로 먹어도 돼요."

주인 아주머니는 생긋 웃고는 주방으로 되돌아갔다. 빛깔 좋은 곱창과 양념에 푹 젖은 깻잎, 말랑해진 양배추, 푸짐한 채소 밑에 넉넉히 깔린 당면. 모든 재료가 아낌없이 가득 담겨 있었다. 3인분에 가까운 양이었다. 한지혜는 당면과 곱창을 한 젓가락 크게 집어 밥 위에 올려놓고 먹기 시작했다. 나도 따라서 먹기 시작했다. 너무 배가 고팠다.

예전에는 변 냄새를 연상시키는 특유의 냄새 때문에 곱창볶음을 별로 좋아하지 않았다. 준영이도 마찬가지였다. 그러나 세현이가 곱창볶음을 너무 좋아했고 가끔 우리를 졸라서 곱창볶음을 먹으러 가곤 했다. 한두 젓가락씩 깨작깨작 먹다 보니 어느 순간 냄새에 익숙해졌고 나도 세현이만큼 곱창볶음을 좋아하게 되었다. 그러나 준영이는 끝까지 곱창볶음을 먹지 못했다.

"준영이는 곱창볶음 못 먹는데, 잘 드시네요?"

한지혜가 말했다.

"여전히 못 먹나 보네요. 그때는 이 향을 싫어했어요."

"많은 걸 싫어했죠. 이 가게도 별로 안 좋아했고."

나는 가게를 다시 한 번 슥 둘러봤다. 분명 깔끔하진 않지만 난 이곳이 싫지 않았다. 무엇보다 곱창볶음이 정말 맛있었다.

"준영이는 갑자기 왜 떠난 겁니까?"

"나도 몰라요. 그래서 도형 씨를 이렇게 붙잡고 앉아 있는 거예요. 얘기를 들어 보면 이유를 알 수도 있을 거 같아서. 잘하면 어디 있는지 알게 될지도 모르고."

"부모님 집에 간 거 아닐까요?"

"아니요. 어머님 아버님과 통화해 봤어요. 두 분께도 연락을 안 드렸다네요. 부모님이랑 그다지 가까운 사이가 아니었다고는 해도 버릇이 없어요. 애도 아니고. 내일 모레 서른인 남자의 때늦은 사춘기 가출이죠. 오춘기라고 해야 하나?"

"제가 알 만한 건 없어요. 9년째 연락이 끊겼고. 어떻게 변했을지 모르니까요. 준영이에 대해선 오히려 지혜 씨가 더 잘 알지도 몰라요. 사실 제가 준영이를 만나러 온 건……."

"세현 씨 때문이겠죠."

나는 눈을 동그랗게 떴다.

"혹시 세현 씨도 가출 비슷한 거 하진 않았나요?"

"우리는 같이 살지 않았으니 가출은 아니에요. 그냥 저를 떠났을 뿐이죠."

"4일쯤 전에?"

"정확히 4일 전이요."

"준영이랑 같군요."

가슴이 덜컥 내려앉았다.

"두 사람이 같이 있다고 생각하는 건가요?"

"거의 확신해요. 두 사람은 일주일 전쯤 야간 응급실 근무 중일 때 연락을 나눴어요. 어떻게 알았는진 묻지 마요. 그리고 도형 씨의 말에 따르면 3일 후 동시에 사라진 거예요."

머리가 띵해졌다. 쓰러질 것만 같았다.

"도형 씨도 세현 씨가 걱정되겠지만 저도 하루 빨리 그 녀석을 잡아다 제자리로 돌려놔야 해요. 그 자식이 직접 사표까지 써서 레지던트 그만둔 걸 제가 교수님들과 원장님께 일일이 찾아가 싹싹 빌어서 물렸거든요. 시간 오래 못 끌어요."

그러나 지혜의 애기가 귀에 들어오지 않았다. 나는 망연자실해졌다.

"도형 씨, 정신 차려요. 둘 사이에 도형 씨가 생각하는 그런 일 따윈 없으니까."

"네? 그건 또 어떻게 확신하죠?"

"절 믿어요. 그런 일은 없어요."

동그란 안경 너머로 보이는 한지혜의 강렬하고 단호한 눈빛에 나도 모르게 믿음이 갔다. 괜히 안심이 되었다. 하지만 처음부터 걱정할 자격도 없었다. 세현이에게 이별 통보를 받은 거나 다름없으니 사실상 난 이제 세현이의 남자친구가 아닌 걸지도 모른다.

"이제 본론을 말할게요. 잘 들어요. 저는 지금부터 도형 씨의 도움을 받아서 준영이를 찾을 거예요. 아마 세현 씨랑 같이 있는 것 같으니까 저를 도와주는 게 도형 씨랑 아주 상관없는 건 아니겠죠. 애초에 세현 씨 때문에 준영이를 만나러 온 것 아니에요?"

나는 고개를 끄덕였다.

"좋아요. 사실 마음 같아선 흥신소 같은 데다 맡기고 싶어요. 이틀이면 찾을 테니까. 그런데 명색이 오랜 동거인이자 잠정적 배우자가 할 짓은 아닌 거 같아서요. 도형 씨 도움 받아서 내 힘으로 직접 찾을 거예요. 물론, 여차하면 바로 흥신소에 연락하겠지만."

한지혜는 '내 힘으로'를 강조했다.

"저를 도와줄 수 있어요?"

"알겠어요. 같이 준영이를 찾아봐요. 제가 어떻게 도울 수 있을까요?"

"두 사람이 갔을 만한 곳."

"그걸 제가 어떻게 알겠어요?"

"최준영은 떠나면서 마음 정리하겠다며 일단 여행을 갈 거라고 했어요. 그래 놓고 이 감상적인 인간이 세현 씨한테 연락을 했잖

아요? 그리고 9년 만에 만난 사람들이 요 앞 카페에서 잠깐 만난
게 아니라 같이 사라져 버렸다면 어디로 갔겠어요? 당연히 뭔가
추억이 있는 곳으로 갔겠죠. 하루 이틀이 아니니까 여기저기 옮
겨 다니고 있는 걸 수도 있고."

"수능 끝나고 셋이 두 달 동안 전국 여기저기로 여행을 다녔어
요. 그때 꽤 많은 곳을 다녔어요. 심지어 2주 정도 내일로 패스를
끊은 적도 있다고요. 아무데서나 내려서 여행했어요."

새삼 내가 여행을 그렇게까지 열정적으로 했다는 게 실감이 나
질 않았다.

"그러니까 도형 씨와 제가 이야기를 나눠 봐야 되는 거예요.
세 사람한테 제일 중요할 만한 곳이 있을 거 아니에요. 아니라면
까짓 거 전국 방방곡곡 다 가면 되죠. 어떻게든 놈을 잡아올 거
예요."

한지혜의 눈이 번뜩였다. 나는 곰곰이 생각해 보았다. 두 사람
에게 중요한 곳이 따로 있는 건 아닐까 하는 생각이 잠깐 들었지
만 이내 그러지는 않을 거라는 확신이 들었다. 두 사람이 나를 빼
고 함께 있을지도 모른다는 사실은 분명 서러웠지만, 두 사람에
게 중요한 장소가 있다면 분명 내게도 중요한 장소일 거라는 막
연한 믿음이 있었다.

"제주도, 제주도일 것 같아요."

"왜 그렇게 생각해요?"

"가장 마지막으로 여행한 곳이거든요."

"일리가 있네요. 제주도 정확히 어디죠?"

"사실, 제주도도 한 군데가 아니에요. 제주도에서도 차를 타고 2주 정도 이곳저곳 돌아다녔거든요."

한지혜는 '아주 대단들 하시네.'라는 눈빛으로 쳐다보았다.

"그럼 당장 제주도로 가 봅시다. 제주도로 좁혀진 것만 해도 희망적이네요. 제주도야 마음만 먹으면 다 돌아볼 수도 있죠. 들렀던 곳은 다 기억해요?"

"대충은요."

"가 봅시다. 비행기 예약할게요."

"지금요?"

"비행기만 있으면 지금 당장이라도 떠날 거예요. 도형 씨도 당분간 시간이 있는 게 분명해 보이고. 왜 그렇게 추리했는지 알려 줘요?"

나는 단호히 거절했다. 한지혜는 스마트폰을 꺼내 몇 번 살펴보더니 비행기 표 두 장을 예약했다.

"내일 새벽 6시예요. 늦어도 5시까지는 공항에 있어야 되니까 오늘 우리 집에서 자고 같이 출발해요. 정확히 말하면 나랑 준영이 집."

내가 머뭇거리자 한지혜가 말했다.

"설마 옛 친구의 오랜 동거인한테 무슨 짓을 하진 않을 거죠,

그죠?"

주인 아주머니와 주인 할아버지가 나란히 앉아 '늘 아는 얼굴
이 나오는 늘 아는 내용의 드라마'를 올려다보고 있었다. 한지혜
는 자리에서 일어나 주인 아주머니에게 카드를 내밀었다. 주인
아주머니는 카드를 받아들고 곁눈질로 내 얼굴을 살폈다.
"제 남동생이에요."
한지혜가 웃으며 말했다.
"하이고, 그치? 나는 혹시 남자친구가 바뀌었나 하고. 호호호."
주인 아주머니가 말했다. 그런데 왜 친구도 아니고 오빠도 아
니고 하필 남동생이란 말인가?
"남자친구가 확실히 키도 크고 잘생겼어."
"그죠? 그래도 제 남동생은 귀여운 구석이 있어요."
자존심이 상할 대로 상해 버렸다.

한지혜와 준영이가 함께 살던 곳은 대학병원 주변에 있는 방
세 개짜리 아파트였다. 기본적인 가구와 가전 외에는 텅 비다시
피 했다. 갓 이사 온 집으로 보일 정도였다. 책장에 미처 다 넣지
못한 책들을 그냥 소파 옆에 쌓아 놓았고 부엌에는 변변한 식기
조차 없었다.
그나마 거실과 부엌 사이에 놓인 테이블이 사람 사는 온기가

느껴지게 했다. 테이블이 마치 재단이라도 된 것처럼 그 위에 온갖 물건들이 늘어서 있었다. 웬 강아지가 우주복을 입고 있는 도자기 인형, 파라오 관 모양의 라이터, 소 모양과 고래 꼬리 모양의 목조 공예품들, 커다란 플라스틱 마네키네코 등 여행을 다니며 사온 듯한 각종 기념품들이 있었다. 그 외에도 다양한 종류의 머그컵과 냉장고에 붙이는 자석, 일본 만화의 피규어 등이 있었다. 준영이와 한지혜가 다정하게 서 있는 사진이 담긴 액자도 하나 있었다. 사진 속의 남자가 왠지 준영이 같지 않았다. 분명 내가 아는 얼굴이었지만 어쩐지 처음 보는 사람인 것처럼 느껴졌다.

"편하게 씻고 준영이 방에서 눈 좀 붙여요. 4시 반에 깨울 거니까. 배고프면 냉장고에 있는 거 아무거나 꺼내 먹고요. 그리고 준영이 물건 편하게 써요. 친군데 어때요, 그쵸?"

한지혜는 안방으로 보이는 방으로 들어갔다. 그리고 문고리에 달린 잠금장치를 일부러 소리가 나도록 잠갔다.

소파에 앉아 휑한 거실을 둘러보다 조심스레 일어나 준영이의 방으로 보이는 문을 열었다. 깔끔하게 정돈된 남색 침대와 사무용 책상뿐이었다. 방에 딸린 베란다에는 박스가 여러 개 쌓여 있었다. 어쩐지 한기가 느껴졌다. 책상에 있는 책장에는 의학 관련 서적들이 빽빽하게 꽂혀 있었다. 책상 위에는 검정색 스탠드와 노란색 메모지, 검정색 볼펜, 커피가 말라붙은 하얀색 머그컵 하나가 놓여 있었다.

호기심이 생겨 서랍을 열어 보고 싶었다. 한지혜의 방에서 소리가 들려오지 않는 걸 확인하고는 서랍 제일 윗칸을 열어 보았다. 말 그대로 텅 비어 있었다. 준영이 녀석은 변한 게 없었다. 두 번째 서랍에는 스패로우즈 3루수 조성진의 사인 볼 하나만 달랑 들어 있었다. 직접 받은 것도 아니고 프린트 된 사인 볼이었다. 피식 웃음이 나왔다. 나는 사인 볼을 꺼내 던지고 받아 보았다. 꽤나 묵직했다.

세 번째 서랍을 열어 보니 책이 쌓여 있었다. 고개를 절레절레 저었다. 다시 닫아 두려는데, 잘 보니 수능 문제집이었다. 과목별로 쌓여 있었다. 들어서 펴 보니 공부한 흔적으로 가득했다. 모든 페이지가 너덜너덜했다. 한 장 한 장마다 깨알 같은 필기로 가득했다. 그냥 공부를 잘하는 줄 알았더니 나름 피나는 노력이 있었구나 싶었다. 대충 넘기다 보니 두꺼운 문제집 테두리에 있는 낙서가 움직이는 것처럼 보였다. 다시 첫 장부터 손가락을 대고 튕기듯 주르륵 넘겨 보니 작대기 사람 두 명이 칼로 다투는 움직이는 낙서였다. 나도 모르게 크게 웃고 말았다. 유치한 녀석! 맨 마지막 장에는 양쪽 다 피를 철철 흘리며 죽어 있는 낙서가 그려져 있었다. 구석에는 작게 by DH라고 적혀 있었다. 그 이니셜에 어리둥절해졌는데, 이제 보니 내가 그린 낙서였다! 어쩐지 조잡한 그림체가 낯이 익다 했다. 다른 참고서를 펴 보니 나와 세현이, 준영이의 필담이 깨알같이 적혀 있었다. 내 휘갈겨 쓴 것 같은 글씨와 세현이의 꼬불꼬불한 글씨. 나와 세현이는 정말 악필이었다. 그리고 준영이의 반듯반듯한 정자체.

'배고파.'

세현이 글씨.

'쉬는 시간에 포카칩 먹었잖아. 거의 너 혼자 다 먹었어.'

준영이 글씨. 옆에는 돼지 그림.

'나도 배고파. 공세현이 혼자 다 먹어서.'

내 글씨.

'우린 거의 먹지도 못했어.'

준영이 글씨.

'죽을래?'

세현이 글씨.

'지루하다.'

세현이 글씨.

'날씨 좋다.'

내 글씨.

'나 공부해야 돼. 펜 치워 이것들아.'

준영이 글씨. 그리고 그 밑에는 나와 세현이가 그린 멍청한 준영, 심술궂은 준영.

우리는 공부도 같이 모여서 했다. 서로에게 부족한 과목을 가르쳐 주기도 했는데 준영이는 부족한 과목이랄 게 없었으니 사실상 준영이가 나와 세현이에게 일방적으로 과외를 해 준 거나 다름 없었다. 준영이 녀석은 공부를 참 잘했다. 이해력도 빠르고 집중력도 뛰어났다. 옆에서 나와 세현이가 재잘거려도 묵묵히 자기가 정한 공부 양을 소화해 냈다. 가끔 공부하기 위해 태어난 기계처럼 느껴졌다. 고등학교를 같이 다닐 때는 같은 야자반에 있어서 대충 공부를 잘하는구나 정도로 생각했지만, 졸업하고 나서 다른 학교에서 온 내로라하는 아이들과 학원에 있으니 실력이 드러났다. 학원에서 모의고사를 보고 나면 성적 순위를 학원 정문 앞 게시판에 붙여 두었는데 늘 3등 안에 준영이의 이름이 있었다. 외고나 과고 출신 애들보다 등수가 높았다. 왜 재수를 하게 되었는지 늘 의문이었다. 모르는 걸 물어보면 나와 세현이의 눈높이에 맞게 설명도 잘해 줘서 여러 모로 유용한 친구였다. 사실 학원 선생님들보다 훨씬 도움이 되었다.

그런데 준영이는 똑똑하긴 했지만 이상한 방식으로 무식했다. 자기가 준비하고 있는 수능 과목들에 대해서는 모르는 게 없었지만 관심이 없거나 자기의 삶과 조금이라도 상관없다고 생각하는 것에 대해서는 철저할 정도로 무지했다. 졸업한 지 1년밖에 안 되었는데 고등학교 때 담임선생님 세 분의 성함을 모두 몰랐다. 기억 못하는 게 아니라 처음부터 관심이 없어서 알려고 하지도 않았을 것이다. 물론 기억하는 같은 반이었던 애들 이름도 거의 없었다. 게다가 일반적인 상식이 좀 부족했다. 한반도에 고구려, 백제, 신라로 나뉜 삼국시대가 두 번 있었다는 것도 몰랐고, 네덜란드에서는 대마초가 합법이라든가 영국이나 일본에서는 자동차의 운전석이 오른쪽에 있다든가 하는 사실도 몰랐으며, 기독교와 천주교가 다른 종교라는 사실도 몰랐다. 연예인이나 음악, 드라마, 만화 같은 것에도 관심이 없었는데 그나마 또래 애들이 무난하게 관심 가질 만한 분야인 영화도 전혀 보지 않았다. 영화를 좋아하지 않아도 제목 정도는 들어봤을 만한 〈타이타닉〉이나 〈E.T〉 같은 영화도 전혀 몰랐다. 스티븐 스필버그가 누군지 아냐는 물음에 예전 미국 대통령이었냐고 되물은 적도 있었다. 우리 만나기 전엔 남는 시간에 뭘 했냐고 물었더니 시간이 남으면 무조건 잠을 잤다고 했다.

정말 잠이 많긴 했다. 불쑥 전화를 하면 언제나 자고 있었다고 말했다. 고등학교 때도 공부하는 시간이 아니면 자고 있었는데 좀 특이한 자세로 잤다. 학교에서 잘 때는 보통 엎드려 자는 게 일반적인데 안대를 쓰거나 교복 재킷을 얼굴에 덮고 고개를 뒤로 젖힌 채로 잤다. 같은 반 애들이 그렇게 자는 준영이 입에 종이나 볼펜을 물려 놓는 장난을 치곤 했었다. 준영이가 자는 것 외에 관심을 가지는 거라고는 썰렁한 농담을 해 놓고 나와 세현이가 재미없다고 투덜대는 걸 보는 것뿐이었다.

준영이와는 달리 세현이는 그때도 야구를 비롯한 수많은 것에 대해 관심이 많았다. 같이 몰려다니는 동안 세현이는 틈만 나면 나와 준영이에게 여러 분야에 대해 다양한 이야기를 해 줬는데, 주제가 끊이질 않았다. 미술과 뮤지컬, 컬트영화 같은 예술 분야부터 각 나라의 전쟁사와 북유럽 신화, 티베트 불교의 사상, 커피 원두의 종류, 진화론, 한나 아렌트가 말한 악의 평범성의 개념, 황제 펭귄의 삶까지 종잡을 수 없을 만큼 다양한 것에 관심을 가졌다. 그래서 늘 함께 있으면 지루할 틈이 없었다. 세현이에게 왜 그렇게 아는 게 많으냐고 물으면 오빠 때문이라고 얘기했다.

다섯 살 터울인 세현이네 오빠는 미술가를 꿈꿨고 활자 중독증이라도 있는 것처럼 책을 많이 읽었다고 했다. 나는 누나가 있지만 누나와 관심사를 나누는 일이 없었기에 세현이네 남매는 사이가 참 좋구나 하고 생각했다. 이유는 모르겠지만 모든 오빠와 여동생들은 서로 티격태격하며 사이가 안 좋을 거라는 편견이 있었고 보통 여동생에게 함부로 구는 건방진 오빠들이 그 원인일 거라고 생각했기에, 세현이네 오빠가 요즘 오빠들 같지 않게 어른스럽고 자상한 사람일 거라고 제멋대로 상상했었다.

그때의 두 사람을 생각하니 가슴이 먹먹해졌다. 나는 조용히 준영이의 침대에 누웠다. 얼마간 조성진의 사인 볼을 천장에 던지고 받았지만 이내 예상치 못한 졸음이 파도처럼 몰아쳤다. 깊은 바다 밑으로 가라앉듯 잠에 빠져들었다.

9.5

잠깐 사이 꿈을 꾸었다. 잊어버리고 싶지 않아서 적어 두었다.

나는 텅 빈 서울역에 혼자 서 있었어. 역 뒷문 계단에는 노숙자들이 저마다 자리를 잡고 누워 있었어. 몇몇은 동그랗게 둘러앉아 안주도 없이 소주를 마시고 있었어. 밤에도 꽤 더운 날씨였지만 모두들 두꺼운 겨울옷으로 꽁꽁 싸매고 있었어.

서울역 계단을 내려와 텅 빈 직장가를 빠르게 지나쳤어. 길 양옆으로 증권사, 신문사, 전자제품 회사 건물들이 전원이 꺼진 거대한 컴퓨터처럼 늘어서 있었어. 길 끝에서 세현이, 준영이와 함께 다니던 재수학원을 지나쳤어. 역시 불이 꺼진 채로 고요했어.

철길을 건너 익숙한 골목으로 들어섰어. 구불구불 이어진 골목에는 작고 허름한 음식점들이 다닥다닥 붙어 있었어. 골목에 어딘가 기묘한 느낌이 맴돌았어. 골목을 성큼성큼 걸어 들어가 갈색 미닫이문 앞에 섰어. 곱창볶음 냄새가 가게 밖까지 새어 나왔어. 삑! 하고 귀 아픈 소리를 내는 뻑뻑한 미닫이문을 힘겹게 열었어.

가게의 공기는 찐득거리고 꿉꿉했어. 빛바랜 꽃무늬 벽지는 군데군데 노란 얼룩이 져 있었고 옥색 선풍기가 돌아가고 있었어. 손님은 한 명도 없었어. 주인 할아버지는 검고 육중한 텔레비전을 올려다보고 있었어.

왜 혼자 왔어?

주인 아주머니가 말했어.

나는 놀라서 주인 아주머니를 쳐다보았어.

저 기억하세요?

무슨 말을 섭하게 해! 당연히 기억하지. 조그만 여학생이랑 키크고 잘생긴 남학생이랑 맨날 같이 왔잖아.

그래도 거의 10년 만에 왔는데…….

아줌마 같은 사람들은 오래된 일일수록 더 잘 기억해.

얼굴이 좀 변했을 텐데.

더 수척해지긴 했네.

주인 아주머니는 두 눈가에 주름이 지도록 웃어 보였어.

친구들이랑은 싸운 거야?

나는 어떻게 설명해야 할지 몰라 우물쭈물거렸어.

젊은이들이 막역한 게 참 보기가 좋았는데.

주인 아주머니는 안타깝다는 표정을 지어 보였어.

둘만 왔었어!

주인 할아버지가 여전히 고개를 텔레비전에 고정시킨 채 걸걸한 목소리로 말했어.

아이고, 아버지 그냥 조용히 있어요.

주인 아주머니는 민망하다는 표정으로 어색하게 웃었어.

무슨 말씀이세요?

내가 물었어. 그러자 주인 할아버지는 여전히 돌아보지도 않은 채 말했어.

쪼만하고 얼굴 하얀 여자애랑 키 크고 기생오라비같이 생긴 남자애랑 둘이만 왔었다고.

언제요?

오래전에.

아유! 그만해요. 자기가 어제 뭐 먹었는지도 잘 기억 못하면서.

주인 아주머니가 미안하다는 표정을 지으며 말했어.

괜찮습니다. 다시 안 보게 된 건 제 잘못이었는데요, 뭘.

이제야 상황을 이해할 수 있었어. 세현이가 좋아했던 건 준영이였어. 가슴이 옥죄듯 아팠어. 둘은 친한 친구였던 나에게 어떤 말도 해 볼 생각 없이 그냥 떠나 버리는 걸 선택했어. 꼭 그렇게 떠나야만 했던 걸까? 내가 그렇게까지 둘 사이에 불편한 존재였던 걸까?

아니야. 내가 알아챘어야 했어. 내가 세현이에게 고백한 게 잘못이었어. 나는 그저 두 사람과 함께하고 싶었을 뿐이었어. 그런데 왜 멍청하게 고백 같은 걸 해 버린 걸까?

음식 값을 계산하려고 현금을 내밀었어.

학생, 꼭 또 와. 이제 학생이 아닌가?

네, 졸업했습니다.

그럼 이제는 친한 직장 동료들이랑 먹으러 와. 혹시 명함 있으면 저기 벽에 하나 붙이고 가고.

벽에는 수많은 명함들이 주렁주렁 매달려 있었어. 알 만한 대기업들 로고 밑으로 수많은 직함과 이름들이 있었어.

회사를 다니긴 했는데 정직원이 아니어서 명함이 없었어요. 혹시 생기면 다음에 와서 넣을게요.

어머, 내가 주책이네. 잘될 거야. 아줌마가 응원할게!

주인 아주머니는 다시 두 눈가에 주름이 지도록 웃어 보였어.

인사를 한 뒤 밖으로 나가려고 '삑' 하는 소리를 내며 미닫이문을 열었어. 그러자 주인 할아버지가 불쑥 말했어.

그놈도 혼자 왔었어.

네? 누구 말씀이세요?

키 크고 기생오라비같이 생긴 놈.

뭔가 묻고 싶었지만 뭘 물어보아야 할지 알 수 없었어. 텔레비전에서 아나운서가 쉴 새 없이 떠들어 대고 있었어. 나는 가게 밖으로 나왔어. 미닫이문을 어렵사리 닫았어.

골목은 어둡고 텅 비어 있었어. 준영이는 왜 혼자 여길 왔었던 걸까? 우리 셋을 추억하기라도 하려고? 아니면 나는 전혀 상관없이 세현이만을 추억하려고? 화가 났어. 준영이에게 따져 묻고 싶었어. 대체 뭐가 어떻게 된 거냐고.

그런데 주인 할아버지가 본 게 준영이가 맞긴 할까? 주인 할아버지가 사람 얼굴을 잘 기억하시나? 다른 사람은 아니었을까? 나는 조금 거칠게 미닫이문을 다시 열었어.

가게 안은 텅 비어 있었어. 전등이 꺼져서 어두컴컴했고 벽지가 벗겨져 콘크리트 벽이 훤히 드러나 있었어. 벽에 매달린 옥색 선풍기는 시들어 버린 꽃처럼 고개를 푹 숙이고 있었어. 성한 식탁과 의자는 다 없어지고 색깔이 벗겨진 식탁과 다리 하나가 휘어 있는 의자만 바닥에 널브러져 있었어. 방금까지 아나운서가 쉴 새 없이 떠들던 가게 안은 침묵으로 가득 차 있었어. 텔레비전이 있던 자리에는 노란 전선만 툭 불거져 나와 있었어. 주방은 어두컴컴해서 아무것도 보이지 않았어. 그러고 보니 가게 밖까지 가득했던 야채 곱창 냄새도 이젠 나질 않았어. 오직 꿉꿉한 곰팡이 냄새가 날 뿐이었어. 나는 멍하니 가게 안을 둘러보다가 이내 서글퍼졌어. 또 몹시 피곤했어. 안으로 걸어 들어가 식탁에 걸터앉았어. 도무지 아무런 소리도 들리지 않았어.

그때 열어 둔 미닫이문 밖으로 짹짹 하는 새소리가 들렸어. 그리곤 검은 새가 날개를 빠르게 파닥이며 가게 안으로 들어왔어. 새는 고개를 갸웃거리며 나를 쳐다보았어. 나도 묵묵히 검은 새를 쳐다보았어.

내가 누굴 좋아했는지 알아냈어?

이게 어떻게 된 거야?

내가 물었잖아! 내가 누굴 좋아했는지 알아냈어?

준영이.

그리고?

그리고?

내가 되물었어.

멍청한 녀석. 아직도 아무것도 모르잖아.

검은 새는 포르르 날아와 부리로 내 머리를 콕하고 찍었어. 아팠지만 묵묵히 앉아 있었어.

준영이를 만나고 싶어.

만나서 어쩔 건데?

따져 물어야지.

뭘 물어볼 건데?

왜 둘 다 나한테만 아무것도 얘기해 주지 않은 거야?

왜일 것 같아?

그래, 얘기해 줘. 세현아, 왜 그런 거야?

난 세현이가 아니야.

그럼 넌 대체 뭐야?

그건 네가 잘 생각해 볼 일이지.

나는 검은 새를 노려볼 뿐이었어.

일일이 설명할 시간이 없어. 망할 검은 것들이 벌써 여기까지 따라와 버렸거든.

검은 새는 카드 리더기가 놓인 테이블로 날아갔어. 그 뒤 벽에 잔뜩 붙어 있던 명함들이 테이블 위에 떨어져 있었어. 검은 새는 명함 위를 콩콩 뛰어다니더니 그중 하나를 콕 집었어. 그리곤 내 무릎으로 포르르 날아와 명함을 내려놓았어.

그렇게 배배 꼬인 채로 준영이 녀석을 만나 봤자야.

그래도 만날 거야.

나는 검은 새가 앉아 있던 무릎을 내려다보았어. 명함에는 의사 최준영이라고 적혀 있었어. 이름 위에는 대학병원의 로고가 붙어 있었어. 어쩐지 그 얇디 얇은 명함이 무겁게 느껴졌어.

우리가 다시 만나지 않게 된 게 누구 탓이라고 생각해?

나.

나는 망설임 없이 대답했어.

제발 천천히 생각이란 걸 좀 해 봐. 그리고 네가 왜 나를 죽여야 하는지에 대해서도 좀.

검은 새는 뒤를 돌아 열린 문으로 포르르 날아가 버렸어. 그때 어디선가 석유 냄새가 나기 시작했어. 주방에서 찐득한 액체가 끓는 소리가 들렸어. 어두컴컴한 주방 쪽을 바라보니 주방 바닥에서 검은 진흙이 스멀스멀 흘러나오고 있었어. 나는 그 자리에 가만히 앉아 검은 진흙이 나를 뒤덮어 버리기를 기다렸어. 검은 진흙은 삽시간에 가게 바닥을 다 메워 버리곤 점점 높이 차오르기 시작했어. 이내 가게 문턱 너머로까지 울컥울컥 넘쳐흐르기 시작했어. 그리곤 나는 의자에 가만히 앉은 채로 검은 진흙으로 빨려 들어갔어. 심장이 아주 차가워졌어.

10

다시 일어났을 때 창밖은 여전히 어둑했다. 비가 조금 내리고 있었다. 나는 그저 가만히 창문 너머로 들리는 희미한 빗소리를 듣고 있었다. 이내 내가 누구인지, 내가 있는 곳이 어딘지 기억나기 시작했다. 손목시계가 4시 25분을 가리키고 있었다. 아직 한지혜는 일어나지 않은 것 같았다.

화장실에서 차가운 물로 세수를 했다. 물이라도 마시려고 냉장고를 열어 보니 거의 텅 비어 있다시피 했다. 둘 중 누군가의 부모님이 보내 줬지만 한번도 열어 보지 않은 것 같은 커다란 김치통과 먹다 남은 치킨이 담긴 종이 박스, 고기만두가 세 개 남아 있는 스티로폼 용기, 반쯤 마신 오렌지 주스, 요거트 몇 개뿐이었다. 나는 다시 소파에 깊숙하게 몸을 묻었다. 고요한 가운데 아주 멀리서 빗소리만 들렸다. 아담한 거실에 어울리지 않게 커다란 벽걸이 텔레비전에 내 모습이 비쳤다. 내 모습이 낯설게 느껴졌다.

도어캠 위에 있는 벽시계의 시곗바늘이 4시 29분을 가리키자, 안방 문이 벌컥 열리며 한지혜가 나왔다. 어제와는 사뭇 다른 모습이었다. 고데기로 한껏 머리 모양을 낸데다 세련된 옷차림을 하고 있었다. 콘택트렌즈를 꼈는지 안경도 벗고 있었다. 그렇지만 눈빛이 날카로워 깐깐한 인상을 주는 건 여전했다.

"일어나 있었네요?"

한지혜가 만족스럽다는 미소를 지었다.

김포공항에 도착해 일찌감치 게이트 앞에서 기다렸지만, 제주도에 가는 비행기는 한 시간이나 연착되었다. 한지혜는 늘 제주도로 가는 비행기는 이 모양이라며 투덜거렸다. 우리는 게이트 주변의 의자에 앉아 기다리는 수밖에 없었다. 나는 샌드위치와 커피를 들고 거대한 비행기들이 오가는 걸 구경하고 있었다. 샌드위치는 딱히 비난할 만한 재료가 들어가 있지 않았는데도 불구하고 종잇장이라도 씹는 것처럼 맛이 없었다. 커피는 분명 프랜차이즈 커피였는데도 다른 지점에서 마시던 것과 맛이 다르게 느껴졌다. 그렇지만 군말 없이 묵묵히 먹었다. 한지혜는 샌드위치와 커피를 흡입하듯 뚝딱 먹어 버리고는 두꺼운 책에 볼펜으로 뭔가를 쉴 새 없이 적어 가며 공부하고 있었다.

문득 9월 모의고사가 얼마 남지 않았을 때 준영이가 야구장에 가자고 제안해서 셋이 외야석에 나란히 앉아 공부하며 야구를 봤던 때가 생각났다. 그 모습을 떠올리니 너무 바보 같아서 나도 모르게 웃음이 나와 풋 하고 웃어 버렸다.

"뭐가 그렇게 웃겨요?"

내가 그 얘기를 해 주자 한지혜는 고개를 절레절레 저었다.

"그럴 거면 아예 안 가고 말지."

"지혜 씨도 지금 공항에 앉아서 이렇게 공부하고 있잖아요."

"도형 씨가 말한 것과는 아주아주 다른 상황인데요?"

"그렇다면 그런 거겠죠."

한지혜는 나를 쏘아보며 내가 빈정거린 건지 아닌지 가늠했다.

"준영이는 아직도 야구 좋아해요?"

나는 황급히 주제를 바꿨다.

"본과 3학년 전까지는요. 어떻게든 시간을 쪼개서 악착같이 야구장에 가고 그러더라고요. 그 이후에는 밥 먹는 것도 감사한 생활이라 엄두도 못 냈죠. 가끔 스트레스 푼다며 배팅장에 가는 거 말고는. 날아오는 공 쳐 대는 게 대체 왜 재밌다는 건지. 사실 저도 지금 공항에서 이러고 있을 때가 아니라구요. 말 걸지 마요. 잠깐이라도 집중해야 되니까."

나는 잠자코 샌드위치와 커피를 마저 먹었다. 창밖에서 비행기들이 심해의 커다란 고래처럼 천천히 움직이고 있었다. 준영이 녀석, 아직도 배팅장에 다니는구나.

세현이, 준영이와 함께하던 시절의 추억을 떠올리면 같이 밥 먹고, 같이 공부하고, 같이 어딘가 놀러 가고, 같이 이야기 나누는 것 모두가 즐거웠지만 같이 '도롱이 캐치볼'을 할 때가 제일 좋았다. 그건 아직까지도 좀 그립다.

준영이는 그때도 배팅장에 가는 걸 좋아해서 우리 둘에게 배팅장에 가자고 자꾸만 졸랐는데 나와 세현이는 기계가 무분별하게 쏘아 대는 공을 치는 데 별로 흥미를 못 느꼈다. 그래서 하루는 넓은 운동장에 데려가 내가 던진 공을 치게 했는데 준영이 녀석이 그걸 참 좋아했다. 나는 두 사람에게 이모부한테 배웠던, 공 던지는 법도 알려주었다. 그게 계기가 되어 우리는 가끔 운동삼아 캐치볼을 하곤 했다.

처음에는 한강변에 있는 공원이나 목동에 있는 파리공원 등 여기저기서 캐치볼을 했지만 시간이 좀 지나자 영롱이갈대1구장이라는 우리들만의 전용 구장이 생겼다. 사실 구장이라기엔 모래 깔린 사각형 운동장에 불과했다. 주말이면 사회인 야구 경기나 초등학교 야구부의 경기가 열리곤 하는 동네 공공운동장이었다. 안양천 끝자락 양화교 주변에 있는 영롱이갈대1구장 앞에는 안양천 입구 정류장이 있었는데 성산대교와 양화대교, 올림픽대로로 가는 길목에 있어서 강서구와 양천구에 사는 사람들에게는 나름의 허브 역할을 했다. 양천구에 살던 준영이와 세현이, 강서구에 살던 내가 만나기에 가장 적당한 중간 지점이었다. 처음에는 캐치볼을 하기 위해서 가곤 했지만 점차 우리가 늘 모이는 장소가 되었다. 매일 아침 그곳에서 만나 학원에 같이 갔고 학원을 마치면 그곳에서 헤어졌다. 집에 일찍 들어가기 아쉬울 땐 그곳을 거닐며 이런저런 이야기를 나누거나 영롱이갈대1구장 한켠에 놓인 글러브와 공으로 캐치볼을 하기도 했다.

우리는 꽤 괜찮은 팀이었다. 나는 공을 던질 줄 알았고 세현이는 공을 잘 받았다. 준영이는 공을 아주 잘 쳤다. 그리고 세현이는 탁월한 야수였다. '도롱이 캐치볼'이라는 건 덕분에 생긴 거였다. 내가 준영이에게 공을 던지고 준영이가 공을 멀리 쳐내면 경기장 끝에 서 있던 세현이가 공을 잡아냈다. 누가 누구를 이기거나 점수를 내는 놀이가 아니라 그저 공이 우리 셋 사이를 옮겨 다니게 하는 것 자체가 목적인 놀이였다. 아무 영양가 없는 이야기를 실없이 나누면서 그렇게 공을 이리저리 주고받았던 그 시간이 내 인생에 가장 행복한 순간 중 하나였다.

지금쯤 두 사람이 무슨 얘기를 나누고 있을지 궁금했다. 서로가 떠나온 이유에 대해 이야기하고 있을까? 지난 감정에 대해 얘기하고 있을까? 그때의 추억을 얘기하고 있을까? 아니면 내 얘기를 하고 있을까? 나는 손 안에서 실밥 터진 야구공을 굴릴 뿐이었다.

연착된 비행기는 한 시간 반 후에야 출발했다. 한지혜는 비행기 안에서도 책을 놓지 않았다. 나는 가만히 창밖을 바라보며 혹시라도 준영이를 만나면 어떤 얘기를 해야 할지 고민했다. 대체 무슨 말을 해야 하지?

제주도는 화창한 날씨였다. 기억하던 것보다 이국적으로 느껴졌다. 야자수가 눈에 띄었다. 공항에서 렌트카를 빌렸다. 한지혜는 아직 면허가 없다고 했다. 그걸 놀려 보려다 살벌한 눈빛을 보고 그만두었다. 자기 농담 이외에는 받아들이지 못하는 것 같았다. 렌트카를 운전하며 제주도 바다를 달리는 동안 이상한 기분에 사로잡혔다. 그때는 준영이가 운전하는 차를 타고 있었는데 지금은 내가 운전을 하고 있다.

수능이 끝났을 때 우리 셋은 고삐가 풀린 듯 서울을 떠나 이곳저곳을 여행했다. '내일로 패스'를 끊어서 목적지 없이 무작정 떠나기도 하고 준영이네 엄마 차를 빌려 타고 동해안을 훑고 내려가기도 했다. 대학교 첫 학기가 시작되기 전까지 넉 달 가까이 너무 많은 곳을 다녀서 일일이 다 기억이 나질 않는다. 그래도 마지막이 이곳 제주도였다는 건 확실히 기억난다. 제주도에서 있었던 모든 일도 확실히 기억한다.

차를 타고 2주 동안 해안도로를 따라 제주도를 반시계 방향으로 한 바퀴 돌았었다. 제주도는 2월에도 그다지 춥지 않아서 여행하기가 좋았다. 만장굴이나 성산일출봉 같은 자연경관도 구경하러 다니고, 차를 타고 가다가 멋진 바다 풍경이 보이면 무작정 내려서 겨울 바다에 발을 담그며 소란을 떨기도 하고, 유명하지만 비싸고 맛없는 음식점을 찾아다니기도 하고, 그나마 날씨가 쨍쨍한 날엔 서로를 부축하며 한라산에 오르기도 했다. 날씨가 궂은 날에는 바닷가 카페에 앉아 하루 종일 비가 내리는 바다를 구경하며 서로의 어릴 적 이야기를 나누기도 했다.

게스트 하우스를 이곳저곳 옮겨 다니며 처음 보는 형과 누나들에게 앞으로의 삶에 대한 조언을 듣기도 했다. 겨울이라 그런지 우리 나이 또래들보다는 대개 서른을 훌쩍 넘은 사람들이 대부분이었다. 다들 하나같이 우리의 나이와 우리의 관계, 우리의 여행을 부러워했다. 하룻밤 만에 급하게 친해지려고 하는 게스트 하우스 특유의 낯가림 없는 분위기에 처음엔 당황했지만 점차 적응이 되었다. 사람 만나는 걸 어려워하던 준영이도 웬일인지 사람들 틈에 잘 어울려서 자신의 장난끼를 아낌없이 보여 주었다.

그런데 협재 해수욕장에 있는 게스트 하우스에서 그만 내게 문제가 생겼다. 청주에서 왔다는 서른여섯 살 형의 실없는 질문이 그 시작이었다. 그 형은 뻣뻣한 수염이 덥수룩했고 밤에도 까만 선글라스를 쓰고 있었다. 그리고 몸에서는 후라보노 껌 냄새가 났다. 그 형은 세현이에게 나와 준영이 둘 중 누가 남자로서 더 마음에 드냐고 농담을 던졌다. 세현이는 웃으며 우리 둘 다 성에 안 찬다고 받아쳤다. 나는 같이 웃었지만 문득 가슴 한켠이 저릿했다. 셋이 함께한 뒤로 처음 있는 일이었다.

셋이 친해진 지 얼마 안 되었을 때는 세현이를 이성으로 생각해 긴장하긴 했었다. 셋이 아주 가까운 사이가 되었다고 느꼈을 때 나는 그런 생각을 마음에서 지웠다. 혹시나 내가 세현이를 연애 상대로 느끼게 된다면 우리 사이가 어그러질지도 모른다고 생각해서였다. 이렇게까지 가까운 사람들이 생겼다는 사실에 들떠 있었고 행여나 이 관계가 무너질까 늘 조심해 왔다. 그리고 꽤 성공적으로 오랫동안 세현이를 이성으로 느끼지 않을 수 있었다.

그랬기에 나는 그날 느낀 티끌 같은 감정이 당황스러웠다. 어떻게든 그 감정을 몰아내려 노력했다. 그렇지만 그 티끌은 가시같이 어딘가에 박혀 계속 신경쓰이게 만들었다. 세현이가 어색하게 느껴지기 시작했다. 세현이가 평소처럼 어깨동무를 할 때에 혹시 가슴이 내 팔이나 등에 닿을까 봐 조마조마했다. 또 차 뒷자리에서 편하게 앉겠다고 내 무릎에 발을 올리고 앉을 때 짧은 반바지 밖으로 드러난 허벅지에 시선이 머무르는 게 민망해지기 시작했다. 그전까진 세현이와 뒷좌석에 앉았었지만 그날 이후로는 혼자만 운전하는 준영이한테 미안하다는 이유로 조수석에 탔다. 문득 운전면허가 없는 게 부끄럽게 느껴졌고 준영이가 어른스러워 보였다. 그리고 준영이도 혹시 세현이에게 나와 같은 감정을 조금이라도 느꼈을까 궁금했었다.

한지혜와 이호테우 해변으로 향했다. 9년 전에 세현이, 준영이
와 왔을 때 제주도에서 처음으로 묵은 곳이라 들떠서 다른 날 숙
박비를 생각도 못하고 비싼 독채를 빌렸었다. 낮은 돌담 안으로
잔디가 심어진 고즈넉한 마당이 있는 곳이었다. 허리께밖에 안
오는 대문 앞에서 이제 어떻게 할까 고민하고 있는데 한지혜가
대뜸 벨을 눌렀다.

"시간 없어요."

그러나 안에서 나온 건 40대로 보이는 남자였다. 가족 단위로
온 투숙객 같았다.

"미안해요, 숙소를 잘못 찾았네요."

한지혜가 웃으며 말했다. 세현이와 준영이는 여기 없었다.

애초에 너무 무모했다는 생각이 뒤늦게 들기 시작했다. 한지혜
의 대책 없이 저돌적인 태도 때문에 여기까지 끌려왔다고 생각하
니 헛웃음이 나왔다.

"자, 다음에 갔을 만한 곳이 어디예요?"

"너무 많아요. 애초에 제주도에 있다는 보장도 없어요. 세현이
가 준영이랑 같이 있는 건 확실한 거예요?"

"네, 확실해요."

"근거가 뭐예요?"

"오랫동안 당신들을 보고 싶어 했단 걸 알고 있으니까. 상황이 이렇게 되었으면 분명 당신과 세현 씨를 보러 갔을 거라고 생각했어요."

"아주 잘못 짚은 거예요. 애초에 말이 안 되었어. 처음부터 지혜 씨 말에 넘어간 내가 잘못이지."

"그럼 도형 씨는 8년 동안이나 사랑한 사람을 이렇게 포기할 거예요?"

"그런 얘기가 아니잖아요."

"그럼 뭐라도 해야 할 것 아니에요? 허탕만 치게 되더라도 일단 최선을 다해 봐야 하는 것 아니에요?"

나는 말문이 막혔다. 분명 억지였지만 이상하게도 나는 스스로가 부끄러워졌다.

"너무 많아서 잘 모르겠어요. 가장 가능성이 높은 곳을 천천히 생각해 볼게요."

"계속 움직이면서 생각해 봐요."

이호테우 해변을 쭉 훑고 목마등대까지 꼼꼼히 조사해 본 뒤 우리는 다시 차를 타고 그곳을 떠났다. 나와 한지혜는 동쪽으로 이동하며 셋이 같이 갔던 음식점과 기념품 가게를 샅샅이 뒤졌다. 그대로인 곳도 있고 없어진 곳도 있었다. 어느 곳에서나 세현이와 준영이를 발견하지는 못했다. 가는 곳마다 사람들에게 두 사람의 사진을 보여 주며 혹시 본 적 있냐고 물었지만 별 다른 이야기는 듣지 못했다. 두 사람 같은 사람들이 너무 많다고 했다.

우리는 묵묵히 도로를 달렸다. 한지혜는 조수석에 앉아 계속해서 두꺼운 책을 들여다보고 있었다. 그런데 한경면을 지나고 있을 때였다. 제주도의 도로를 달리는 차들은 베트남만큼은 아니었지만 운전이 꽤 거칠었다. 아슬아슬하게 칼치기를 하는 차들도 더러 있었다. 중형 SUV 한 대가 우리가 달리는 차선으로 무리하게 끼어들었다. 나는 급브레이크를 밟았다. 다행히 큰일은 없었다. 한지혜가 공부를 하다가 조금 놀랐을 뿐이다. 조금 더 달리자 신호등 앞에 그 SUV가 서 있었다. 그러자 한지혜가 창문을 열어 SUV에게 운전 똑바로 하라며 크게 소리를 질렀다. SUV의 문이 열리고 머리가 짧고 덩치가 커다란 남자가 나왔다. 한지혜는 대뜸 차문을 열고 내려서 덩치 큰 남자에게 다가갔다. 그리고 고성이 오갔다. 황급히 달려가 두 사람을 말렸다. 나는 덩치 큰 남자에게 미안하다고 말했다. 그러자 덩치 큰 남자는 한지혜를 한번 노려보고는 씩씩거리며 차로 돌아갔다. 그리곤 과속을 하며 그 자리를 떠나 버렸다. 차로 돌아온 한지혜가 말했다.

"뭐가 미안해요?"

"아니, 싸워서 어떡할 거예요."

"어쩜 최준영이랑 똑같네요. 갈등이 생길 것 같으면 피해 버리는 거."

"갈등은 없는 게 좋죠."

"아니요. 갈등은 항상 있을 수밖에 없어요. 저런 미친놈들이 존재하는 한! 목소리를 높여야 될 때는 당당하게 나서야죠. 저러다 사고 나면 여럿 다쳐요."

대답하지 않고 묵묵히 운전을 했다. 한지혜는 잠시 동안 나를 쳐다보다 두꺼운 책으로 돌아갔다. 나는 한지혜의 말에 대해 생각했다. 한지혜 말대로 나는 어느 순간부터 도망치고 피하는 데 익숙해져 있었다. 그게 품위 있는 거라고 배웠다. 그게 융통성 있게 사회생활을 잘하는 거라고 배웠다. 그런데 그러는 동안 나도 모르게 나 자신을 잃어 가고 있었는지도 모른다. 그렇다고 싸우는 게 나다운 건가? 문득 나도 내가 어떤 사람인지 잘 모르고 있다는 생각이 들었다.

협재 바닷가에 있는 게스트 하우스에 들렀다가 허탕을 치고 나오며 한지혜에게 물었다.

"준영이랑은 오랫동안 가까운 사이였나요?"

"그럼요. 제가 예과 2학년이었을 때부터 같이 다녔는데요."

"어떻게 가까워지게 된 거예요?"

"준영이는 저한테 어울리는 유일한 사람이었어요. 처음 보자마자 알아봤죠. 아니, 제 성에 찼다는 표현이 더 적당하겠네요.

태생이 눈이 좀 높아서 대학에 와서도 남자들이 다 변변찮게 보였거든요. 그런데 준영이는 보자마자 첫눈에 저 녀석이다 싶었죠. 물론 우리 과 여자애들이 다 그랬을지도 모르지만요. 잘생긴 녀석이 과묵하기까지 해서 스무 살짜리가 보기에 괜히 분위기까지 있어 보였거든요."

고등학교 시절 준영이가 떠올랐다. 친해진 뒤로는 잊고 있었지만 그 녀석은 지나치게 과묵했다. 그렇지만 분위기 있다고 생각해 본 적은 없었다. 나는 피식 웃음이 나왔지만 가까스로 참았다.

"그런데 준영이랑 친해지기가 쉽지 않았어요. 제가 한 학년 위였지만 동갑이라 쉽게 다가갈 수 있을 줄 알았는데 최준영이 여지를 주지 않았다고 해야 하나? 조금 가까워졌다고 생각해도 어느 지점에서 갑자기 큰 벽을 만난 것처럼 꽉 막힌 기분이 들었죠. 그때 준영이는 어딘가 다른 데 정신이 팔려 있는 것 같았어요. 어쩔 수 없이 주변을 맴돌아야만 했죠. 전략상 후퇴. 하지만 언젠가 내가 쟁취하게 될 거란 사실을 의심해 본 적은 없어요."

최준영과 한지혜 두 사람이 평소에 어떻게 지냈을지 잘 상상이 가질 않았다.

"그런데 준영이는 저뿐만 아니라 다른 사람들과도 잘 지내지 못했어요. 의대 생활이란 게 동기들끼리 뭉쳐야 서로 의지도 하고 버틸 수 있는데 동기들하고도 서먹했어요. 학생들에게 관심이 많으셔서 모든 학생들을 살뜰히 챙기시던 교수님조차도 준영이

와는 가까워지기 어려워하셨죠. 성적도 엉망진창이었어요. 그러
다 결국 예과 1학년도 다 못 마치고 휴학을 해 버리더군요."

나는 우리 셋과 관계가 틀어진 시기와 맞추어 보며 이런저런
가능성을 떠올려 보았다.

"준영이는 다음 해에 돌아왔어요. 그때는 많이 달라져 있었어
요. 여전히 과묵했지만 사람들과 잘 어울려 지냈어요. 저와도 가
까워지기 시작했어요. 곧 가장 가까운 사이가 되었죠. 같이 산 지
는 5년쯤 되었어요."

한지혜의 얼굴에 자부심 어린 미소가 깃들었다.

"다시 돌아와선 공부도 열심히 했어요. 휴학하기 전과는 다르
게 무섭게 공부했고 학교생활도 열심히 했죠. 학부를 좋은 성적
으로 마치고 국가고시도 무난히 패스했어요. 정해진 것처럼 수련
의 생활도 잘 마쳤죠. 항상 침착하고 냉철한데다 행동이 정확해
서 까다로운 선배들까지 좋아했어요. 다들 은근히 자기 과로 와
주길 바랐죠. 준영이는 응급의학과를 선택했어요."

"항상 느긋하고 조금 맹한 데가 있던 녀석이 위급한 환자들을
침착하게 진료하고 척척 응급치료까지 해 내는 모습이 상상이 가
질 않네요."

"준영이는 정말 잘해 냈어요. 근무 시간에는 흐트러짐 없이 최
선을 다하고 남는 시간에는 공부를 했어요. 물론 다른 레지던트
들도 마찬가지였지만 준영이는 거의 기계 같았죠. 나중엔 잠깐

동안이라도 자던 잠도 안 자더군요."

남들보다 잠도 많았던 녀석이 잠까지 줄일 정도면 참 힘들었겠구나 싶었다.

"멀쩡했던 사람도 어리바리해지는 게 레지던트 생활인데 준영이는 1년차를 훌륭하게 마쳤고 2년차에 접어들 때쯤엔 모두의 주목을 받았어요. 선배 레지던트들이 혼낼 꼬투리를 잡으려 해도 잡을 게 아무것도 없었죠. 카리스마도 부릴 줄 알아서 인턴들한테는 공포의 선배로 소문났었어요."

준영이는 내가 모르는 사이 꽤나 대단한 존재가 된 것 같았다. 내심 같은 서울 아래 살고 있다고 생각해 왔는데 다른 별에 사는 사람처럼 거리가 멀게 느껴졌다.

"그런데 뭐가 문제였는지 전혀 모르겠어요. 몇 달 전쯤부터 좀 불안해하더니 점점 예과 1학년 때처럼 병원에 있기 어려워하더군요. 쌓인 피로가 뒤늦게 문제가 된 거겠지 하고 좀 쉬게 하면 될 거라고 대수롭지 않게 생각했어요. 휴가가 났을 때 꼼으로 며칠간 휴양을 다녀왔어요. 그런데 다녀와서도 힘들어하더라구요. 최준영은 내색을 안 하려고 했지만 전 알 수 있었어요. 붙들고 얘기를 나누려 했는데 저도 그땐 바빠서 충분히 시간이 안 났어요. 저는 조금만 더 버티자고만 했죠. 그런데 결국 그새를 못 참고 쪽지 한 장 남기고 집을 나가 버렸어요. 병원도 그만뒀고요. 그렇게까지 무책임하게 행동할 줄 몰랐어요. 분명 감상적인 면이 있긴 했지만 늘 스스로를 잘 컨트롤해 냈거든요. 저 외에는 친구랄 것도 없는 녀석이니까 당연히 당신들에게 연락하지 않았을까 생각했죠. 사실 도형 씨를 만나러 갔을 거라 생각했어요."

"저를요?"

"네."

한지혜가 왜 그렇게 생각했는지 알 수 없었다. 이제 와서 나랑 다시 담판을 지으려 할 리도 없고 말이다. 혹시 나랑 세현이와 해묵은 갈등을 풀고 싶었던 걸까?

"물론 준영이랑은 친했지만 사실 세현이 덕분이에요. 고등학교 때는 서로 별로 안 친했거든요."

"준영이 얘기는 좀 달랐는데? 고등학교 때부터 쭉 친한 친구였다고 했어요."

"늘 서로 대화도 없이 학교와 독서실, 학원만 같이 다닌 걸 친하게 지낸 거라고 했으면 그 녀석은 변한 게 없는 게 확실하네요. 생각하는 게 좀 특이하긴 했으니까요."

"그런 시간들이 준영이한텐 중요했나 보죠."

한지혜는 쓸쓸한 표정을 지었다.

"그래요? 준영이한테는 좀 미안하지만, 고등학교 때 저는 늘 준영이한테서 어떤 거리감을 느꼈어요. 준영이 녀석이 항상 저한테 뭔가 숨긴다는 느낌을 받았거든요. 세현이랑 다 같이 친해진 뒤로는 좀 덜했지만 그때도 준영이가 내게 완전히 마음을 열고 있지는 않다고 생각했어요."

"그래서 준영이를 포기하고 세현 씨를 선택한 거예요?"

"아니요, 그런 건 아니에요. 저는 우리 세 사람이 계속 함께하길 원했어요. 그걸 먼저 흔든 건 제가 아니에요."

"그렇군요. 도형 씨는 항상 자기 입장에 충실하네요."

"무슨 말씀인지?"

"나쁘게 얘기하면 자기가 보고 있는 작은 화면 밖에 존재하는 것들은 절대 상상하지 못하네요."

"다들 마찬가지 아닌가요?"

"다들 마찬가지죠. 그것 때문에 사람들 사이에는 오해가 생기고 누군가는 상처를 받는 거죠."

"저 때문에 준영이가 상처 받았다는 얘기인가요? 그럼 제가 어떻게 해야 했나요?"

"준영이한테 직접 물어보세요. 물론 찾게 된다면."

수평선 너머로 해가 지고 있었다. 화강암으로 가득한 해변과 맑은 바닷물이 빨갛게 물들었다.

11

나는 한지혜와 서귀포 방면에서 한라산 쪽으로 향하는 능선을 오르고 있었다.

"아니, 대체 왜 제주도까지 와서 산에 있는 게스트 하우스에서 묵은 거예요?"

"갓 수능 끝난 재수생들이 돈이 얼마나 있었겠어요. 중문이나 서귀포시 바닷가에는 대개 호텔이나 비싼 숙소밖에 없어서 산에 있는 게스트 하우스까지 온 거죠."

"그때도 이렇게 걸어 올라갔어요?"

"네. 지금쯤은 도로가 났을 줄 알았는데⋯⋯."

"여기에 반드시 최준영이 있어야 할 거예요."

한지혜는 나를 흘겨보고는 다시 묵묵히 등산로를 올랐다. 우리는 거의 한 시간 가까이 말도 없이 묵묵히 산자락을 올랐다. 산이라 할 만큼 높은 곳이 아니었는데도 한참을 걸어 들어가야 했다. 한지혜는 꾹 참는 표정으로 계속 묵묵히 걸었다. 잠시도 쉬지 않고 계속 산을 오를 뿐이었다.

"좀 쉬었다 가요."

"시간 없어요."

한지혜는 계속해서 뚜벅뚜벅 산길을 걸어 올라갔다. 그 뒷모습이 고되어 보였다.

"저기 지혜 씨, 나 못 걷겠어요."

"지금 장난해요?"

"잠깐 쉬어요, 10분만이라도."

나는 커다란 현무암 위에 걸터앉았다. 한지혜는 불만스러운 표정을 짓고는 내 옆에 걸터앉았다.

"빨리 쉬는 법 알려줄까요? 10분 쉬어도 한 시간 쉬는 효과가 날지도 몰라요."

"도형 씨, 나 정신과 의사인 건 알아요?"

"이건 최근에 우리 이모가 알려준 건데요. 잠깐 동안 아무 생각도 안하는 거예요. 그리고 눈앞에 있는 걸 보는 거예요."

눈앞에 펼쳐진 풍경을 보았다. 급한 경사가 시작되는 곳 아래로 완만한 경사면이 넓은 평지처럼 펼쳐져 있었다. 마치 거대한 카플린 모자의 한쪽을 올라온 것 같았다. 모자 차양의 끝에는 섬뜩할 정도로 푸른 바다가 보였다. 우리가 고요한 가운데 가만히 앉아 있을 때 수평선 너머로부터 바람이 불어와 널따란 챙을 지나 우리가 앉아 있는 현무암까지 훅하고 불어왔다. 수많은 곳을 거쳐 수많은 향기가 섞인 바람이었다.

우리는 까끌까끌하고 단단한 현무암 위에 앉아 바닷바람을 쐬고 있었다. 그뿐이었다. 그렇지만 한지혜의 표정은 한결 가벼워져 있었다.

"이제 다시 가 볼까요?"

그러나 이내 다시 싸늘한 표정을 지으며 말했다.

"그리고 도형 씨 우리 여행하러 온 거 아니에요."

"저 여행 별로 안 좋아해요. 알잖아요?"

"저도예요. 여행은 질색이에요."

"집에 가 보니 해외 여기저기를 많이 돌아다닌 것 같던데요?"

"준영이가 여행을 워낙 좋아해서요. 야구도 싫고 배팅장도 싫은데 그나마 여행이 나았거든요. 여행이라도 해야 같이 시간을 보낼 수 있으니까."

"지혜 씨가 좋아하는 걸 준영이랑 같이 할 수는 없었어요? 지혜 씨는 관심 있는 거 없어요?"

한지혜는 그 말을 깊이 생각하는 것처럼 보였다. 어쩐지 표정이 안 좋았다.

"그런 거 없어요. 공부하기 바빠 죽겠는데 취미가 대수예요? 그냥 적당히 스트레스 푸는 거면 되었지. 좋아하진 않았지만 복싱 꽤 오래 했어요."

한지혜는 굳은 표정으로 다시 묵묵히 산자락을 걸어 올라갔다.

다시 30분쯤 걸려 산자락에 있는 게스트 하우스에 도착했다.
게스트 하우스 마당에서 사람들이 기타 치고 노래를 부르며 놀고
있었다. 몇몇은 해먹에 누워 사람들이 노래하는 걸 가만히 듣고
있었다. 모두 즐거워 보였다. 사람들은 우리가 새로 온 투숙객인
줄 알고 반갑게 인사를 건넸다. 우리는 민망한 표정으로 인사를
했다. 게스트 하우스 주인에게 세현이와 준영이에 대해 물었지만
전혀 모른다고 했다. 둘은 여기에도 오지 않았다. 한지혜는 게스
트 하우스를 나서며 즐겁게 노는 사람들을 물끄러미 바라보았다.
그리고 다시 산자락을 내려왔다. 한지혜의 표정은 더욱 차갑게
굳어 있었다.

또다시 차를 타고 남원읍에 들러 게스트 하우스 하나와 갈치조
림 식당, 큰엉해안경승지를 빠르게 훑었다. 한지혜는 여전히 아
무 말도 하지 않았다. 차에서도 두꺼운 책을 내려놓고 창밖만 바
라보았다. 혹시 몰라서 들른 사려니 숲길을 걷는 동안에도 여기
어딘가에 있을지 모르는 최준영을 찾아 차가운 눈길로 두리번거
릴 뿐이었다.

노을이 질 즈음 우리는 성산일출봉 앞에 있는 카페에 있었다.

이곳에도 역시 두 사람은 없었다. 우리는 잠시 쉴 겸 커피를 한 잔씩 시켰다. 카페 한 면에 난 커다란 창으로 빨갛게 물든 바다와 검게 그늘진 성산일출봉이 보였다. 아름다운 광경이었다. 그러나 한지혜는 턱에 손을 괴고 창밖 풍경의 반대편으로 고개를 돌리고 있었다. 가게 안 벽 한 면에 걸어놓은 커다란 그림을 보고 있었다. 〈여성의 세 시기(The Three Stages of Woman)〉라는 뭉크의 그림이었다. 당연히 모작이라 프린트한 티가 났다.

"뭉크 좋아해요?"

"아니요."

한지혜의 단호한 대답에 나는 무안해졌다. 말을 걸지 않는 게 좋을 것 같았다. 한지혜는 계속해서 굳은 표정으로 그림 쪽만 바라보다 말했다.

"그렇다고 싫진 않아요."

한지혜가 불쑥 말했다.

"도형 씨는 자기가 뭔가를 좋아한다는 걸 어떻게 스스로 확신해요?"

"글쎄요, 그냥 마음이 끌린다고 해야 하나?"

"뭔가에 끌리다가도 그걸 하다 보면 이내 질려 버리거나 처음과는 마음이 좀 달라져 버리지 않아요?"

"보통 그렇죠."

"그럼 처음 시작할 때 느낀 충동 때문에 관성적으로 뭔가를 지속하고 그걸 좋아한다고 착각하는 건 아닐까요?"

"그런가요? 뭔가를 시작한 뒤에는 그런 생각을 해 보지 못해서."

"결국엔 몰입의 문제네요."

"그럴 수도 있겠네요."

"저는 그럼 어떤 것에도 몰입하지 못하나 봐요."

나는 한지혜의 말을 기다렸다.

"도형 씨도 야구를 좋아한다고 했죠? 저도 처음에 마음이 동해서 준영이 옆에서 조금 봤는데 금세 흥미를 잃었어요. 마음에 안 드는 점들이 너무 많이 보였거든요. 왜 존재해야 하는지 이해할 수 없는 규칙이 너무 많았고 경기하는 모습이 대체로 좀 지루했어요. 몰입할 수가 없었죠. 나중엔 준영이 때문에 억지로 보고 있었을 뿐이에요. 야구는 저한테 견뎌야 하는 일이 되어 버렸죠. 그런데 야구뿐만 아니라 저한텐 대체로 모든 게 그랬어요. 작은 관심사든 거창한 취미든. 그래서 어차피 제가 건드리는 모든 게 견뎌야 하는 일이 되어 버리는 거라면 뭐라도 남는 걸 하는 게 나을 것 같아서 공부를 선택했어요."

나는 어쩐지 한지혜가 무슨 말을 하는지 알 것도 같았다.

"10년째 한 복싱도 그렇고 준영이와 다니던 여행도 마찬가지였어요. 그저 많이 견뎌야 하는 것, 조금 견뎌야 하는 것, 견디는 게 그렇게 힘들지 않은 것으로 그 정도 차이가 있을 뿐이었죠. 그래서 싫지 않은 것 정도면 저한테 가장 좋은 거예요. 살면서 뭔가에 기분 좋게 몰입하거나 좋아하는 느낌이 든 적은 한번도 없었어요."

나는 한지혜의 말에 대해 곰곰이 생각해 보았다.

"그런 생각이 들어요. 보통 사람들은 세상 모든 사물이 자신의 호불호에 따라서 분류될 수 있다고 생각하잖아요? 그런데 지혜 씨처럼 세상 모든 사물이 견뎌야 하는 것이라고 생각한다면 어쩌면 지혜 씨한테는 세상 모든 사물이 공평한 거 아니에요? 그럼 실제로 그렇든 아니든 지혜 씨가 좋아한다고 여길 걸 선택해도 된다는 생각이 들어요. 꼭 뭐가 남지 않아도 그런 자유쯤은 누려 봐도 된다는 거예요. 견디고 있다는 둥 몰입하지 못하고 있다는 둥 어떤 판단도 내리지 않고 좋아하기로 결심한 걸 끝까지 그저 가만히 지켜보는 거예요."

주변을 둘러보았다. 벽에 걸린 뭉크 그림의 모작이 가장 눈에 띄었다. 나는 계속해서 말했다.

"예를 들어 저는 지금부터 뭉크를 좋아하기로 결심할 거예요. 저 그림을 좋아해 보기로 하는 거예요. 잠깐이라도 제 눈을 사로잡았거든요. 그럼 그림을 봅시다. 뭐가 보여요? 가운데 벌거벗은 여자, 왼쪽에는 하얀 옷을 입은 젊은 여자, 오른쪽에는 검은 옷을 입고 우울해 보이는 여자가 보이네요. 또 그 오른쪽에는 웬 남자도 한 명 있네요. 저는 이 그림에 대해 잘 아는 사람이 아니에요.

애초에 미술과는 아무 상관없는 사람이에요. 그치만 좋아해요. 그러기로 결심했으니까. 계속 관심을 가져 볼게요. 왼쪽은 밝고 오른쪽은 어두운데 어두운 부분이 저한테 불안감을 주기 시작하네요. 제 시선은 왼쪽에 있는 부분으로 도망치고 있어요. 왼쪽에 시선을 머무르다 보니 아름답기는 하지만, 왠지 이 그림이 숨기고 있는 진짜 중요한 의미는 오른쪽으로부터 온다는 생각이 자연스럽게 드네요. 시선을 양쪽으로 왔다갔다 옮기다 보니 한가운데 있는 발가벗은 여자가 중요해 보여요. 저 여자에게서 시선을 뗄 수가 없어요. 저는 이제 이 그림이 아름답다는 생각이 들기 시작해요. 이 그림을 진짜로 좋아하게 되었는지도 몰라요."

나도 모르는 사이에 말들이 튀어나왔다. 그림에 대해서 한번도 이렇게까지 관심 가져 본 적이 없었는데 정말로 이 그림이 좋아진 것 같았다. 나조차도 놀랄 만큼.

"어때요? 지혜 씨도 이 그림을 좋아해 봐요. 뭐가 보여요?"

한지혜는 난감한 표정을 짓다가 내 성화에 이내 자세를 가다듬고 가만히 그림을 응시했다.

"하얀 여자와 벌거벗은 여자, 검은 여자가 보여요."

"그리고요?"

"하얀 여자는 고분고분한 여자같이 보이네요. 누구의 말이든 잘 들을 거 같아요. 가운데 있는 여자는 호락호락해 보이지 않네요. 세상을 즐겨 보려고 노력하는 멋진 여자 같아요. 그리고 오른쪽에 있는 여자는 우울해 보이고 어딘가 꼬여 있는 것 같아요. 오른쪽에 있는 남자 때문에 그렇게 된 것 같아 보여요. 남자가 이 여자를 떠나 버려서요. 그러고 보니 사실 세 여자는 한 사람같이 느껴지기도 해요. 엄마와 딸 같기도 하고. 검은 여자가 엄마고 가운데 있는 여자가 딸인 거죠. 어쩐지 이 검은 엄마는 자기 슬픔을 딸한테 주입하려는 거 같아요. 딸을 하얀 여자로 만들고 싶어서요. 자신처럼 되지 말라고 경고하려는 거죠. 그렇지만 결국 딸은 엄마처럼 검은 여자가 되고 말 거예요. 그 경고는 결국 딸의 삶을 옥죌 거예요. 딸은 절대 엄마의 인생을 벗어날 수 없어요. 엄마가 행복하지 않았는데 딸에게 어떻게 행복한 인생을 가르치겠어요."

한지혜의 오른쪽 뺨에서 눈물이 조용히 흐르고 있었다. 나는 못 본 척했다. 한지혜는 잠시 그림을 더 들여다보았다.

"도형 씨가 무슨 말을 하려는 건지 알 것 같네요."

어느새 눈물을 말끔히 닦아 낸 뒤였다.

"저도 이 그림이 좋아진 것 같네요. 물론 뭉크같이 우울하고 신경증이 의심되는 남자는 질색이지만."

"저는 사실 별로예요, 이 그림."

내 말에 한지혜는 하얀 이를 드러내며 크게 웃었다. 그리곤 잠시 더 그림을 들여다보더니 말했다.

"좋아요, 이제 다시 다음 장소로 가 봐요."

"사실 이제 한 군데밖에 안 남았어요. 김녕 바닷가요."

"거기 있길 바라야죠. 우리가 좋아하기로 한 사람들이."

12

9년 전 제주도 여행의 마지막 날 우리는 김녕에 머물렀다. 물이 너무 투명해서 밑바닥에 있는 모래와 검은 현무암 바위, 그 사이를 노니는 물고기들이 물 밖에서도 다 들여다보이는 해변이었다. 우리는 남은 돈을 다 털어 김녕 바다가 바로 앞에 보이는 독채에 묵었다. 예쁜 돌담이 아담한 마당을 둘러싸고 있는 집이었다. 오래된 제주 전통 가옥을 개축한 집이라고 했다.

그날은 날씨가 너무 좋아서 우리는 한적한 바닷가를 하루 종일 거닐었다. 커다란 떠돌이 개 세 마리가 모래사장을 떠돌고 있었는데 보기에는 위협적으로 보였지만 사람에게 사납게 굴지는 않았다. 그저 먹이를 구하러 다닐 뿐인 것 같았다. 우리는 개들에게 다가갔다. 각각 검정색, 하얀색, 누런색의 개들이었는데 두 마리는 진돗개 같았고 한 마리는 보더콜리를 닮았는데 털이 너무 복슬복슬하게 자라 정확한 종을 알 수 없었다. 우리는 모래사장에 나란히 앉아 개들을 쓰다듬어 주었다. 개들은 꼬리를 흔들며 우리 곁에 얌전히 앉아 있었다. 해변의 오른쪽 끝에는 세 개의 거대한 날개가 달린 풍력발전기가 천천히 돌아가고 있었다. 그렇게 여행의 마지막 날이 천천히 저물고 있었다.

우리는 맥주를 마시며 제주도 여행의 마지막 밤을 보냈다. 아무리 제주도라지만 2월의 밤바다는 좀 차가웠을 텐데 우리 셋은 추운 줄도 모르고 모래사장에 앉아 있었다. 까만 하늘에 얼음 같은 별이 촘촘히 박혀 있었다. 시시콜콜한 이야기들이 오갔다. 우리는 어릴 적 꿈에 대해 이야기했다. 나는 친구들에게 내 어릴 적 꿈이 우주 비행사였다고 말했다. 수없이 먼 곳으로 떠나 수많은 별들을 만나며 넓은 우주를 마음껏 탐험하고 싶었다고 했다. 그러자 세현이가 어릴 적 자신의 꿈은 프로 야구단의 유격수였다고 했다. 수많은 관중들이 주목하는 가운데 몸을 날려 공을 잡아내는 허슬 플레이를 보여 주고 싶었다고 했다. 준영이는 자신의 차례가 되자 괜스레 위악적인 말투로 어릴 적부터 딱히 꿈이 없었다고 했다. 그래서 누군가 장래 희망을 물으면 부모님이 좋아하실 것 같아서 그냥 의사라고 대답했다고 했다. 나는 그럼 만약 하고 싶은 걸 다 할 수 있다고 하면 뭘 하고 싶냐고 물었다. 준영이는 여전히 무심한 말투로 딱히 하고 싶은 게 없다고 했다.

준영이 말을 듣고 있던 세현이는 화가 잔뜩 난 표정이었다. 세현이는 준영이에게 왜 그렇게 삶에 무관심하냐고 따지듯 물었다. 준영이가 무슨 말인가 하려다 잠자코 있자 세현이는 끝내 버럭 화를 내었다. 살아 있는 것에 대해 감사하라고 다그쳤다. 세현이는 갑자기 눈물을 흘리며 울기 시작했다. 준영이가 미안하다고 거듭 사과했지만 세현이는 더 크게 엉엉 울어 버렸다. 나는 어찌할 바를 모른 채 둘을 쳐다보고만 있었다.

한참을 울던 세현이가 마침내 진정하자 나와 준영이는 쥐죽은 듯 조용히 있었다. 세현이는 한참 동안 말을 골랐다. 그리곤 아무한테도 한 적 없다는 이야기를 했다. 세현이의 목소리가 떨렸다.

세현이는 오빠가 있었다고 했다. 다정한 사이는 아니었다고 했다. 여느 남매들처럼 티격태격하고 어떻게든 서로 놀려 먹고 짓궂게 괴롭히려고 애썼다. 세현이가 중학생이 되고부터는 각자 공부를 하느라 서로 마주칠 일이 거의 없어서 싸움은커녕 대화도 없이 지냈다.

세현이 오빠는 재수를 해서 명문대에 합격했다. 그리고 입학한 지 한 달 후에 돌연 스스로 목숨을 끊었다. 세현이가 오빠가 쓰던 문제집을 가지러 오빠 방에 들어갔을 때 오빠는 책상 위에 엎드려 있었다. 자고 있는 줄 알고 장난으로 오빠의 등짝을 때렸는데 오빠가 힘없이 책상 바닥으로 쓰러졌고 드러난 얼굴이 소름끼칠 정도로 창백했다. 이미 한참 전에 숨을 거둔 뒤였다.

유서가 없었다고 했다. 책상 위에 있던 공책에는 검정 볼펜으로 그린 낙서뿐이었다. 세현이는 슬프기보다는 무서웠다고 했다. 장례식장에서도 슬퍼하는 사람들 사이에서 겁에 질린 채로 앉아 있었다. 그 뒤로 악몽에 시달렸고 불면증도 생겼다. 더 이상 학교 생활을 할 수 없어서 1년간 학교를 쉬었다. 2월생인데도 나와 준영이와 고등학교 졸업 시기가 같았던 이유였다. 1년 뒤에도 세현이는 여전히 밤만 되면 오빠가 떠올라 너무 무서웠지만 무너져 가는 부모님이 걱정되어 학교로 돌아갔다. 혹시나 오빠의 창백한 얼굴이 생각날까 봐 밤낮으로 공부에 열중했다. 일부러 밝게 지내려고 친구들과도 늘 붙어 다녔다. 그 당시 친구들은 세현이가 조증이라도 있는 줄 알았다. 3년쯤 지나자 조금씩 무섭다는 생각이 없어졌다. 더 이상 오빠가 죽었다는 사실이 아무렇지도 않게 생각되었다. 이번엔 아무렇지도 않아서 미안했다.

그런데 어느 여름, 친구들과 학교 앞 분식점에서 밥을 먹고 있을 때였다. 텔레비전에서 야구 중계를 하고 있었다. 마침 타자가 친 공이 하늘에라도 닿을 것처럼 높이 솟고 있었다. 멀리 날아가던 공이 끝내 펜스 바로 아래로 떨어지고 있었는데 멀리 있던 외야수가 안간힘을 다해 달려서 끝끝내 공을 받아 냈다. 세현이는 그 순간 눈물이 터졌다. 유예된 눈물이 다 나왔다. 친구들은 영문을 몰라 무서워했다.

그때서야 오빠가 있어서 좋았던 순간들이 떠올랐다. 남매가 어렸을 때, 세현이 오빠는 야구를 좋아했다. 그렇지만 오빠의 친구들이 야구는 지루하다고 아무도 야구장에 같이 가 주질 않았다. 오빠 친구들은 다들 축구를 좋아했다. 2002월드컵 이후는 바야흐로 축구의 시대가 되었기 때문이었다. 세현이 오빠는 어쩔 수 없이 야구장에 세현이를 데려가는 수밖에 없었다. 스패로우즈의 경기였다. 세현이가 재미없다며 투정부리자 오빠는 핫도그와 떡볶이를 조공처럼 바쳤다. 세현이는 조공을 먹으며 잠자코 앉아 있었다. 세현이는 그러다 점차 눈앞에서 무슨 일이 일어나는지 궁금해지기 시작했고 오빠한테 계속해서 어떻게 되고 있는 거냐고 물었다. 오빠는 귀찮아하면서도 야구에 대해 하나하나 알려줬고 이내 세현이도 야구를 좋아하게 되었다. 남매는 맨날 싸우면서도 항상 같이 야구장에 갔다. 스패로우즈가 이기면 함께 기뻐하고 지면 함께 툴툴거렸다.

그렇지만 오빠가 고등학교에 들어가면서 두 사람이 야구를 같이 보러 가는 일이 없어졌다. 세현이네 부모님은 오빠가 미대 입시를 준비하는 걸 끝끝내 허락하지 않았다. 오빠는 그 뒤로 공부만 했다. 세현이와는 야구 관람은 물론 대화도 나누지 않게 되었다. 그 뒤로 세현이는 혼자 야구를 보러 다녔다. 세현이의 주변에는 오빠 말고 야구를 좋아하는 사람이 한 사람도 없었다.

분식점에서 갑자기 눈물을 쏟은 뒤 세현이는 오빠가 죽은 이후로는 처음으로 오빠의 방에 들어갔다. 부모님은 오빠 방을 그대로 됐다. 책장에 꽂혀 있던 스케치북 더미를 펼쳐 오빠가 그린 그림들을 구경했다. 오빠가 좋아하던 화가들의 그림을 볼펜이나 연필로 따라 그린 그림들이었다. 주로 에드워드 호퍼나 에곤 실레였다. 에드바르트 뭉크도 있었다. 책장에 꽂혀 있는 책들도 뽑아서 읽어 보기 시작했다. 오빠의 취향은 종잡을 수 없었다. 서양 미술사, 크로올리나 유리 겔러가 쓴 오컬트 책들, 필립 말로가 나오는 추리소설, 중동 역사서, 바리스타 자격증 참고서 등 책들이 너무 다양했다. 그렇지만 다들 흥미로웠다. 뭐라고 한마디로 표현할 수는 없지만 오빠가 어떤 사람인지 조금은 알게 되었다.

세현이는 그런 오빠가 그렇게 빨리 삶을 포기해 버린 게 너무 아까웠다. 삶은 오빠가 좋아했던 책들이 그랬던 것처럼 다양한 것으로 가득했다. 세현이는 오빠를 대신해서라도 마음껏 살아 보기로 결심했다. 다양한 경험들을 하고, 많은 사람들을 만나고, 다양한 곳을 여행하고, 맛있는 것도 많이 먹고, 수많은 주제에 관심을 가져 보기로 했다. 그리고 오빠가 놓칠 스패로우즈의 경기들을 많이 보기로 했다. 그러기 위해 세현이는 대학에 가고 싶어졌다. 대학에 가서 친구들과 왁자지껄하게 야구를 보러 가고 싶었다. 대학에는 분명 야구를 좋아하는 애들 한 둘쯤은 있을 거라고 생각했다. 그런데 대학도 들어가기 전에 우리들을 만나 함께 야구장에 다니게 되어서 진심으로 기뻤다.

세현이는 재수를 성공적으로 마쳤고, 가장 친한 친구들을 사귀었으며, 친구들과 자기가 가장 좋아하는 것들을 나누고, 다양한 사람들을 만나고, 함께 여행을 하고 있으니 계획이 나름 잘되어 가고 있는 것 같다고 말했다. 역시 제일 기쁜 일은 우리와 친해진 일이라고 했다. 지금 자신에게 제일 소중한 건 우리와의 우정이라고 말했다. 덕분에 지금 살아 있어서 진심으로 기쁘다고 했다.

세현이가 이야기를 마치자 준영이는 세현이를 가만히 안아 주었다. 나는 가슴이 저릿했지만 그저 우정의 포옹임을 의심하지 않으려 노력했다. 나도 세현이를 가만히 안아 주었다. 세현이의 차가운 패딩점퍼에서 풀잎 냄새가 났다. 나는 죄책감이 들었다. 세현이에게 그런 감정을 느꼈다는 게 꼭 우리 셋의 우정을 배신한 것 같았다. 세현이에 대해 생기기 시작한 마음을 어떻게든 다잡기로 했다. 어떻게든 우리 셋의 관계를 지켜내야겠다고 굳게 마음먹었다.

세현이가 쿨쩍거리며 눈물과 콧물을 닦고 나자 준영이는 무슨 할 말이 있는지 머뭇거렸다. 그러나 세현이가 준영이를 보지 못하고 분위기를 조금 바꿔 보자며 살면서 겪었던 웃긴 이야기나 해 보자고 했다. 그리고 자기가 수능 때 겪었던 이야기를 했다. 세현이는 첫 수능 때 5분 간격으로 자꾸만 방귀를 뀌는 앞사람 때문에 감독관에게 자리를 바꿔 달라고 한 적 있다고 말했다. 1교시 언어 듣기평가 시간에 소리와 냄새가 계속 신경쓰여서 두 문제나 제대로 듣지 못했다고 했다. 나와 준영이는 자지러지며 웃었다.

준영이는 이번 수능 수리영역에서 만점을 받을 수 있었던 건 뒷사람 덕분이었다고 했다. 그해 수리영역은 유난히 어려워서 수험생들의 원성을 샀는데 준영이는 만점을 받은 몇 안 되는 수험생이었다. 사실 마지막 주관식 문제를 못 풀었는데 4점짜리 문제라 틀리면 치명적이었다. 의대 입시에서는 수리 영역 4점이면 당락을 좌우하기에 충분하다고 했다. 어떻게 된 건지 여러 번 풀어봐도 답이 안 나왔다. 문제를 못 풀 수도 있다는 생각에 긴장이 되기 시작했고 분명 풀 수 있을지도 모르는 문제인데도 초조함 때문에 집중이 안 되었다. 결국 시험 종료까지 10분 남았다는 안내 메시지가 울리고 준영이는 가슴이 덜컥 내려앉았다. 가뜩이나 초조해 죽겠는데 뒷사람이 계속해서 '씨발, 씨발'이라며 입으로 소리를 냈다. 준영이는 그 소리 때문에 더 문제 풀이에 집중할 수 없었고 결국 10분을 그냥 보내 버렸다. 시험 감독관이 이제 그만 시험지를 제출하라고 말했을 때 준영이는 자포자기해서 그냥 18이라고 마킹했다. 그런데 시험을 다 마치고 인터넷으로 답을 맞춰 보니 답이 정말 18이었다. 준영이는 덕분에 수도권 의대에 합격할 수 있었다고 했다. 나와 세현이는 준영이도 알고 보니 순 운빨이라며 준영이의 등을 두들겼다.

밤이 깊을수록 더 기분 좋게 취했고 우리는 파도가 밀려날 만큼 깔깔대며 웃었다. 서로의 멍청한 행동이나 당황스러웠던 이야기도 오갔다. 준영이는 중학교 1학년 때 자신에게 고백한 여자애를 거절하지 못해서 무려 2년간 사귀었다고 했다. 세현이는 그게 오히려 더 상처를 주는 거라고 준영이에게 꿀밤을 때렸다.

나는 미국에서 중학교를 다닐 때 브랜든이라는 게이 친구에게 고백을 받은 이야기를 했다. 나는 브랜든과 친하게 지냈음에도 그 친구가 동성애 취향을 가지고 있다는 걸 몰랐다. 그리고 동성애라는 개념은 알았지만 실제로 그런 취향을 가진 사람이 있을 거라고 생각하지 않았다. 내가 다녔던 팜베이 중학교의 모든 친구들도 그랬다. 미국의 학교라고 해서 동성애를 받아들일 만큼 성숙하진 않아서 동성애자들은 대부분 학교생활 내내 자기 성향을 숨겼다. 그런 상황에서 어느 날 브랜든네 저녁 식사에 초대되었다. 브랜든네 가족은 독실한 기독교 집안이라 저녁을 먹기 전에 식탁에 있는 모두가 손을 맞잡고 기도를 했다. 나는 브랜든이 내 손을 지나치게 꽉 잡아서 당황스러워하고 있었다. 브랜든은 기도가 끝나자마자 내 눈을 보며 "I love you, Doe Hyung."이라고 말했다. 브랜든네 가족들도 당황한 듯 눈을 크게 떴고 나는 어색한 웃음을 지었다. 그날 저녁 내내 말없이 음식을 먹는데 입으로 들어가는지 코로 들어가는지 알 수 없었다. 브랜든네 아버지는 굉장히 화가 난 표정으로 식사를 했다. 그 뒤로 나는 한국에 돌아오기 전까지 다시는 브랜든과 말을 나누지 않았다.

내 얘기를 듣고 난 세현이가 꿀밤을 콱 때렸다. 걔가 그 고백을 가족들과 내 앞에서 하기까지 얼마나 어렵게 고민했겠냐고 나를 나무랐다. 준영이도 이번엔 엄한 표정을 지었다. 나는 내가 잘못했음을 인정했다. 어릴 때이기도 했고 너무 갑작스럽고 혼란스러워서 어떻게 해야 할지 몰랐다고 변명했다.

세현이는 다음부터는 친하게 지내던 친구가 고백을 하면 그 친구가 남자든 여자든 연인으로 느껴지지 않는다면 정중히 거절하고 이전처럼 친하게 지내라고 말했다. 나는 정중히 거절하는 것까지는 이해하는데 어떻게 다시 친구로 지낼 수 있냐고 따졌다. 세현이는 못할 이유가 없다고 말했다. 그 말을 듣고 나는 언젠가 세현이에게 고백을 할 수 있을지도 모르겠다는 생각을 했다. 우정을 지키면서 마음을 전할 수 있을지도 모른다는 생각에 어쩐지 마음이 든든했다.

*

다시 찾아온 김녕 해수욕장의 작은 바닷가는 그때처럼 한적했다. 몇 안 되는 사람들을 한 명 한 명 잘 살펴봤지만 세현이도 준영이도 아니었다. 나와 한지혜는 바닷가에 걸터앉았다. 9년 전 그때처럼 거대한 풍력발전기가 느린 바람개비처럼 천천히 돌아가고 있었다. 그때 봤던 세 마리 개들은 보이지 않았다. 더 이상이 바닷가에 살지 않는 것 같았다. 이미 김녕에 있는 숙소와 가게들을 돌며 수소문한 뒤였다. 세현이와 준영이는 제주도에 없는 것 같았다. 우리가 지나쳤을지도 모른다. 어쨌거나 결국 우리는 두 사람을 찾지 못했다.

두 사람은 지금쯤 무슨 대화를 나누고 있을까? 처음에 두 사람이 같이 있다는 걸 알게 되었을 때 세현이가 나와 준영이 중 나를 선택한 걸 그동안 후회하고 있었을지도 모른다는 생각이 들었었다. 그래서 그걸 지금이라도 되돌리고 싶은 걸지도 모른다고 어렴풋이 생각했다.

그러나 한지혜의 말대로 나는 내 역할에만 너무 충실하고 있는 걸지도 모른다. 나는 세현이를 너무 모르고 있었다. 세현이를 여자친구라는 역할 밖에서는 조금도 이해하고 있지 못한 걸지도 모른다. 세현이가 도무지 무슨 생각을 하는지 모르겠다. 지난 8년이 허상 같았다. 준영이와 함께했던 시절에는 세현이를 이해하고 있었다. 세현이의 미세한 표정을 보고 세현이가 느끼는 미묘한 슬픔을 이해했다. 그런 것들이 눈에 보였다. 어쩌면, 세현이는 나를 기다리고 있는지도 모른다. 지금의 내가 아니라, 자신을 이해하던 나를, 세현이를 포함해 세상에 호기심을 보이던 나를, 세상을 이해하기 위해 애쓰던 나를. 세현이는 그래서 당장 준영이를 만나야 했는지도 모른다. 이해하기 위해 애쓰는 나를 다시 보고 싶어서.

"세현이가 왜 떠났는지 알 것 같아요."

한지혜는 모래사장에 걸터앉아 무표정하게 바다를 둘러보고 있었다.

"왜인 것 같은데요?"

"제가 더 이상 예전에 알던 김도형이 아니어서요."

한지혜는 잠시 가만히 나를 들여다보았다.

"지금의 도형 씨는 어떤데요?"

"껍데기만 남았어요. 박제된 것같이."

"왜 그런 얘기를 저한테 하는 거죠?"

"준영이가 왜 갑자기 지혜 씨를 떠났는지 말해 줘요."

한지혜는 아무 말도 하지 않고 묵묵히 바다만 보고 있었다. 나는 그 모습을 잠자코 보고만 있었다.

"배고파요, 밥 먹어요."

우리는 바다로 통하는 비탈길에 있는 천장이 낮은 식당에서 고기국수를 먹었다. 준영이가 싫어했던 돼지고기 잡내가 많이 났다.

"왜 지금인지 모르겠어요. 언젠가 떠날 걸 알고는 있었는데 …… . 준영이가 절 떠난 이유는, 예전에 준영이가 도형 씨와 세현 씨를 떠난 이유와도 관련 있어요."

한지혜는 거의 건드리지도 않은 고기국수를 젓가락으로 뒤적
거렸다.

"도형 씨는 영 눈치가 없는 편이네요."

나는 묵묵히 한지혜의 말을 기다렸다.

"세현 씨는 알고 있었을 텐데."

나는 두려워지기 시작했다.

"준영이는 날 애인으로 생각하지 않았어요."

"다른 사람이 생긴 건가요? 아니면, 역시 세현이를 잊지 못했
던 건가요?"

나는 성급하게 물었다.

"아니요. 아니, 그런 게 아니에요. 제가 도형 씨한테 지금까지
아무 말 안 한 건 어쩌면 정말 준영이를 찾을지도 모른다고 생각
했기 때문이에요. 혹시나 했는데, 역시나네요. 이런 식으로 찾을
수 있을 리가 없죠."

나는 잠자코 있었다.

"제주도를 헤집고 다니는 동안 고민했어요. 혹시 준영이를 못
찾게 되면 도형 씨한테 제가 사실을 말해도 되는지. 내게 그럴 자
격이 있는 건지. 준영이한테 예의는 지키고 싶었어요. 그런데 이
게 정말 예의의 문제인지도 이젠 잘 모르겠네요. 그 사실을 숨기
고 싶었던 건 사실 준영이가 아니라 나였으니까. 준영이는 예전
부터 누구한테 숨기려 한 적 없었거든요. 당신을 제외하고는요."

나는 한지혜가 무슨 말을 할지 알고 있었다. 분명 그전까지 모
르고 있었는데, 아니, 사실 잘 모르겠다. 정말 몰랐는지 아니면
모르고 싶었던 건지.

"도형 씨가 준영이의 첫사랑이에요."

기뻐야 하나? 당황스러워야 하나? 정당한 감정이란 건 있을
까? 그러나 그런 게 있다면 분명 진실된 감정과는 거리가 멀 것
이다. 나는 기쁘지도 당황스럽지도 않았다. 그냥 어떤 느낌을 느
꼈을 뿐이다. 해변에 파도가 들어오고 다시 빠져나가고 있었다.

"조금 친해지고 난 뒤에 알게 되었죠. 준영이가 딱히 숨기려
하지도 않았으니까. 다만, 준영이는 눈에 띄는 녀석이었고 시기
하는 사람들이 많았어요. 준영이의 성적 취향에 대한 소문이 퍼
지면서 준영이를 유치하게 괴롭히려는 사람들이 하나둘 생겼어
요. 처음엔 괴롭힘인지도 모를 만큼 작은 일들이었지만, 조만간
심각해질 것 같았어요. 꼰대인 교수들도 아니꼽게 보기 시작했
고. 준영이는 스스로 별로 신경쓰지 않았지만. 의대같이 폐쇄적
인 권위 사회에서 누군가가 눈에 띄게 뛰어나거나 좀 다르다는
건 치명적이에요. 준영이는 둘 다였죠. 준영이가 섬세한 사람이
라는 걸 알고 있었어요. 저대로 혼자 두었다간 사람들 사이에서
언젠가 무너질 거라고 생각했어요. 제가 지켜 주기로 마음먹었
죠. 이게 자기변명이라고 한다면 그런 거겠지만."

한지혜는 아주 작아 보였다.

"준영이가 제 애정을 거절할 수 없었다는 걸 알아요. 준영이가 누군가를 사랑하게 되거나 제가 불편해지면 언제든 떠나 줄 생각이었어요. 믿으실지 모르겠지만 진심이에요. 우리는 그런대로 행복했어요. 적어도 저는 정말 행복했죠."

한지혜는 한순간 나이가 든 것 같아 보였다.

"준영이가 저와 있는 동안 학교에서 뜬소문은 사라졌어요. 준영이한테는 뒤를 지켜 줄 사람이 필요했죠. 손이 많이 가는 녀석이니까. 제가 그런 역할을 자처한 거예요. 때론 선배였다가, 때론 누나였다가, 때론 친구, 때론 연인. 우리는 그동안 잘해 내 왔다고 생각해요. 딱 한 걸음 남았었어요. 2년만 더 버티면 되었어요. 그럼 우리 둘 다 성공적으로 전문의가 되고 자유롭게 능력을 펼쳐 보일 수 있는 다음 단계로 갔겠죠. 어쩌면 반쪽짜리라도 결혼을 했을 수도 있고."

"그게 진짜 지혜 씨가 원하는 거예요?"

"모르겠어요. 도형 씨가 카페에서 얘기했던 것처럼 좋아하는지 아닌지 잘 모르겠을 땐 그러기로 결심하면 된다면서요? 저도 모르게 좋아하기로 결심했는지 모르죠. 그 반쪽짜리 삶을요."

한지혜가 스스로를 지나치게 불행하게 만들고 있다는 생각이 들었다.

"지혜 씨의 문제는 뭔가요?"

한지혜는 나를 노려보았다.

"지금 저를 판단하시는 건가요?"

"아니요. 진짜로 궁금해서요."

"도형 씨, 저한테 무슨 문제가 있었던 게 아니에요. 결말이 정해져 있더라도 그 과정이 행복하지 말란 법 있나요? 전 후회하지 않아요."

"그럼 지금 지혜 씨가 준영이를 찾아다니고 있는 이유는 뭐예요? 최준영을 만나서 뭘 어떻게 하고 싶은 거예요?"

"도형 씨가 세현 씨를 쫓고 있는 이유랑 같지 않을까요?"

"죄송하지만, 저는 제가 왜 이러고 있는지 모르겠습니다.".

"저도 마찬가지예요. 어쩌면 정해진 결말이라도 제 눈으로 마주하고 싶은 걸지도 모르죠. 끝이 나더라도 진짜 끝이 나길 원해서요. 아니면 적어도 한번 더 이야기해 볼 기회를 잡을 수도 있잖아요? 사실은 도형 씨도 그걸 원하고 있는 거 아닐까요? 진짜 끝이 나는 거. 아니면 적어도 한번만이라도 더 이야기해 보는 거. 혹시 세현 씨를 찾으면 세현 씨가 도형 씨한테 돌아갈 거라고 생각했던 건 아니죠?"

한지혜는 가게를 나가 버렸다. 나는 창문으로 바다를 보았다. 분명 같은 바다를 마주하고 있었지만 모든 바닷가는 저마다 다른 파도와 바람, 색깔, 냄새, 하늘, 구름, 밤을 가지고 있었다. 팜베이의 바닷가가 그랬고, 다낭과 호이안의 바닷가가 그랬고, 제주도의 수많은 바닷가가 그랬고, 태안의 바닷가가 그랬다. 계속해서 손으로 굴려 대던 야구공의 실밥은 어느새 속이 훤히 보이도록 터져 있었다.

한지혜의 말에 대해 생각했다. 정해진 결말이라도 직접 보고 싶은 것. 나는 나와 세현이의 결말이 정해져 있지 않다고 생각했다. 세현이는 어쩌면 돌아올지도 모른다. 우리 둘의 관계는 준영이와 한지혜의 관계와는 달랐다. 세현이는 나 자신을 잃어버린 내게 실망한 것뿐이다.

그런데 내가 준영이와 태안에 간 걸 기억 못한 것에 세현이가 크게 실망한 게 생각났다. 그게 왜 나 자신을 잃어버린 것과 관련이 있는 거지? 내 기억 속 태안 바다에 준영이의 모습은 없다. 나는 그저 친구들이 검은 진창에 엉켜 놀고 있는 걸 멀거니 바라보고 있었을 뿐이다. 준영이도 그 검은 진창 안에 있었을까? 준영이는 그때 뭘하고 있었을까?

세현이는 자기가 있지도 않았던 그때의 태안 바다에서 준영이가 뭘하고 있었는지 알고 있는 게 분명했다. 그 일은 세현이에게 중요한 것 같았다. 그리고 준영이에게도. 그래서 그걸 모르는 내게 실망했던 것이다. 준영이가, 그리고 세현이가 태안 바다에 있을지도 모른다는 생각이 들었다.

가게 밖으로 나와 보니 한지혜는 모래사장에 걸터앉아 있었다.

"태안에 있을지도 몰라요, 만리포 해수욕장."

한지혜는 내 얼굴을 가만히 쳐다보았다. 그리고 이내 입을 열
었다.

"그래요, 가장 빠른 비행기로 알아볼게요."

13

다음 날 새벽 6시에 비행기를 타고 인천으로 돌아왔다. 공항에서 택시를 타고 다시 인천 버스터미널로, 인천 버스터미널에서 다시 시외버스를 탔다. 한지혜는 말도 못하게 피곤해 보였다. 나도 몸이 너덜너덜하게 느껴질 정도로 지쳤다. 그렇지만 우리는 묵묵히 우리들의 여정을 계속했다. 한지혜의 말대로 진짜 끝이 나는 걸 보기 위해서.

오후 1시쯤 만리포 해수욕장에 도착했다. 태안 바닷가는 사람들로 붐볐다. 대부분 갯벌체험을 하러 온 가족 단위 여행객들이었다. 내가 다음에 뭘 해야 할지 몰라 허둥지둥하고 있자 한지혜는 준영이가 왜 여기 있을 거라고 생각했는지 물었다. 나는 고등학교 때 봉사활동을 하러 와서 있었던 일과 세현이가 그때의 준영이를 기억하지 못하는 내게 실망했던 일을 이야기했다. 나와 한지혜는 봉사활동을 했던 지점을 따라 걸었다. 그때 있었던 일들이 조금씩 기억나는 것도 같았다. 그러나 여전히 준영이의 기억은 없었다.

제방 밑으로 녹색 바닷물이 넘실거렸다. 시원한 바다 향기가 바람을 통해 실려 왔다. 더 이상 석유 악취로 가득했던 바다가 아니었다. 바닷새들이 날아다니는 아름다운 바다였다. 그러나 그 사이에 검은 새는 보이지 않았다. 우리는 근처 식당을 돌아다니거나 눈에 보이는 숙소에 수소문하면서 세현이와 준영이를 마지막으로 한번 더 찾아보았다. 그러나 끝내 두 사람은 찾지 못했다. 어느새 다시 하늘이 어두워지고 있었다. 너른 갯벌에 다시 바닷물이 들어오기 시작했다.

나와 한지혜는 바닷가에 걸터앉아 준영이에 대해 이야기했다. 나는 준영이가 공을 주거나 받는 것엔 서툴렀지만 공을 방망이로 굉장히 잘 맞춰서 야구 배팅장에서 인형을 타내곤 했던 일 등에 대해 이야기해 주었다. 준영이가 야구장에만 가면 늘 맥주가 아닌 막걸리를 한잔 했고 그러고 나면 어김없이 썰렁하고 실없는 농담을 해서 나와 세현이가 등을 때리며 매번 질책했던 이야기를 했다.

한지혜는 준영이가 과묵한 편이었다고 했다. 농담과는 거리가 멀었다고 했다. 그리고 여행을 좋아했다고 했다. 한지혜와 시간이 날 때마다 유럽, 미국, 호주, 베트남, 중국, 일본 등 많은 나라를 여행했다고 했다. 한지혜는 여행하는 동안엔 정말 싫었지만 다녀온 뒤에는 어찌되었든 다 좋은 기억으로 남긴 했다고 했다. 마지막으로 준영이가 가자고 했던 곳은 중앙아시아의 분쟁 지역이었는데 한지혜는 거기만큼은 갈 수 없었다고 했다. 지금 생각해 보니 같이 갈 걸 그랬다고 후회했다. 혼자 그곳에 다녀온 준영이는 언젠가 다시 그곳에 가서 의료봉사를 하고 싶다고 했다.

"여행은 질색이에요."

"맞아요, 여행은 정말 질색이에요."

"그런데 우리 3일간 여행 다닌 건 알아요?"

"뭐가 여행이에요. 바람난 년놈들 잡으러 다닌 거지. 일종의 추적이죠, 추적."

우리는 자조적으로 웃었다.

"제주도에서 제 문제가 뭐냐고 물었죠? 도형 씨 문제는 뭔가요?"

"제 문제요? 파파보이?"

한지혜가 고개를 젖히고 웃었다.

"아직도 삐져 있는 거예요? 미안해요."

"농담 아닌데요? 정말 그럴지도 몰라요. 부모님의 기대에 못 미치는 사람이 될까 봐 늘 좀 불안했거든요, 특히 아버지."

"서른 살의 불안치고는 좀 사춘기스러운데요?"

"지혜 씨의 문제는요?"

"뭐 비슷해요. 양상이 좀 다르지만. 엄마가 저를 혼자 키우셨는데 저랑 늘 사이가 안 좋았어요. 엄마는 어떤 기준으로 보나 별로 좋은 사람은 아니었어요. 뭐든 자기 뜻대로 되지 않으면 참지를 못했죠. 그래서 오기가 생겼고 저는 절대 엄마가 원하는 대로 살지 않기로 결심했어요. 뭐 그렇다고 스스로의 인생을 망쳐 버리는 건 좀 유치해 보였고 내 방식으로 엄마가 찍 소리도 못할 만큼 잘나야겠다고 결심했죠. 느끼셨겠지만 머리가 좀 좋은 편이라."

한지혜가 한쪽 눈을 찡긋했다. 나는 어이가 없어서 웃어 버렸다.

"그런데 어쩌다 보니 결국 엄마가 원하는 대로 된 것 같아요. 가만 보니 결국 조종당한 것 같기도 하고. 또 어쩐지 엄마 같은 사람이 되어 버린 것 같기도 하고. 하지만 이제 와서 뭘 어쩌겠어요. 여차저차하다 서른 살이나 먹어 버렸는데."

"누가 들으면 한 예순 살은 먹은 사람인 줄 알겠네요."

"뭐가 다른가요? 그 나이에도 내 인생이 지금이랑 크게 다를 것 같진 않은데요, 뭘."

"서른 살의 체념치고는 좀 갱년기스럽네요."

바람이 시원했다. 슬슬 가을의 기운이 느껴지기 시작했다. 바다는 깜깜해졌고 갯벌이었던 곳에는 까만 파도가 넘실거렸다. 해안은 텅 비어 있었다. 언젠가 본 것 같은 풍경이었다.

그만 일어나려는데 눈앞에 거짓말처럼 최준영이 나타났다. 최준영은 검은 해변을 따라 천천히 걷고 있었다. 먼저 일어난 건 한지혜였다. 나는 잠자코 앉아 있었다. 한지혜는 모래를 튀기며 최준영에게 한달음에 달려갔다. 그리곤 짝! 그 소리가 내가 앉아 있는 곳까지 들리도록 세게 뺨을 때렸다.

14

두 사람은 마주 선 채로 뭔가 이야기하고 있었다. 주위를 둘러
봤지만 세현이로 보이는 사람은 없었다. 준영이 혼자뿐이었다.
이 바다에 세현이가 없다는 게 느껴졌다. 물어보지 않아도 알 수
있었다. 분명 이곳에 머물렀다는 확신은 들었다. 그렇지만 이미
떠난 것이다.

두 사람에게 할 이야기가 많은 것 같아 나는 멀리서 그 둘을 바
라보기만 했다. 한지혜는 때론 소리를 지르기도, 때론 밀치기도
하며 준영이에게 계속 뭔가 이야기했다. 간혹 흐느끼기도 하고
다시 뭔가를 절절히 설명하기도 했다. 이내 두 사람은 바닷가에
나란히 앉아 이야기를 하기 시작했다. 시간이 천천히 흘러갔다.
결국 한지혜가 먼저 일어났다. 그리곤 어디론가 걸어가 버렸다.
두 사람의 결말이었다.

준영이는 그 자리에 계속 앉아 있었다. 잠시 숨을 고른 뒤 자리에서 일어나 준영이 앉은 곳으로 걸어갔다. 오랜 친구를 만나는 것뿐인데 면접이라도 보러 가는 것처럼 괜히 긴장이 되었다. 준영이의 등을 보며 수만 가지 생각이 스쳐 지나갔다. 낯설고 친근한 뒷모습이었다. 나는 준영이 옆에 앉았다.

"잘 지냈어?"

고개를 숙이고 있던 준영이가 얼굴을 들어 날 보았다. 기억하던 것보다 더 어른스러워진 얼굴이었다. 가슴 한구석이 뭉클했다.

"왔어?"

우리는 잠시 말없이 검은 바다를 바라보았다. 고등학교 때 그랬던 것처럼 계속해서 말없이 같이 있을 뿐이었다. 점차 어색함이 사라지고 마음이 편안해졌다.

"다 들었어?"

"응, 지혜 씨가 말할 수 있는 건 전부 다."

준영이는 내 시선을 피했다.

"이상하지?"

"이상하지, 엄청."

내 말에 준영이는 다시 고개를 숙였다.

"그래도 진작 이야기하지 그랬어."

나는 이어서 말했다.

"어떻게 그러냐?"

"내가 설마 그런 것 때문에 널 다시 안 보고 그럴 것 같았냐? 진작 말했으면 오히려 애초에 오해 같은 것도 안 생겼을……."

"나 중학교는 목동에서 안 다녔던 거 알아?"

준영이가 대뜸 말했다.

"몰랐어. 나도 중학교는 목동에서 안 다녔잖아."

"난 원래 다리 건너편 동네 살았어."

"그게 뭐?"

"나 거기서 꽤 인기 있는 애였다고, 알아?"

"그래, 잘났다."

나는 웃었지만, 준영이는 웃지 않았다.

"중학교 때 제일 친한 친구한테 이야기했는데 다음 날 전교생이 알고 있더라. 집 가는데 처음 보는 놈들이 와서 때리기 시작하고. 같이 어울리던 애들, 나한테 고백했던 여자애, 쉬는 시간마다 찾아왔던 여자애들, 모두 내가 지나갈 때마다 대놓고 비웃더라고."

나는 말문이 막혔다.

"그리고 친했던 친구는 말을 해도 대답도 안 하고 날 없는 사람 취급 하더라고. 형제 같은 친구라고 생각했는데."

"그렇게까지 했다고? 철없는 놈들."

"너도 그랬잖아."

"내가 언제? 인마."

"미국에서 너한테 고백했던 남자애한테 다시는 말 안 걸었다며."

나는 다시 말문이 막혔다.

"너한테는 안 그랬을 거야."

나는 기어들어 가는 목소리로 말했다.

"그래, 그랬을지도 모르지."

미안함에 가슴이 미어졌다.

"세현이한테 먼저 말했어. 그래서 가끔 너 몰래 둘이 만난 거야. 결과적으로 그것 때문에 네가 우리 사이를 오해하게 만들었지만."

준영이가 말했다. 준영이는 모래를 손에 쥐었다가 폈다. 모래가 손가락 사이로 스르르 흘러내렸다.

"세현이는 너한테 사실대로 말하자고 했어. 자기가 대신 말하면 괜찮을 거라면서. 나는 계속해서 주저했지만 결국 그러자고 했고. 그런데 네가 날 찾아온 거야. 세현이를 좋아한다면서. 세현이에게 정정당당히 말하자면서. 그건 나도 세현이도 몰랐던 사실이었어."

목구멍까지 차오른 눈물이 울컥울컥 넘어와 쏟아지기 시작했다.

"그러고 나서 세현이한테는 내가 말하지 말아 달라고 했어. 세현이한테 괜한 짐을 지운 거 같아 너무 미안해. 나도 세현이한테 크게 미안할 짓을 했어. 그 일로 혼자 얼마나 마음 썩였을 거야. 10년 가까이 지나서야 문득 그 생각이 나더라. 걔가 분명 아직도 혼자 마음 아파하고 있을 것 같았어. 착한 애잖아."

나는 엉엉 울어 버렸다.

"세현이는 어제 떠났어. 미안하지만 어디로 간다고 얘기는 안 해 줬어."

"알고 있어."

"많이 혼란스러웠다더라. 자기가 그동안 어떻게 살았는지 얘기하기도 했어. 그리고 네 얘기도 많이 했어. 너를 진심으로 좋아했던 건 알고 있지? 물론 지금도?"

"알고 있어."

"자기도 떠나야 되는 이유는 정확히 설명하기가 힘들대. 그렇지만 떠나야만 한다는 건 확실히 알겠다더라."

나는 이제 세현이를 이해할 수 있었다.

"다른 나라 이곳저곳을 돌아다녀 보고 싶대."

나는 말없이 고개를 끄덕였다.

"자유로워 보였어."

준영이의 말에 가슴에서 뭔가가 풀려난 것 같은 기분이 들었다.

"그런데 너는 갑자기 왜 떠난 거야?"

"흠……, 물론 지혜가 싫어서 그런 건 아니야. 다만, 알다시피 내가 다르니까. 지혜만 괜찮다면 좋은 친구로 지낼 수 있었겠지. 나는 지혜가 원하는 방식으로는 아니지만 지혜를 정말 아끼고 좋아해."

준영이는 한지혜가 떠난 방향을 쳐다보았다.

"혹시 하종호라고 알아?"

"연예인 아냐?"

"응. 최근에 자살한 건 알아?"

"응……."

"발견되고 우리 병원 응급실로 실려 왔었어. 이미 심정지한 뒤에 와서 할 수 있는 건 아무것도 없었지만……."

나는 잠자코 있었다. 준영이는 뭔가를 생각하더니 말을 이어 갔다.

"그거 알았어? 그 사람 우리랑 동갑이더라?"

"그랬어?"

"응. 왜 자살 같은 걸 했을까? 나는 매일 이렇게 살리려고 악을 쓰는데. 참을 수 없이 화가 나더라고. 마음에 뭔가를 닫아 버리고 싶었어. 그런 고민들에 지쳐 버렸거든. 그리곤 그 남자를 영안실로 보내기 전에 사망 기록을 하는데 그 남자 얼굴이 어쩐지 내 얼굴처럼 보이는 거야. 놀라서 그 얼굴을 다시 자세히 살펴봤는데 이번엔 도형이 네 얼굴처럼 보였어. 왜 그랬는지 모르지만, 그때 결심이 서더라. 내가 있어야 할 곳에 있고 싶다고. 하루라도 빨리."

"네가 있어야 할 곳?"

"응. 그게 어딘지 태안에서 혼자 가만히 생각해 봤어. 의료봉사단체에 지원하려고. 언젠가는 꼭 참여해야겠다고 생각했는데 그 언제가 언제일지 모르니까. 하루라도 젊을 때 가고 싶었어. 꼭 전문의일 필요도 없더라고. 거기서 1년 정도 교육받고 세계 각지에 의사가 필요한 곳으로 갈 거야."

"하……."

뭐라고 얘기해야 할지 알 수 없었다.

"왜? 허무맹랑해?"

"아니, 그런 건 아니지만, 뭐랄까……."

왜인지는 모르겠지만 가슴이 뜨거워졌다.

"멋있어졌다고."

"고마워."

어쩐지 준영이의 까무잡잡한 얼굴이 많이 그리워질 것 같았다.

"지혜가 걱정이야."

"너무 걱정하지 마. 지혜 씨 똑똑한 사람이더라. 분명 자기가 원하는 걸 끝내 쟁취해 낼 거야."

"아니, 내 생각엔 지혜한테는 나 같은 반쪽짜리 남자친구보다 친구가 필요할 것 같아서. 지혜도 나처럼 친구가 없거든. 영 그런 걸 만드는 사람이 아니라서. 사회생활은 정말 잘하는데 자존심이 너무 세서 가까운 친구를 안 만들어."

"이미 새로 생겼어."

준영이는 어리둥절해하며 날 쳐다봤다.

"나 말이야."

내 말에 준영이는 밝게 미소지었다.

"그래, 그럼 다행이야."

"아참, 세현이가 너랑 태안에 같이 갔던 걸 기억 못한다고 나한테 화냈었거든. 처음에 나는 셋이 놀러 간 걸 말하는 줄 알았어. 그런데 아무리 생각해도 셋이 태안에 간 적은 없었거든. 우리가 고등학교 때 봉사활동 간 걸 말하는 거더라고. 솔직히 우리 그때는 별로 안 친했잖아. 네 녀석이 말도 별로 없었고. 그래서 기억이 안 나. 넌 그때 여기서 뭐하고 있었어?"

"내가 세현이한테 하도 그 얘기를 했더니 아직까지 기억해 주고 있었나 보네. 내가 너랑 있었던 좋은 추억이라고 했거든. 근데 생각해 보니까 세현이가 화낼 만하잖아. 나 대신 화내 준 거야, 이 자식아."

준영이는 갑자기 주먹으로 내 팔을 퍽! 하고 쳤다.

"네 옆에 계속 앉아 있었잖아."

"그랬어?"

"너 새 청바지 입었다고 갯벌에도 안 들어가고 하루 종일 돌바

닥에 앉아서 애들이 뛰어노는 거 보고만 있었잖아. 멍청아, 그럴
거면 차라리 바지 같은 건 홀렁 벗어 버리고 한번 들어가 보지 그
랬냐. 답답한 녀석."

나는 미안하기도 기쁘기도 했다.

"그럼 혹시 그때 조그만 검정색 새 한 마리 못 봤어?"

가슴이 벅차오르기 시작했다. 준영이는 무슨 뚱딴지 같은 소리
냐는 듯 날 가만히 쳐다본 뒤 말했다.

"당연히 봤지. 그 참새같이 생긴 새. 특이하게 생겨서 기억나
네. 검은데 눈 주변은 노랗고 배는 점박이 무늬였고. 나중엔 네가
계속 그 새만 들여다보고 있었잖아. 그 새는 왜?"

가슴이 터질 것 같았다.

"근데 왜 너는 갯벌에 안 들어갔냐?"

"네가 안 들어가니까."

준영이의 오른손에 내가 찬 팔찌와 똑같은 팔찌가 매달려 있었
다. 팔찌 위에서 검은 참새가 날아가고 있었다.

우리는 태안의 까만 바닷가에 앉아 동이 틀 때까지 밀린 얘기
를 아주 길게 나누었다. 내가 가져온 실밥 터진 야구공을 가볍게
주고받기도 했다. 세현이도 같이 있었으면 정말 좋았겠다고 생각
했다.

"국제 의료봉사단체면 전 세계 이곳저곳을 돌아다닐 수도 있겠

네?"

"그렇지. 큰 나라, 작은 나라, 평화로운 지역, 분쟁 지역, 잘사는 곳, 못사는 곳 어디든 갈 수 있겠지."

"그럼 혹시라도 언제 세현이랑 마주치게 되면 이것 좀 전해 줄수 있어?"

나는 실밥 터진 야구공을 준영이에게 건넸다. 준영이는 야구공을 이리저리 훑어보았다.

"그래, 걱정 마."

다음 날 아침, 나는 태안을 떠났다. 한지혜는 떠나지 않고 태안에 남았다. 준영이와 마지막으로 조금이라도 더 같이 있고 싶다고 했다. 나는 집으로 돌아왔다. 그리고 아주 오랫동안 잠을 잤다.

14.5

꿈을 꾸었다. 이번만큼은 정말로 잊고 싶지 않아서 적어 두었다.

　나는 영롱이갈대1구장에 있었어. 이곳에 있다 보면 약속하지 않아도 세현이와 준영이를 우연히 만나기도 했어. 한밤중이라 안양천 주변은 어두컴컴했어. 구장은 텅 비어 있었어. 멀리 있는 가로등과 인근 건물에서 나오는 미약한 불빛에 눈앞이 어슴푸레하게 보였어. 홈 베이스 주변에는 노란 플라스틱 바구니가 있었고 거기에는 야구 배트 몇 개와 글러브 몇 개가 쌓여 있었어. 멀리서는 준영이가 걸어오고 있었어. 나는 손을 들어 반갑게 인사했어.

　검은 밤하늘 어딘가에서 검은 새가 나타났어. 검은 새도 기분이 좋은지 즐겁게 짹짹거렸어. 우리 머리 위를 빙글빙글 돌기도 하고 야구장 이곳저곳을 종종걸음으로 뛰어다녔어. 나와 준영이는 검은 새를 쫓아다니며 천천히 경기장을 걸었어. 우리는 많은 이야기를 나눴어.

검은 새는 어느새 홈 베이스 위에서 꾸벅꾸벅 졸기 시작했어. 나와 준영이는 노란 플라스틱 바구니에 있던 글러브를 하나씩 끼고 꽤 멀리까지 거리를 벌렸어. 나는 준영이의 위치를 확인하고는 준영이가 잘 받을 수 있게 높이 공을 던졌어. 공이 의도한 대로 포물선을 그리며 준영이의 글러브에 안착했어. 준영이가 뭐라고 크게 외쳤는데 잘 들리지는 않았지만 아마 잘 던졌다고 칭찬하는 말 같았어. 준영이가 글러브에서 공을 꺼내 하늘 높이 던졌어. 그러나 준영이는 공을 너무 왼쪽으로 던졌어. 팔에 힘을 너무 많이 준 나머지 공을 적당한 데서 놓지 못한 걸 거야. 항상 공을 던질 때 몸에 지나치게 힘이 들어가 있었거든. 나는 공이 떨어지고 있는 곳까지 힘껏 달려갔어. 땅에 떨어지려는 찰나 나는 넘어지며 글러브를 낀 손을 쭉 뻗었어. 글러브 안으로 묵직한 것이 훅! 하고 들어오는 느낌이 났어. 일어나며 글러브 안을 확인해 보니 준영이가 던진 공이 있었어. 어쩐지 눈물이 핑 돌 만큼 기뻤어. 준영이가 달려오며 말했어.

야! 뭘 그렇게까지 해서 받아? 괜찮아?

나는 배시시 웃어 보였어. 준영이는 내 등을 가볍게 툭 치며 웃더니 내 옷에 묻은 흙을 털어 주었어. 그러다 준영이가 내 뒤

쪽을 보더니 눈을 동그랗게 떴어. 나도 뒤를 돌아보았어. 저 멀리 양화교 위에서 키가 작은 여자애가 달려오고 있었어. 멀리 있어서 얼굴이 잘 보이지 않았지만 세현이가 아니면 누구겠어. 우리 둘도 세현이를 향해 달리기 시작했어.

그런데 구장 바깥으로 갈수록 석유 냄새가 나기 시작했어. 가슴이 철렁 내려앉았어. 정신 차리고 보니 구장 주변 산책로를 찐득찐득하고 꾸덕한 점액질 덩어리가 불쾌하게 뒤덮고 있었어. 우리도 모르는 사이에 검은 진흙이 어둠 속에서 구장을 에워싸고 있었어. 눈치 챘을 땐 이미 구장 안까지 흘러들어 오기 시작한 뒤였어. 머리가 어지러울 만큼 냄새가 지독했어. 아마 안양천을 뒤덮어 버리곤 넘쳐흘러 하천변까지 메워 버리려고 하는 것 같았어. 나와 준영이는 뒤로 물러섰고 다리를 건너 계단으로 내려오고 있던 세현이도 다시 높은 곳으로 뒷걸음질해 올라갔어. 세현이가 서 있던 도로 뒤쪽의 인공폭포에서도 검은 진흙이 콸콸 쏟아져 내렸어. 세현이는 검은 진흙을 피해 양화교 위로 되돌아갔어.

검은 진흙은 지나가는 곳마다 소리와 불빛을 없애 버리고 있었어. 이대로 가다간 모든 게 묻혀 버릴 것 같았어. 나는 앞장서서 검은 진흙 안으로 들어갔어. 다리가 얼어 버릴 것처럼 시렸어. 검은 진흙 쪽으로 더 들어가자 마치 바닥이 없는 갯벌처럼 발이 밑으로 쑥 빠졌어. 찐득한 검은 진흙이 마치 내 다리를 잡아당기기라도 하는 것처럼 나는 안으로 더 빨려 들어가기 시작했어. 준영이가 황급히 내 겨드랑이 밑으로 두 팔을 넣어 나를 부여잡고 바깥으로 끌어냈어. 우리는 뒤로 벌러덩 넘어지며 검은 진흙 바깥으로 나왔어. 나와 준영이는 먼발치에서 세현이를 바라볼 뿐이었어. 세현이도 다리 위에서 우리를 애타게 내려다보고 있었어. 서로에게 무어라 소리쳐 봤지만 아무 말도 닿지 않았어.

준영이가 갑자기 홈 베이스 쪽을 가리켰어. 아차 싶었지만 이미 거기까지 검은 진흙이 밀려들어 와 있었어. 거기서 꾸벅꾸벅 졸던 검은 새가 검은 진흙에 반쯤 묻혀 있었어. 우리는 황급히 달려가 검은 새를 꺼냈지만 이미 검은 진흙 범벅이 된 뒤였어. 검은 새는 작은 조약돌처럼 굳어 가고 있었어. 분명 계속해서 숨을 쉬고 있었지만 마치 박제된 것처럼 뻣뻣해져 있었어. 눈에는 하얗게 피막이 앉아 있었어. 나는 눈물이 핑 돌았어.

이제 마지막이야. 다음은 없어.

검은 새가 힘없이 말했어.

나는 얼어붙었어.

어서!

검은 새가 다그쳤어.

어떻게 죽이라는 말이야?

뭐 어떻게든! 목을 조르든지 땅바닥에 내치든지! 시간이 없어.

검은 진흙은 으르렁거리듯 세찬 소리를 내며 우리들이 선 곳까지 쏟아져 들어왔어. 나와 준영이는 구장 한가운데에 겨우 서 있었어. 세현이는 양화교 위에서 발을 동동 구르고 있었어.

나는 이제 날 수도 없어. 내가 저놈들한테 잡히면 끝이야. 너희는 다 잊어버릴 거야.

검은 새가 말했어.

나는 검은 새를 잡은 두 손에 힘을 주었어. 검은 새는 가만히 눈을 감았어. 나는 손을 떨며 검은 새의 숨을 끊으려 했는데, 부드러운 털 안에서 작은 뼈와 온기, 미약하지만 조용히 뛰고 있는 심장이 느껴졌어. 나는 손에 힘을 풀었어.

죽이지 않을 거야.

나는 검은 새에게 말했어.

멍청한 녀석. 너는 마지막 기회를 잃은 거야.

나는 굳어 가는 검은 새를 묵묵히 쓰다듬어 주고는 가슴팍에 달린 안주머니에 넣어 주었어.

더 이상 물러설 곳조차 없었어. 검은 진흙이 울컥울컥 차올랐어. 가슴이 차가워지는 걸 느꼈어. 하염없이 우리를 바라보는 세현이에게 무슨 말이라도 전해 주고 싶었지만 아무 말도 닿지 않았어. 별도 없는 까만 밤이 다시 우리 셋에게 쏟아지고 있었어.

우리 셋은 다시 사라질 거야. 아무도 아무것도 기억하지 못할 거야.

내가 말했어.

그때 준영이가 내 어깨에 손을 올렸어. 우리는 눈빛을 주고받았어. 어떻게 해야 할지 직감적으로 알 수 있었어. 나는 일어나 스멀스멀 다가오고 있는 검은 진흙의 언저리까지 갔어. 세현이에게 공을 던지는 시늉을 해서 이 공을 던져 줄 거라는 걸 알려 줬어. 세현이는 잠시 생각하는 듯 서 있다가 내 뜻을 알아차렸는지 머리 위로 동그라미 표시를 했어.

뒤를 돌아보니 준영이가 야구 배트를 들고 공을 칠 자세를 취하고 있었어. 나는 준영이에게 가까이 다가갔어. 그러자 검은 진흙은 내야 안까지 흘러들어 와 나와 준영이 사이까지 갈라놓았어. 준영이는 바구니에 있던 공을 나에게 던져 줬어. 공을 받아서 준영이에게 최대한 가까이 다가갔어. 준영이 옆에 가상의 스트라이크 존을 그리고 그 한가운데를 향해 있는 힘껏 공을 던졌어. 준영이는 강하게 방망이를 휘둘렀지만 그만 헛스윙을 하고 말았어.

내가 실수했어! 다음번엔 칠 수 있어!

준영이는 다시 내게 공을 던져 줬어. 나는 이번엔 준영이가 칠 수 있도록 약하게 공을 던졌어. 공이 포물선을 그리며 준영이가 있는 곳까지 갔어. 준영이는 조금 이상한 자세로 공을 때렸어.

공은 하늘 높이 쭉 뻗었지만 멀리 날아가지 못하고 검은 진흙 한가운데 떨어졌어. 세현이는 양화교 난간에 허리를 걸친 채 두 팔을 쭉 뻗고 공을 애타게 기다리고 있었어.

그렇게 던지면 세현이가 있는 곳까지 안 날아가! 가장 세게 던져야 해!

준영이는 다시 공을 주우러 베이스에 있는 노란 플라스틱 바구니로 달려갔어. 그러나 바구니에는 더 이상 공이 없었어. 준영이는 노란 플라스틱 바구니 안을 뒤지더니 이내 뒤로 뒤집어 안에 있는 걸 다 바닥에 쏟아 버렸어. 더 이상 공은 없었어.

나는 세현이를 향해 달려갔어. 검은 진창에 발이 푹푹 빠졌어. 신발 한쪽이 벗겨졌어. 지독한 석유 냄새에 속이 메스꺼웠어. 계속해서 달려가려고 노력했어. 그러면 그럴수록 다리는 검은 진창에 더 빠져들었고 어느새 허리께까지 잠겨 버렸어. 두 다리는 더 이상 움직이지 않았어. 두 손으로 검은 진창을 헤치며 나아가다 보니 오른손에 있던 스패로우즈의 기념 팔찌가 사라졌어. 검은 진창 어딘가에서 잃어버린 거였어. 힘이 빠졌어. 다 포기하고 검은 진창에 그냥 몸을 맡기고 싶었어.

어이, 멍청이. 이제 작별이야. 날 세현이에게 보내 줘.

내 주머니에서 굳어 가던 검은 새가 말했어. 검은 새는 어느새 다시 야구공이 되어 있었어. 실밥이 터져 있었어. 나는 재빨리 검은 진창을 헤집고 빠져나가려고 발버둥쳤어. 찐득찐득한 검은 진창은 내 다리를 못 움직이게 꼭 부여잡았어. 준영이도 어느새 검은 진창으로 들어와 있었어. 준영이는 나에게 힘내라고 소리쳤어. 나는 이를 악물고 소리 지르며 진창에서 발을 꺼냈어. 검은 진흙이 발목까지 잠기는 곳까지 나와서 준영이에게 준비하라고 말했어. 준영이는 무릎까지 검은 진창에 담근 채로 다시 공을 칠 자세를 취했어.

도형아! 나를 믿어! 내가 꼭 쳐낼게! 할 수 있는 만큼 세게 던져! 나를 믿어!

나는 심호흡을 하고 자세를 잡았어. 그리고 버티는 다리에 힘을 싣고 빠르게 잡아채듯 공을 던졌어. 정말 잘 던졌다는 확신이 들었어. 준영이의 눈이 번뜩였어. 준영이는 허리를 돌리며 야구 배트를 부드럽게 휘둘렀어. 공이 배트에 맞는 짧은 순간 준영이가 공에 자기 무게를 싣는 것이 보였어. 그리곤 세현이가 서 있던 다리를 향해 공을 시원하게 날렸어.

실밥이 터진 야구공이 밤하늘 높이 솟아올랐어. 우리 셋은 모두 하늘을 올려다보았어. 새까만 하늘에 수많은 별들이 희미하게 박혀 있었어. 저마다의 자리에서 최선을 다해 빛나고 있었어. 잘 보이지 않았지만 우리는 분명 느낄 수 있었어. 하얀 공이 밤하늘을 가로질러 날아가고 있었어. 밤하늘 이쪽 편에서 저쪽 편으로 점과 점을 잇고 있었어. 공이 별 사이사이를 지나 한곳으로 향하고 있었어. 밤하늘 아래로 향하고 있었어. 그곳에 세현이가 서 있었어. 이쪽을 바라보고 있었어. 공이 그 애를 향해 떨어지고 있었어. 나는 가슴이 떨리기 시작했어. 그런데 야구공은 검은 진창을 넘어가려다가, 분명 넘어갈 것이었다가, 끝내는 다리에 못미쳐 떨어지기 시작했어.

그때 세현이가 냅다 달려 다리 난간을 박차고 뛰어올랐어. 공이 떨어지는 곳을 향해 두 팔을 뻗었어. 그리곤 검은 진창에 풍덩 하고 빠졌어. 순식간이었어. 세현이는 검은 진창 안으로 흔적도 없이 사라져 버렸어. 나와 준영이는 얼이 빠진 채로 그 광경을 바라보았어.

받았겠지?

내가 물었어.

걱정하지 마. 분명 받았을 거야.

준영이가 말했어.

나는 점점 검은 진창으로 가라앉고 있었어. 한기가 밀려왔어. 준영이도 검은 진창 속으로 사라지고 있었어.

아마 내일이면 지금 이 순간은 흔적도 없이 사라지겠지?

내가 물었어.

걱정 마. 이번엔 다를 거야.

준영이가 말했어.

준영아, 결국엔 우리들이 이렇게 흩어지게 될 걸 나도 알고 있었어. 그렇지만 어떻게든 붙들고 싶었어. 어떻게든 우리들의 검은 새를 지키고 싶었어.

검은 진창이 준영이의 목까지 차올랐어. 준영이는 눈물을 흘리고 있었어.

그동안 검은 새를 지켜 줘서 정말 고마워.

준영이가 말했어.

하지만 이제 검은 새는 멸종해 버렸어. 되돌릴 수 없어.

아니 우리가 멋지게 해낸 거야. 검은 새를 세현이한테 전했잖아. 이걸로 우리 셋은 분명 다시 기억할 수 있을 거야.

준영이의 말에 나는 고개를 끄덕였어.

도형아, 검은 새의 이름을 지어 줘. 내가 반드시 기억해 낼게. 날 믿어.

검은 진흙이 목까지 차올랐어.

검정바다멧참새.

나는 생각나는 대로 말했어.

안녕 내 친구 검정바다멧참새 김도형.

준영이는 검은 진창 밑으로 사라졌어.

너무 지치고 피곤했어. 밤하늘이 더욱 까매졌어. 하늘의 별들은 사라지고 없었어. 눈을 감았어. 천천히 잠이 쏟아졌어. 검은 진창 속으로 끝없이 빠져들어 갔어.

그리고 나는 더 이상 꿈도 없이 깊은 잠에 들었다.

15

날씨가 맑은 날 깨끗이 씻은 뒤 옷을 갈아입고 다시 밖으로 나
갔다. 그리곤 무부석사가 사는 상암동으로 향했다. 무부석사의
아파트에서 가까운 공원으로 갔다. 오후의 햇살이 커튼처럼 드리
웠다. 공원은 침실처럼 조용했다. 나는 주머니에 손을 넣고 느릿
느릿 거닐었다.

정적을 깨고 휴대전화 벨이 울렸다. 표 부장이었다.
"어이, 도형 씨. 나야. 잘 쉬고 있었나?"
표 부장이 호탕한 목소리로 말했다.
"네, 잘 쉬고 있었습니다."
"연락이 좀 늦었지? 인사팀에서 이래저래 검토할 게 있어서 좀
늦었다네? 자, 김도형. 너무 감동하지 마. 자네 정직원으로 전환

되었어."

"감사합니다."

나는 머뭇거리며 대답했다.

"내가 힘 제대로 실어 준 거야. 내 얼굴 봐서 앞으로 일 열심히 해야 돼."

"네, 감사합니다."

"다음 주 월요일부터 근무하던 팀으로 다시 출근하면 돼. 이제 부터가 시작인 거야. 홈런 한 방 제대로 쳐 보라고."

나는 그 말에 달리 할 말이 없었다. 홈런을 치는 건 내 몫이 아니었다.

"그나저나 쉬면서 야구 좀 봤나? 그 팀은 어때? 우리 팀 말이야."

"스패로우즈는 그대로예요. 역시 투수진이 문제였습니다. 변화된 상황에 전혀 적응하지 못하고 있었어요."

"역시 그랬구만."

"그래도 신인 투수 한 명이 눈에 띄었어요. 왕년의 한진희 같던데요?"

표 부장은 유쾌하게 웃었다.

"그나저나 자네 출근하기 전에 향수라도 하나 사게나. 젊은 사람이 벌써부터 홀아비 냄새가 나."

표 부장은 그렇게 말하곤 전화를 끊었다.

휴대폰을 주머니에 넣고 다시 느릿느릿 걸었다. 드넓은 공원에서 하얀 캡 모자를 쓴 할아버지가 벤치에 앉아 탁 트인 허공을 묵묵히 바라보고 있었고, 썬팅캡을 쓴 아주머니는 앞뒤로 팔을 커다랗게 휘저으며 공원 둘레길을 빠르게 걸어갔다. 널따란 인공호수 한가운데 있는 분수에서 물줄기가 세차게 솟아올랐다. 물줄기는 세 갈래로 나뉘더니 같은 모양으로 춤을 췄다. 나는 공원 둘레를 기웃거리며 햇살이 비추는 형형색색의 모습들을 찬찬히 둘러보고 공연히 철봉에 매달려 턱걸이를 성공하려고 바동거려 보기도 했다.

나는 키다란 나무 아래 있는 벤치에 앉았다. 수많은 나뭇잎이 물결치는 소리가 들렸다. 공원에는 새들이 많았다. 회색 비둘기가 덩치가 큰 순서대로 계단에 모여 앉아 있었다. 가장 위에 앉아 있는 비둘기는 몸을 잔뜩 부풀린 뒤 거드름을 피웠다. 가장 아래 앉아 있는 비둘기는 자기보다 위 칸에 있는 비둘기들의 눈치를 보며 서성였다.

오리들은 새끼들을 이끌고 유유히 물 위를 떠다녔다. 그러다 엄마 오리가 날기 시작했는데 그 모습이 너무 힘겨워 보였다. 새끼들은 그 뒤를 따라 날개를 퍼덕였다. 아직은 무리였는지 물보라만 일으킬 뿐이었다.

호수 건너에 있는 높은 나무 위에서 까치 두 마리가 신경전을 벌이다 서로를 향해 달려들었다. 두 마리 까치는 무섭게 싸우더니 한데 엉키어 바닥을 향해 떨어졌다. 땅에 떨어지려는 찰나 두 마리는 서로 떨어져 하늘로 날아올랐고 나란히 선 두 개의 나무 꼭대기를 각각 다시 차지하고는 언제 그랬냐는 듯 점잔을 뺐다.

물론 참새도 보였다. 참새들은 여전히 모여 다녔다. 뭐가 그리 할 얘기가 많은지 옹기종기 모여 재잘재잘 떠들어 댔다. 좁쌀만 한 시간이라도 서로 주고받는 것 같아 보였다.

한참 새를 구경하고는 무부석사에게 전화했다. 잠시 뒤 공원 끝에서 무부석사가 걸어왔다. 나는 손을 들어 인사했다. 무부석사는 담담한 표정이었다.

"뭐야 집 앞까지 다 찾아오고."

"나 정직원 됐대."

무부석사는 기다란 손가락으로 내 어깨를 꽉 쥐었다.

"정말 잘됐다! 해낼 줄 알았어!"

"고마워."

우리는 의자에 나란히 앉아 함께 미소 지으며 잠시 말없이 공원을 바라보았다.

"그날 나쁘게 굴어서 미안해. 떠난다니까 너무 서운해서 그랬어."

"괜찮아, 다 잊어버렸어."

무부석사와 별 시답지 않은 얘기를 주고받다 나는 문득 궁금해졌다.

"검정바다멧참새는 참새라는 말과 멧새라는 말이 다 들어가 있잖아. 그럼 참새처럼 무리지어 살았을까, 아니면 멧새처럼 암수 둘이서만 살았을까?"

"무슨 소리야, 갑자기?"

나는 말없이 대답을 기다렸다. 그러자 무부석사가 말했다.

"네가 자꾸만 검정바다멧참새라고 불러서 알아봤는데 정식 명칭은 아니야. 인터넷에서 누군가 더스키 시사이드 스패로우를 그런 이름으로 번역해 놓았더라고. 새 이름이란 게 사실 정식 명칭이 애매해. 외국 새인 경우에는 더더욱. 두루미와 학이 같은 새를 부르는 이름이라는 걸 모르는 사람들도 많아. 그래서 학자들은 보통 학명을 선호하지."

무부석사는 헛기침을 했다.

"그런데 더스키 시사이드 스패로우는 재밌는 케이스야. 학명조차 바뀐 적이 있고 부르는 이름에도 오해가 있어. 더스키 시사이드 스패로우와 같은 과에 속한 새들은 이름 끝에 Sparrow, 즉 참새라는 단어가 붙은 채로 불려 왔지만, 후에 연구를 통해 이 새들이 우리가 '참새'라고 부르는 새들보다 '멧새'라고 부르는 새들과 유전적으로 더 가깝다는 게 밝혀졌어. 그런데도 외국에선 여전히 Sparrow를 붙여 부르고 있지. 한국의 누군가가 더스키 시사이드 스패로우의 이름을 번역하면서 그런 오해까지 담고 싶었는지 인터넷에 검정바다멧참새라고 번역해 놓은 거야. 너 때문에 알게 되었는데 꽤 재밌는 이야기야."

무부석사는 사람 좋게 웃었다.

"새의 존재를 사람의 지식이 못 따라가서 벌어진 일이지. 그만큼 아직도 우리가 새에 대해 모르는 게 많다는 거야. 아직도 새에 대해 연구할 것들이 무궁무진하다는 뜻이지. 근데 문제는 사람이 새들을 그냥 두지 않는다는 거지. 아직 제대로 연구해 보지도 못한 새들을 멸종시켜 버리니까. 검정바다멧참새가 그렇지."

무부석사는 가벼운 질문에 지나치게 진지한 모습을 보인 것이 민망한 듯 머리를 긁적였다.

"그래 네가 물어본 것에 답하자면, 그 새는 아마 지금으로선 참새보다 멧새하고 더 비슷했다고 말할 수 있어. 하지만 그렇다고 멧새처럼 암수 둘이서만 살았는지는 모르는 일이야. 그런 걸로 과를 구분하는 게 아닌데다가 멧새과에 속하는 새들이라고 꼭 암수 둘이서만 사는 건 아니니까. 오히려 참새들처럼 모여 살았을 수도 있어. 그전까지 기록들에는 그런 이야기가 없어서 관찰해야만 알 수 있을 텐데, 이미 멸종했으니까 아마 앞으로도 알 수 없겠지."

"그래, 이제 그 새는 멸종해 버렸어."

"그런 새가 있었다는 걸 이름으로 기억하는 수밖에 없지."

"누나는 그 새를 뭐라고 부르고 싶어?"

"나 같으면 학명으로 기억하겠지만, 네가 자꾸만 검정바다멧참새라고 불러 대는 통에 나도 검정바다멧참새로 기억하게 되어버렸잖아. 그렇게 불러야지, 뭐."

나는 환하게 웃었다.

"아다나 누나."

"왜 갑자기 이름을 다 부르고 그래? 징그럽게."

아다나 누나를 똑바로 보고 말했다.

"세현이는 돌아오지 않을 거야."

"그래……."

아다나 누나는 내 어깨를 가만히 토닥였다. 아다나 누나는 잠시 먼 곳을 보며 생각에 잠긴 뒤 이윽고 입을 떼었다.

"사실 네가 생각했던 게 맞아."

무슨 뜻인지 몰라 가만히 아다나 누나를 바라보았다. 누나는 잠시 뜸을 들인 뒤 말했다.

"여전히 세현이를 많이 좋아하고 있었어. 우리 셋이 있을 때 늘 마음 한구석이 아팠어. 그게 한국을 떠나기로 결정한 것에 조금도 영향을 안 미쳤다고 하면 거짓말이야. 네가 불편할까 봐 숨긴다고 숨겼는데 결국 티가 난 거 같아. 너한테 정말 미안해."

아다나 누나는 흐느끼기 시작했다. 그리고 그렇게 한참을 울었다. 나는 아다나 누나가 우는 걸 묵묵히 지켜보았다. 아다나 누나는 눈물을 닦고 난 뒤 다시 말했다.

"그래도 난 내 애정보다 우리 셋의 우정이 더 중요했어. 그건 진심이야. 이해할 수 있겠어?"

"말이라고. 그건 누구보다 더 잘 이해할 수 있어. 날 믿어."

나는 아다나 누나를 꼭 안아 주었다.

"네가 알게 된 것처럼 내 이름은 아다나 반자가 아니라 원래 남아다나야."

아다나 누나가 불현듯 말했다.

"한국 성씨 맞아. 그건 너뿐만 아니라 그 누구한테도 말하고 싶지 않았어."

"미안해. 숨기고 싶었던 걸 이해해 주지 못해서. 앞으로 거기에 대해선 묻지 않을게."

"괜찮아. 언젠가 혹시라도 다른 사람에게 말할 준비가 되면 너한테 가장 먼저 이야기해 줄게."

아다나 누나는 말없이 호수를 바라봤다. 우리가 앉은 의자 뒤에 있던 커다란 나무에서 뭔가 툭하고 떨어지는 소리가 들렸다.

아다나 누나는 천천히 의자에서 일어났다. 누나는 내 앞에 선 채로 잠시 내 얼굴을 찬찬히 보았다. 검고 각이 선 얼굴. 잘 보니 눈 주변에 작은 주름이 생겼다. 반쯤 감긴 눈이 멧새의 눈처럼 맑았다.

"역시 너한테는 무부석사라고 불리는 게 낫겠어. 네가 아다나 누나라고 부르니 영 징그럽네."

무부석사는 그렇게 말하고는 나를 꼭 안아 줬다. 그리곤 돌아서서 천천히 공원 밖으로 걸어갔다. 나는 무부석사가 공원을 가로지르고 공원 문을 나간 뒤 건물을 돌아 눈앞에서 사라질 때까지 지켜보았다.

공원 옆에 있는 성당에서 의미를 알 수 없는 종이 울렸다. 종소리가 멈추자 다시 정적이 내려앉았다. 공원은 항상 여유롭게 나를 받아 주었다. 그리고 언제나 떠나야 할 시간도 너그럽게 일러 주었다. 의자에서 일어나 공원을 나섰다.

16

나는 하루 만에 다시 태안으로 가는 버스 안에 있었다. 그렇지
만 어쩐지 오랜만에 가는 것처럼 마음이 가벼웠다. 오늘 아침 한
지혜와 연락하려고 병원에 전화해 보니 아직 휴가 중이라고 했
다. 한지혜가 아직도 태안에 있을 거라는 확신이 들었다. 창밖으
로 풍경이 빠르게 지나갔다.

다시 만리포 해수욕장으로 돌아왔을 때는 해가 뉘엿뉘엿 지고
있었다. 곧 밀물 때라 물이 많이 들어와 있었지만 드넓은 갯벌에
는 여전히 사람들이 많았다. 어린아이가 갯벌 언저리에서 마지막
으로 무언가라도 잡아 보려고 부지런히 개흙 속으로 손을 집어넣
고 있었다. 갯벌 깊은 곳에 있던 아저씨는 빨간 고무 양동이에 뭔
가 가득 잡았는지 무거운 듯 몸을 기울인 채로 갯벌 밖으로 걸어

나오고 있었다. 대학생들이 서로 몸을 뒤엉키며 갯벌에서 뒹굴었다. 모두들 탄성을 지르며 환하게 웃고 있었다. 하늘에는 이름 모를 새 떼들이 무리지어 한 방향으로 날아가고 있었다. 무부석사라면 저 새들의 이름을 알지도 모른다.

나는 갯벌 바깥에 있는 모래사장을 걸으며 갯벌 안에 있는 사람들을 살폈다. 그리고 얼마 걷지 않았을 때 노을에 머리가 주황색으로 물든 채로 꽤 깊은 갯벌 한가운데서 뭔가를 잡고 있는 한지혜를 찾을 수 있었다. 나는 신발을 벗어 왼손에 든 채로 갯벌 안으로 성큼성큼 걸어 들어갔다. 깊이 들어갈수록 발이 갯벌에 푹푹 빠져 들어갔다. 하얗게 바랜 청바지에 개흙이 덕지덕지 묻었다. 맨발에 닿는 개흙의 감촉이 미끌미끌하고 부드러웠다. 그 기분이 나쁘지 않았다.

한지혜는 머리를 귀 뒤로 넘겨 가며 갯벌에서 뭔가를 열심히 줍고 있었다. 뭔가를 묵묵히 삭이는 표정이었다. 두 귀가 노을에 비쳐 빨간색으로 물들었다.

"뭘 그렇게 열심히 주워요?"

한지혜는 고개를 돌려 갈색 눈을 동그랗게 뜨고 나를 바라보았다.

"어쩐 일이에요?"

"친구 찾으러 왔죠."

내 말에 한지혜는 육지 쪽을 멀거니 보았다.

"준영이는 이미 떠났어요."

"지혜 씨 찾으러 왔어요."

그러자 한지혜는 그 말에 대해 곰곰이 생각해 보더니 난감한 표정을 지었다.

"저기…… 도형 씨, 도형 씨는 정말 괜찮은 사람이지만 제 취향은 아니에요."

"아니요. 지혜 씨, 친구가 혼자 태안에서 궁상떨고 있는 거 같아서 온 거예요."

내 말에 한지혜는 어리둥절해 하다가 이내 환하게 미소지었다.

"고마워요. 정말 반갑네요."

한지혜는 오래전부터 본 것만 같은 친근한 미소를 지었다.

"같이 밥 먹으러 갈래요?"

이름 모를 풀잎 향기가 갯내음과 섞여 은은하게 풍겼다. 주황색 노을이 드넓은 진창에 서 있는 사람들을 밝게 비추고 있었다. 어딘가에서는 바닷새가 처음 만나는 바다를 향해 날아가고 있었다.

작가의 말

1.

어릴 때 나는 날이 저물고 친구들이 하나둘 집으로 돌아가기 시작해도 늘 놀이터에 가장 마지막까지 남는 애였다. 그런데 좀 더 컸을 때는 학창시절을 잘 즐기지 못했고 학교를 다니는 내내 얼른 20대가 되기만을 손꼽아 기다렸다. 또 그래 놓곤 고등학교 졸업식 날엔 역시 교실에 가장 마지막까지 남았다.

막상 20대가 되어선 뭘 해야 할지 몰라 방황했다. 다행히 곁에 좋은 친구들이 있었다. 또 우연히 들어간 광고 동아리에서도 좋은 친구들을 만났다. 이 모든 친구들 덕분에 원하던 대로 빛나는 20대를 보냈다.

그러나 다시 끝이 찾아왔다. 친구들은 모두 어른들의 세계로 떠나 버렸고 난 그 세계의 문턱에 남겨진 어린아이였다. 친구들과 함께한 날들을 하루하루 돌아보며 20대의 끝자락을 보냈다. 그리고 이젠 나도 어딘가를 향해 떠나야 할 시간이었다.

2.

지금으로부터 4년쯤 전 어느 주말, 학교 앞에서 자취하던 친구를 불러냈다. 그때 나는 여전히 스스로가 어떤 사람인지 도무지 알 수 없었던 데다가 여전히 뭔가가 되지도 못해서 걱정으로 가득했다. 삶의 방향에 대해 고민하는 것에 지쳐 있던 무렵이었다.

나와 친구는 대학교 운동장에서 캐치볼을 했다. 야구 글러브와 야구공이 아닌, 유원지나 한강변에서 파는 어린이용 공놀이 세트를 가지고 했다. 형광색 털이 숭숭 난 공이 날아올 때, 찍찍이가 달린 원판을 가져다 대면 자석이라도 달린 양 착! 하고 붙었다.

우리는 처음엔 앞날에 대해 이야기하며 공을 주고받았다. 그러다 이내 앞으로의 삶이고 뭐고 쓸데없는 농담이나 주고받으며 하릴없이 시시덕거렸다. 분명 걱정할 거리가 잔뜩 있었는데도 그 순간에는 참 마음이 편했다.

그렇게 친구와 공을 주고받은 후에도 여전히 뭘 해야 할지 알 순 없었지만, 적어도 뭐든지 할 수 있을 것 같은 기분이 들었다. 언젠가 그 차분하고 따뜻한 감정에 대해 이야기할 기회가 있으면 좋겠다고 생각했다.

3.

주저앉아 있던 곳을 나서서 어딘가 의미 있는 곳에 도착하기 위해 이 소설을 썼다. 편지를 쓰는 마음으로, 그리고 캐치볼을 하듯이. 스스로와 내 기억 속 친구들에게 묻고 답하며 썼다.

완성된 이야기에는 결국, 나와 알고 지낸 어느 누구도 주요 등장인물로 들어가 있지 않았고, 실제로 친구들과 함께 겪었던 일들 역시 들어가 있지 않았지만, 이야기에 묘사된 감정만큼은 진짜였다. 내게 상처 주고 내게 상처받은 그 모두에게 미안하고 그 모두에게 고맙다. 난 늘 모두가 그립고 애틋하다. 이젠 각자의 자리에 있을 모두가 잘 지냈으면 좋겠다.

지금 내 곁에는 좋은 사람들이 있다. 사랑하는 가족과 늘 옆에 있어 준 오랜 친구들, 먼 곳에 있지만 여전히 마음을 나누고 있는 친구들, 오랜 시간 끝에 내 곁으로 돌아온 소중한 친구. 이 사람들과 항상 함께했으면서도 난 이제야 이 자리에 도착했다. 이들에게 좋은 사람이 되어 주고 싶다. 이곳이 끝내 찾아낸 내 자리다.

4.

이 소설을 쓰면서 항상 〈Across the Universe〉를 들었다. 처음에는 Rufus Wainwright가 부른 버전을 들었는데, 찾아보니 Wainwright나 원곡자인 비틀스 말고도 다른 가수들이 부른 여러 가지 버전이 많이 있었다. 약 서른 곡 정도 되는 저마다 다른 〈Across the Universe〉를 들으며 썼다. 그러다 보니 묘하게 각 화마다 어울리는 버전의 〈Across the Universe〉가 생겼다. 그중 특히 14.5화에는 Fiona Apple이 부른 버전이 정말 잘 어울린다.

5.

이 소설에는 실재하는 혹은 실재할 수 있는 인물과 지명, 단체, 브랜드 들의 이름이 언급되었지만 실제와는 아무런 관련이 없다. 소설의 실감을 높이고자 그러한 이름들을 사용했다는 걸 너그러이 봐주셨으면 한다.

'검정바다멧참새'라는 이름은 나무위키의 검정바다멧참새 항목에서 참고했다. 그 이름에서 그 새에 대한 배려를 느꼈다. Dusky Seaside Sparrow를 그 이름으로 번역한 익명의 네티즌에게 감사의 말을 전한다.

〈감사의 말〉

이 책을 만드는 데 큰 도움을 주신 분들께 감사의 말을 전하고 싶습니다. 제게 이런 큰 기회를 허락해 주신 하나님께 감사드립니다. 등단하기 전부터 이미 저를 소설가라고 불러 주신 아버지와 만사 제쳐 두고 소설을 쓰는 저를 늘 걱정하셨으면서도 가장 열렬히 지원해 주신 어머니, 소설로 쓰이기 전부터 귀에 피 흘리며 이 이야기를 들어 준 누나까지 사랑하는 가족에게 고마움을 전합니다. 고민의 시기들을 함께 통과한 소중한 친구들, 이름을 하나하나 다 언급해 주지 못해 미안하고 항상 고맙습니다. 함께 태어나 삶의 위로와 응원이 되어 준 J에게 정말 고맙습니다. 소설은 독자를 위한 것임을 알려 주신, 저의 가장 예리하고 든든한 독자 안서현 선생님께 큰 고마움을 전하고 싶습니다. 이 책을 교정하느라 불철주야 애써 주신 심종섭 실장님께 감사를 전합니다. 이 책이 세상으로 나갈 수 있는 기회를 열어 주신 수림문화재단과 연합뉴스 관계자 분들께 정말 감사드립니다. 제가 쓴 이야기를 수상작으로 결정해 주신 수림문학상 심사위원님들께 큰 감사를 드립니다. 윤후명 심사위원장님, 당선을 축하해 주시며 제 소설에 대해 "아름다웠습니다."라고 말씀해 주신 것 잊지 않겠습니다. '아름답다'는 말의 아름다움을 늘 기억하는 사람이 되겠습니다.

　마지막으로 이 책을 읽어 주신 독자 여러분께 감사하다는 말을 꼭 드리고 싶습니다. 서투르게 던져진 야구공같이 느껴졌을 이 이야기를 너그럽게 받아 주신 여러분께, 이 이야기가 잠시나마 작은 위로라도 되었기를 간절히 바랍니다. 코로나19로 고된 시간을 겪고 있는 여러분께 이 고난을 함께 다독이며 이겨내 보자고, 더 나은 하루를 향해 함께 뚜벅뚜벅 걸어 나가 보자고 감히 말씀드리고 싶습니다. 독자 여러분, 오늘 하루도 힘내 주셔서 진심으로 감사합니다.

2020년 10월
김범정

코로나바이러스 팬데믹 상황에서 장편소설을 쓰느라 고생했을 응모자들의 고충과 열망을 짐작할 수 있었기 때문일까. 2020년 수림문학상 당선작 선정 과정은 어느 때보다도 신중했다. 올해는 예년과 비교해 시의성 있는 주제를 다룬 좋은 작품이 많았다. 코로나바이러스의 영향 때문인지 감염병이나 기후 문제, 환경 재앙을 배경으로 한 아포칼립스형 재난 소설들이 있었고, 더욱 심해지는 빈부 격차와 양극화 현상에 대한 천착과 계급, 젠더 불평등을 이야기하며 연대의 가능성을 그려 보는 소설들이 있었으며, 우울감을 포함해 정신신경증을 앓는 사람들의 신체적·정신적 병리 현상을 다룬 작품들이 있었다. 또 여전히 누군가의 죽음을 소재로 한 미스터리 형식의 소설도 있었다.

본심에서 수상작을 가리기 위해 집중적으로 논의한 작품은 여섯 편이었는데『광인일기』, 『노다지 사피엔스』, 『바이 사이클 라이 더』, 『밤보다 더한 어둠』, 『버드캐칭』, 『서늘한 열대』가 그 후보작들이었다. 심사자들은 우선 이 작품들을 대상으로 지나치게 서사가 과하거나, 디테일의 승함에 비해 서사가 잘 잡히지 않아 난감한 작품은 제외했다. 또 작품을 쓴 동기가 약해 경험치 이상의 세계를 보여 주지 못하거나, 구성적 요소에서 자의성이 지나쳐 동의하기 어려운 작품도 제외했다.

그 과정을 거쳐 『노다지 사피엔스』와 『버드캐칭』을 놓고 두 작품의 세계를 집중 토론했다. 『노다지 사피엔스』는 우선 재미있는 소설이었다. 강남에서 '복권방'을 운영하는 화자와 이 공간에 드나드는 손님들과 지인들을 삽화 형태로 보여 준 작품이었다. 삽화마다 이야기가 흥미롭고 무엇보다 취재력이랄까, 공간에서 이루어지는 일들의 세부 항목들, 정보에 대한 이해가 뛰어났다. 그 삽화들을 전체적으로 그럴법한 서사로 꾸려 내는 힘도 만만치 않았다. 단순히 '로또'와 '토토'를 팔고 사는 공간을 넘어서서 부에 대한 열망과 실패를 나누고 공유하는, 변두리 인생들의 무력하지만 절실한 희망의 장소를 핍진하게 보여 준 작품이었다. 가공되지 않은 삽화가 주는 힘과 유머가 있는 작품이었지만, 이야기의 형식이 다소 올드하다는 점에서 아쉬움을 남겼다.

『버드캐칭』은 요즘 보기 드문 순정한 로맨스 플롯의 소설이었다. 세상에서 가장 가까운 존재였던 연인의 결별 선언으로 위기에 처한 '도형'을 따라 그가 맞닥뜨리게 되는 변화를 따라간 작품이다. 이 소설의 문장은 단순히 서사를 실어 나르는 도구의 역할에 그치지 않고 기품 있고 우아했으며 서사를 만드느라 쫓기는 대신 소설 안에서 사유할 여백을 만들어 주었다. 다소 감상적이고 반복적인 감정 패턴을 반복해서 서술하는 점이 단점이기는 하지만 상대를 헐뜯지 않고 존중하고 배려하는 서사 안에서 오랜만에 평온할 수 있었다. 결별하고 상처받았으나 누구도 잘못되거나 낙오되지 않고 부서진 삶을 추스르고 이어 가는 이 작고 고요한 세계, 어떤 어려움이 있어도 놓치고 싶지 않았던, 지키고 싶었던 것들에 대한 열망과 상실을 보여 주는 문장과 사유가 적절하고 명징했다. 심사위원들은 이 순정하고 상처 내지 않는 고요한 세계에 매료되었고 『버드캐칭』을 당선작으로 결정했다.

이 어려운 시기에 수림문학상에 작품을 응모해 준 수많은 응모자들의 건강과 행운을 기대한다. 힘들어도 쓰기를 멈추지 않는 시간이 지속되고 그 시간을 통해 어려움을 극복해 갈 수 있는 힘을 얻기를 바란다.

심사위원장 윤후명(소설가) 성석제 강영숙(소설가) 신수정 정홍수(문학평론가)